LE OSSA SILENZIOSE

LE INDAGINI DELLA DETECTIVE KAY HUNTER

RACHEL AMPHLETT

CAPITOLO 1

Spencer White fece un ultimo tiro alla sigaretta, gettò il mozzicone nel canale di scolo e sbatté la porta posteriore del suo furgone.

Un crampo colpì la parte bassa della sua schiena mentre si chinava per raccogliere la cassetta degli attrezzi. Sibilò tra i denti, soffiando fuori l'ultima boccata di fumo denso di nicotina.

La brina tardiva brillava sul marciapiede dove i deboli raggi del sole non riuscivano a raggiungere le zone d'ombra, e un vento pungente scuoteva il colletto del suo impermeabile. Nuvole dense di pioggia minacciavano all'orizzonte, e lui rabbrividì.

Con il peso di una scala di alluminio su un braccio e la cassetta degli attrezzi stretta nell'altra mano, attese che un autobus a un piano sfrecciasse davanti a lui nella trafficata strada di Maidstone, poi attraversò velocemente per raggiungere l'edificio adibito a uffici appena ristrutturato.

Era stato contento di ricevere quella chiamata. I lavori di riqualificazione nel centro città erano giunti alla loro naturale conclusione, e la quantità di lavoro che svolgeva settimanalmente aveva iniziato a tornare ai livelli precedenti una volta che erano subentrati i mesi invernali e quelli caldi dell'estate erano svaniti dalla memoria della popolazione locale.

Scrutò la facciata dell'edificio, socchiudendo gli occhi verso la fioca luce mattutina.

La muratura in pietra calcarea dura che un tempo ospitava una vecchia banca, era ora destinata a una società di software. Ricordava le ore che aveva trascorso lavorando fino a tardi durante l'estate, mentre il responsabile di cantiere gestiva il completamento dell'impianto di climatizzazione canalizzato insieme al cablaggio elettrico essenziale che costituiva il cuore dell'attività.

Non gli capitava spesso di essere richiamato una volta raggiunto il completamento pratico dei lavori. La maggior parte dei suoi guadagni proveniva dalla manutenzione quotidiana degli impianti esistenti. Spencer andava fiero della qualità del suo lavoro e di quello dei suoi dipendenti, ma accettava che di tanto in tanto potesse verificarsi un'anomalia e faceva tutto il possibile per assicurarsi che il problema venisse risolto il più rapidamente possibile.

Appoggiò la scala contro lo stipite di pietra e premette il pulsante sul pannello di sicurezza alla sua destra. Attraverso il vetro, vide una testa sollevarsi dietro la reception e un ronzio raggiunse le sue orecchie. La receptionist spinse indietro la sedia e si avvicinò alle porte doppie, sorridendo mentre ne apriva un'anta.

«Grazie», disse Spencer.

«Nessun problema. Sono contenta che sia riuscito ad

arrivare così in fretta». Arricciò il naso, evidenziando le lentiggini. «È bello lavorare in un posto elegante come questo, ma è asfissiante. Non possiamo nemmeno aprire finestre o altro».

Spencer sorrise mentre raccoglieva la scala e aspettava che lei lasciasse richiudere la porta.

Era rimasto sorpreso quando aveva visto i disegni dell'architetto per la ristrutturazione della banca; invece di introdurre finestre che potessero essere aperte ora che il vecchio uso dell'edificio non esisteva più, era stato installato un condizionamento a ciclo inverso e le finestre erano state nuovamente sigillate per evitare potenziali furti.

Si rendeva conto che era la linfa vitale della sua attività, ma sapeva che non sarebbe stato in grado di sopportare un ambiente così soffocante.

Sembrava che i dipendenti della società di software stessero sperimentando la stessa sensazione.

«Se non sbaglio il condotto principale per il cablaggio si trova nell'area ristoro al piano terra» disse.

«È quello che mi ha detto Marcus, il nostro responsabile operativo. Io sono Gemma, comunque. Immagino che questo posto appaia molto diverso dall'ultima volta che l'ha visto».

Lui si guardò intorno osservando le pareti dai colori vivaci e le opere d'arte moderniste che rappresentavano forme e colori ma nessuna forma reale. «Solo un po'».

«Mi dia due secondi. Devo trovare qualcuno che risponda al telefono al posto mio, e poi le mostro dove andare. Si registri e prenda pure uno di quei pass per visitatori».

Spencer appoggiò la scala contro il bancone della reception e posò la cassetta degli attrezzi ai suoi piedi, poi prese il registro degli ospiti e scarabocchiò il suo nome nello spazio apposito mentre Gemma sollevava il telefono e parlava a bassa voce con un collega.

Riattaccò con un sorriso sul viso. «Ok, tutto sistemato. Le chiamate verranno deviate quindi non devo preoccuparmi di quelle. Andiamo... speriamo che possa risolvere questo problema velocemente. Non credo di poter sopportare un'altra telefonata di lamentele dall'ultimo piano».

I suoi tacchi risuonarono sulla superficie lucida del pavimento piastrellato prima che tenesse aperta una solida porta di legno e si mettesse da parte per farlo passare.

Mentre gli occhi di Spencer si adattavano dalla luminosità dell'area della reception alle tonalità sobrie dell'ambiente di lavoro della società di software, non poté fare a meno di notare che la grande stanza ora sembrava ingombra; c'erano così tanti gruppi di scrivanie e sedie che era difficile ricordare l'enorme spazio in cui aveva lavorato durante l'estate.

Persino i soffitti alti erano stati abbassati e nascosti da pannelli fonoassorbenti che mascheravano il labirinto di cavi di cui lui stesso era stato parzialmente responsabile.

Sentì un leggero *fruscio* quando la porta si chiuse alle sue spalle, e poi Gemma indicò uno spazio aperto al di là della stanza.

Un aroma di chicchi di caffè tostati solleticò i suoi sensi mentre si facevano strada lungo il perimetro prima di avanzare verso uno spazio centrale che comprendeva un piccolo angolo cottura e una zona con posti a sedere dove i dipendenti potevano fare una pausa. Spencer cercò di ignorare il dolce profumo di ciambelle fresche per evitare che il suo stomaco protestasse rumorosamente, e trattenne un sorriso alla vista della macchina del caffè all'avanguardia. Sua moglie lo tormentava per averne una simile, ma lui non vedeva il senso di spendere quella cifra quando comprare un barattolo al supermercato costava solo un paio di sterline.

Otto uomini e donne si aggiravano, chiacchierando tra loro a bassa voce mentre aprivano le porte del frigorifero, prendevano cartoni di latte e distribuivano piatti e tazze di porcellana.

«Pessimo tempismo, temo», disse Gemma. «Chi arriva presto di solito fa una pausa caffè e mangia qualcosa a quest'ora».

«Non c'è problema», disse Spencer. «Mi servirà solo aprire uno dei pannelli del soffitto per iniziare. Metterò un paio di sedie per bloccare l'accesso. Non ha senso disturbare tutti finché non scopro qual è il problema».

Notò che le sue spalle si rilassarono un attimo prima che lei facesse un respiro che lui non si era reso conto stesse trattenendo.

«Oh, fantastico. Grazie, mi aspettavo delle lamentele da questa gente se avessi dovuto dire loro di spostarsi. Vuole un caffè o qualcos'altro mentre lavora?»

«Gradirei un caffè, grazie. Latte, due cucchiaini di zucchero.»

Spencer appoggiò la scala contro uno dei tavoli di formica che erano sparsi nell'area, poi girò tre delle sedie. Aprì la sua cassetta degli attrezzi ed estrasse i disegni per il cablaggio dell'impianto di condizionamento dell'aria che sua moglie aveva stampato per lui quella mattina, prima di dare un'occhiata al soffitto per orientarsi.

«Ecco qui.»

Si girò di scatto sentendo la voce di Gemma, poi allungò la mano per prendere la tazza fumante di caffè che lei gli porgeva. «Grazie. Ora torni dietro le sedie.»

Le fece l'occhiolino e attese che avesse raggiunto i suoi colleghi a un tavolo a due file di distanza, poi rivolse l'attenzione ai disegni mentre sorseggiava la sua bevanda.

Soddisfatto di aver individuato il pannello giusto, posò la tazza di caffè sul tavolo e si chinò sulla cassetta degli attrezzi, concentrato sul compito da svolgere.

Mentre lavorava fischiettava sottovoce una melodia che era passata alla radio quella mattina mentre i bambini si preparavano per la scuola; la figlia minore infastidiva la sorella ballando e cantando a squarciagola il singolo del momento, e ora gli era rimasta in testa.

Spencer si raddrizzò ignorando gli sguardi curiosi del personale che faceva colazione. Doveva concentrarsi: trovare il guasto, sistemarlo con meno confusione possibile, e cercare di garantire che qualunque cosa non funzionasse non avrebbe inciso sul suo profitto del lavoro originale.

Avvicinò la scala, posò gli attrezzi sul tavolo, poi salì i primi quattro pioli e premette i palmi contro il pannello fonoassorbente.

Fece resistenza, rifiutandosi di staccarsi dalla sottile striscia di alloggiamento in alluminio in cui era inserito.

Spencer fece una smorfia, riposizionò le mani e spinse di nuovo.

La scala oscillò sotto il suo peso, facendogli battere il cuore forte prima che guardasse in basso.

«Aspetta, la tengo io per te.»

Uno degli uomini spinse via la sedia dal tavolo lontano e si affrettò verso di lui, mettendo il piede sulla base.

«Grazie.»

«Nessun problema. Qui sono fissati con la sicurezza sul lavoro, quindi non ci farebbe bene stare seduti mentre ti guardiamo cadere.»

Fece un sorriso malizioso, e Spencer alzò gli occhi al cielo.

«Certo che con tutti i soldi che hanno speso per questo posto, avrebbero potuto assicurarsi che il pavimento fosse livellato quaggiù», disse.

L'uomo rise, poi mise una mano sul lato della scala mentre Spencer tornava a concentrarsi sul soffitto.

Aggrottò la fronte, scrutando i pannelli a sinistra e a destra di quello a cui doveva accedere, poi si preparò e spinse con forza.

Sentì un odore che emanava dalla crepa che apparve; ricordò un topo morto che era rimasto chiuso in un capanno da giardino quando era bambino, e poi il pannello fonoassorbente scattò di nuovo in posizione.

Imprecò, e l'uomo sotto di lui ridacchiò.

Spencer non disse nulla, invece mise il piede destro sul piolo successivo, si riposizionò e ci riprovò.

Il suo pugno sinistro scomparve nel soffitto una frazione di secondo prima che un boato lo avvolgesse mentre il pannello si disintegrava, distruggendo anche quelli ai due lati.

Cadde dalla scala, un grido di preoccupazione gli

sfuggì dalle labbra mentre precipitava all'indietro sull'uomo sotto in una pioggia di polvere e pannelli rotti.

Spencer grugnì quando le sue spalle colpirono il pavimento in linoleum e sentì mancare l'aria nei polmoni, e poi qualcosa di pesante rimbalzò sulle sue gambe prima di cadere via.

Rimase sdraiato per un momento, flettendo le dita delle mani e dei piedi, assicurandosi di non essersi fatto danni seri e poi tossì per liberare la bocca e i polmoni dalla polvere bianca appiccicosa. Sbatté le palpebre, pulendosi gli occhi con il dorso della mano e si chiese perché le orecchie gli fischiassero.

Mentre si metteva a sedere, deglutì.

Il suo udito era a posto, ma due delle donne che erano in cucina quando era arrivato si erano alzate in piedi, dimenticandosi del cibo e delle bevande.

Una teneva Gemma, il cui mascara si era sbavato lasciando strisce sulle guance.

Stavano tutte urlando.

Spencer si girò, pensando che il suo assistente non ufficiale si fosse ferito, ma quando si voltò l'uomo era già in piedi, gli occhi spalancati e il viso impallidito di un grigio malaticcio.

«Stai bene?» disse Spencer.

«Penso che sto per vomitare», fu la risposta. Indicò dietro Spencer.

Spencer guardò alle sue spalle, e poi si allontanò il più velocemente possibile con mani e piedi, cercando di mettere più distanza possibile tra sé e ciò che giaceva accasciato accanto alla sua scala.

Mentre il suo cervello iniziava a elaborare ciò che

stava vedendo e lottava per trattenere la bile che gli saliva alle labbra, tutto ciò che riusciva a ricordare era che non avrebbe dovuto essere lì, non avrebbe dovuto essere sdraiato sul pavimento in quel modo, e che doveva allontanarsene.

Le urla delle donne si erano placate in singhiozzi isterici mentre una quantità sempre maggiore di membri del personale si affrettava dalle proprie scrivanie per scoprire cosa stesse succedendo.

La voce di Gemma raggiunse Spencer mentre afferrava lo schienale di una sedia e si rimetteva instabilmente in piedi.

«Perché c'era un uomo morto nel soffitto?»

CAPITOLO 2

«Portafortuna», disse Gavin Piper, e prese la strada lungo il marciapiede verso Gabriel's Hill.

«Cosa?» L'ispettrice Kay Hunter chiuse la cerniera del pile prima di affrettarsi a raggiungere l'agente che manteneva un passo rapido sulla superficie irregolare. «E rallenta, ti va? So che questi ciottoli sono stati sostituiti, ma è ancora maledettamente scivoloso.»

Gavin si fermò per lasciar passare un gruppo di adolescenti, e poi continuò. «Portafortuna. Qualche centinaio di anni fa, usavano infilare un gatto nel muro di un edificio prima di sigillarlo in modo da spaventare gli spiriti maligni. È così, no? Mummificato.»

«Non credo che la nostra vittima sia stata messa lassù come portafortuna, Piper». Kay represse un brivido mentre raggiungevano la cima della collina. «Non c'è bisogno di indovinare quale edificio sia la nostra scena del crimine».

Diagonalmente rispetto a dove si trovavano, due auto di pattuglia e un'ambulanza costeggiavano il marciapiede mentre un'auto a quattro porte color argento era stata parcheggiata in modo disordinato, coprendo metà del marciapiede. Un agente in uniforme di nome Toby Edwards allontanava una coppia di anziani dal nastro bianco e blu della scena del crimine che sventolava nella brezza fredda mentre Kay e Gavin si avvicinavano.

«Lucas è arrivato in fretta», disse lei, osservando l'auto argentata.

«A quanto pare era già in città. Una conferenza al Marriott o qualcosa del genere».

Il patologo forense degli Affari Interni era stato convocato dai primi soccorritori, e Kay era contenta di averlo sul posto per sentire le sue riflessioni iniziali sull'insolito ritrovamento.

Un furgone grigio si fermò sul marciapiede dietro l'auto argentata, e ne uscirono quattro sagome che, dopo aver indossato indumenti protettivi, raccolsero una serie di scatole colorate dal furgone.

Kay salutò con un cenno del capo la più bassa delle quattro sagome e seguì Gavin fino a dove Harriet Baker divideva la sua piccola squadra prima di mandarla verso l'edificio.

«Buongiorno, Kay». L'investigatrice della scena del crimine strinse la mano a entrambi e abbassò la voce. «Ho sentito che abbiamo un caso strano questa mattina».

«A quanto pare. Gavin ed io stavamo per entrare». Kay scrollò le spalle. «Ero al quartier generale quando è arrivata la chiamata, quindi probabilmente ne so quanto te al momento».

«Mummificato, ho sentito?»

«Sì. Lucas è qui».

«Ah, bene. È sempre utile che un patologo veda il

corpo in loco». Harriet si girò e prese una scatola di attrezzature dal vano portaoggetti del sedile passeggero del furgone. Chiuse il veicolo e poi tirò fuori un paio di guanti protettivi, infilandoli sulle dita. «È meglio che vada».

«Ci vediamo dentro».

Kay si fece da parte mentre Harriet passava rapidamente e poi socchiuse gli occhi quando una figura familiare si affrettò verso il nastro, con lo sguardo fisso sulla borsa a tracolla aperta che portava su una spalla. Chiamò l'agente di polizia. «Edwards, assicurati che Jonathan Aspley non parli con nessuno dei testimoni, ok?»

«Lo farò, capo».

Il reporter del *Kentish Times* tirò fuori un telefono dalla tasca, incrociando lo sguardo di Kay mentre si avvicinava, poi le sue spalle si abbassarono quando vide Edwards avvicinarsi.

«Oh, andiamo, Hunter!»

Lei alzò una mano. «No, Jonathan. Più tardi. Vieni al quartier generale alle cinque di questo pomeriggio. L'ispettore capo investigativo Sharp sta organizzando una conferenza stampa. Dovresti ricevere un'email entro un'ora. Nel frattempo, lascia lavorare la mia squadra».

Gli voltò le spalle prima che potesse protestare ulteriormente. «I paramedici hanno finito?»

«Ancora con una delle dipendenti», disse Edwards. «È asmatica, e sono preoccupati per l'effetto dello shock su di lei».

«Va bene. Estendi il cordone per la lunghezza di un'auto oltre l'ambulanza e metti delle barriere sul marciapiede per darci un po' di privacy». Lanciò un'occhiata all'edificio di fronte, arricciando il labbro superiore alla vista di numerosi impiegati d'ufficio curiosi alle finestre, con gli smartphone in mano. «E per l'amor del cielo, manda un paio di agenti là per dire a quella gente di farsi gli affari propri».

«Capo».

Edwards si allontanò in fretta, impartendo ordini ai suoi colleghi e trasmettendo le istruzioni di Kay.

Kay si spostò in modo da poter vedere oltre Gavin e giù per High Street verso il vecchio municipio. Lungo i marciapiedi su entrambi i lati di Market Square, le persone si fermavano e fissavano. Un mix di sguardi curiosi e volti apertamente ansiosi la accolsero, e sapeva per esperienza che sarebbe stata solo questione di tempo prima che iniziasse a radunarsi una folla, soprattutto se gli impiegati dell'edificio di fronte erano già riusciti a filmare qualcosa di interessante e a caricarlo sui social media.

Se non avessero gestito correttamente la situazione, il centro città sarebbe presto diventato un ingorgo totale.

Dei passi frettolosi riportarono la sua attenzione al perimetro recintato in tempo per vedere quattro agenti in uniforme attraversare rapidamente la strada ed entrare nell'edificio.

«Almeno non hanno ripreso il corpo con la telecamera», mormorò Gavin.

«Grazie al cielo. Chi ha la lavagna, Debbie?» disse Kay, chiamando un'agente donna che sostava sulla porta della sede della società di software, a diversi metri da dove si trovavano.

«Aaron, capo», disse Debbie. «Ha dovuto dare una mano al sergente Hughes con la barriera. Sarà qui tra un minuto».

Nonostante la sua impazienza di entrare sulla scena del crimine, nemmeno il grado di Kay l'avrebbe tolta dai guai se avesse infranto il protocollo sollevando il nastro che si estendeva tra un lampione e una grondaia fissata alla muratura in pietra calcarea dura.

«Cos'altro sappiamo degli eventi di questa mattina?» disse a Gavin, abbassando il mento fino a percepire il morbido tessuto della sua giacca, poi espirando per creare un caldo bozzolo d'aria per compensare il freddo mattutino.

«Nessuno sapeva che il corpo fosse lì finché non è caduto dal soffitto, capo. A quanto pare, la scorsa settimana è stato segnalato un guasto nell'impianto di condizionamento canalizzato e il tizio che l'ha installato, Spencer White, non è potuto venire prima di oggi».

«Che tipo di guasto?» disse Kay.

«L'impianto si è bloccato. Niente aria in tutto l'edificio. Essendo una vecchia banca, e considerando la quantità di traffico che passa qui ogni giorno, le finestre non possono essere aperte, sono a doppi vetri e sigillate. Qualcuno ha deciso di alzare la temperatura la settimana scorsa dopo quella ondata di freddo, e tutto si è fermato».

«Porca miseria. Quindi qualcuno sa da quanto tempo era lassù?»

Gavin scosse la testa. «No, ma i pannelli fonoassorbenti sono stati installati verso la fine dei lavori di ristrutturazione dell'edificio quindi non era lì prima...»

S'interruppe e fece un cenno con il mento oltre la spalla di Kay.

Girandosi, vide Aaron Baxter avvicinarsi, con una lavagna in mano.

«Mi scusi, capo. È un pandemonio al momento».

«Nessun problema», disse Kay. «La cosa principale è che stai mantenendo la scena del crimine in buono stato, quindi non preoccuparti se dobbiamo aspettare».

L'agente di polizia riuscì a sorridere mentre riprendeva dalle mani di Gavin i documenti firmati. «Grazie, capo.»

Kay passò sotto il nastro che Aaron teneva sollevato, attese che Gavin la raggiungesse e poi prese una tuta protettiva da Patrick, uno degli assistenti di Harriet, e indossò i copriscarpe e i guanti che lui le porgeva.

Una volta adeguatamente vestita, seguì Gavin fino alla porta d'ingresso dell'edificio, notando con sollievo che le barriere erano state erette e i curiosi erano stati allontanati dall'edificio adibito a uffici sul lato opposto.

Le porte a doppio battente della vecchia banca erano state bloccate in posizione aperta e mentre Kay entrava, un debole pianto raggiunse le sue orecchie.

Una giovane donna, non più di vent'anni, sedeva su una delle poltrone in pelle nell'area della reception, con un fazzoletto di carta stretto nel pugno mentre una collega cercava di calmarla.

Debbie si avvicinò a Kay e Gavin. «Gemma Tyson», disse a bassa voce. «Receptionist. Era presente quando è stata scoperta la vittima.»

Kay annuì in segno di ringraziamento, poi si diresse verso le porte che presumeva conducessero nelle viscere dell'edificio. «Scambieremo due parole con lei all'uscita.»

Gavin annuì in segno di comprensione, poi si fermò quando entrarono nell'ufficio open space. «Porca miseria.»

Lo spazio centrale che fungeva da fulcro operativo della società di software brulicava di persone.

Una decina di agenti in uniforme si aggirava per la stanza. Avevano diviso i dipendenti in piccoli gruppi per raccogliere le testimonianze e assicurarsi che i telefoni cellulari fossero sequestrati fino alla rimozione di eventuali fotografie e alla comunicazione delle regole fondamentali riguardanti i social media.

Un'atmosfera di shock permeava l'aria, con una cupa sfumatura di incredulità per l'improvvisa comparsa del corpo mummificato.

Mentre si dirigevano verso l'area della cucina e la squadra di investigatori della scena del crimine di Harriet che stavano iniziando ad analizzare le prove, Kay represse l'impulso di farsi prendere dal panico per l'enorme numero di persone presenti.

Tra le varie scene del crimine, questa sarebbe stata una delle più difficili da gestire e avrebbe messo alla prova le capacità della sua squadra fino al limite.

«Cosa li fa sospettare che si tratti di un omicidio?» chiese.

«Un grosso ammaccamento sul lato del cranio», disse Gavin. «Un gioco da ragazzi, capo.»

Kay gemette e superò uno degli assistenti di Harriet. «Devi smettere di frequentare Barnes, Piper. È una cattiva influenza.»

CAPITOLO 3

Il sergente detective appena nominato da Kay aveva la reputazione di avere un buon senso dell'umorismo, ma Ian Barnes era parte integrante della sua squadra e nonostante le sue parole, lei sapeva che riusciva ad essere conciso e professionale quando necessario.

In quel momento, indossava una tuta protettiva ed era circondato da persone in vari stadi di preparazione.

Gli investigatori della scena del crimine si aggiravano intorno al punto in cui il cadavere mummificato era caduto attraverso il soffitto, mentre un terzo cordone di polizia veniva stabilito più vicino al corpo.

Barnes alzò lo sguardo dai suoi appunti, salutò Kay e Gavin con un cenno del capo, poi rivolse l'attenzione a una giovane agente in uniforme e al suo collega prima di indicare l'estremità opposta della stanza.

I due agenti si misero subito in azione, lasciando Barnes a parlare con un uomo alto in giacca e cravatta che continuava a passarsi la mano tra i capelli mentre ascoltava.

«Chi è quello?» disse Kay.

«L'amministratore delegato, capo», disse Debbie. «Lavora al piano di sopra. Per essere più precisi, nella stanza sopra di noi.»

«È stata isolata anche quella?»

«Sì. Due della squadra di Harriet sono saliti lì quando sono arrivati, e abbiamo gente che sta parlando anche con i dipendenti di quel piano. Abbiamo pensato di farlo lì per tenerli lontani da tutto questo.»

Sedie di plastica giacevano sparse sulle piastrelle di linoleum, spostate all'indietro dai membri del personale che avevano cercato di lasciare l'area in fretta, e Kay osservò con occhio esperto la folla riunita che si mescolava vicino a un distributore d'acqua dalla parte opposta della stanza.

«Qualcuno è uscito?» chiese.

«No. Tutti presenti e identificati», disse Debbie. «Non rilasceremo nessuno dalla scena fino a quando non lo dirai tu.»

«Bene, grazie. Come va, Ian?» disse Kay mentre si avvicinava.

«Bene, capo. Un attimo.»

Si voltò e parlò con un sergente in uniforme, poi si spostò dove Kay e Gavin erano in piedi al confine tra le postazioni di lavoro e l'area relax, con un'espressione di disgusto che offuscava i suoi lineamenti una volta avvicinatosi.

«Non ne ho mai avuto uno così prima», disse con un brivido. «C'è sempre una prima volta, immagino.»

«Sembra che tu abbia tutto sotto controllo.»

Un senso di orgoglio riempì Kay mentre parlava.

La decisione di Barnes di candidarsi per il ruolo di sergente detective era stata una sorpresa per lei e per gli altri. Aveva passato l'estate a evitare l'opportunità per poi cambiare idea all'ultimo minuto piuttosto che far entrare nella squadra un perfetto sconosciuto.

Kay si era sentita sollevata; le piaceva lavorare con il detective più anziano che era diventato un buon amico oltre che un collega, e qualcuno su cui poteva contare senza dover chiedere.

Sembrava che stesse prosperando grazie alle sfide che il suo ruolo comportava, specialmente ora.

Kay allungò il collo, ma non riuscì a vedere oltre gli investigatori della scena del crimine che ora erano accovacciati sul pavimento tra i tavoli. «Dov'è Lucas?»

«Qui.»

Si girò di scatto al suono della voce e si trovò faccia a faccia con il patologo, la sua espressione stanca mentre si asciugava le mani con un foglio di carta spiegazzato prima di metterlo in un sacchetto e consegnarlo a un membro della squadra della Scientifica che passava.

Si strinsero la mano, e poi lei indicò l'area sotto il buco spalancato nel soffitto.

«Riesci a dirmi qualcosa di nuovo?»

«Quell'ondata di calore che abbiamo avuto in estate ha preservato il corpo», disse Lucas, mantenendo la voce bassa per evitare di essere udito dal personale dell'ufficio che veniva radunato dal distributore d'acqua verso un gruppo di scrivanie. «Ho capito che questi pannelli fonoassorbenti sono state installati a fine giugno, quindi chiunque abbia nascosto il corpo lo ha fatto tra quel momento e quando l'edificio è stato affittato all'inizio di ottobre.»

Gavin alzò lo sguardo verso il buco che si apriva nell'intercapedine del soffitto. «Come diavolo si fa a mettere un corpo lassù? Ci vorrebbe più di una persona, no?»

«Alcuni della squadra di Harriet sono al piano di sopra. Hanno iniziato a smontare l'ufficio sopra questo», disse Lucas. Fece cenno a Harriet. «Hai un secondo?»

«Se sei rapido», disse la responsabile della Scientifica.

«Stavo per aggiornare Kay su quello che state facendo, ma ho pensato che avrebbe avuto più senso che glielo dicessi direttamente tu, nel caso avessi già più informazioni», disse Lucas.

«Va bene, sì. Stiamo lavorando su due teorie basate su quanto siamo riusciti ad accertare all'arrivo. La prima, il corpo è stato sollevato fino al soffitto da qui; o la seconda, chiunque l'abbia fatto ha messo il corpo nel pavimento dell'ufficio al piano di sopra», disse Harriet. «Non sarebbe stato facile spingere la nostra vittima attraverso il soffitto, troppo pesante tanto per cominciare, e non c'era modo di fissarlo lì finché i pannelli fonoassorbenti non fossero stati sostituiti. Ovviamente, potremo dirti di più man mano che procediamo, ma sono propensa a credere che sia stato calato dal pavimento di sopra. Mentre il corpo si disidratava, è scivolato attraverso il pavimento fino a poggiare sui pannelli fonoassorbenti e ha compresso l'alimentazione proveniente dalle tubazioni dell'impianto di condizionamento dell'aria.»

«Grazie.» Kay si rivolse di nuovo a Lucas. «Sappiamo se è un uomo o una donna?»

«Uomo, certamente. Vuoi dare un'occhiata prima che lo spostiamo?»

«Sarà meglio.»

A essere sincera, Kay avrebbe preferito non ispezionare il corpo mummificato, ma sapeva per esperienza che avere l'opportunità di vedere un corpo lì dove era stato scoperto, spesso le forniva più informazioni di quante ne avrebbe potute ricavare leggendo il testo scarno di un rapporto, e nel suo nuovo ruolo di ispettrice di polizia era determinata a guidare la sua squadra con l'esempio.

Se uno qualsiasi di loro l'avesse vista prendere scorciatoie in un'indagine, non se lo sarebbe mai perdonata.

«Mettiti la mascherina», disse Lucas. «Non sappiamo quali spore potrebbe rilasciare.»

Kay fece come le era stato detto. Dopo essersi assicurata che anche Gavin indossasse la sua mascherina, seguì Lucas e Harriet sotto il cordone secondario attraverso il pavimento in linoleum fino a dove lavoravano gli agenti della Scientifica.

All'inizio, la forma raggomitolata a terra sembrava un mucchio di stracci caduti in un cumulo, ma avvicinandosi, Kay riuscì a distinguere una mano contratta che spuntava dalla manica di una camicia blu.

Lucas la condusse attorno al corpo della vittima, i suoi movimenti erano rispettosi mentre si accovacciava e indicava il volto dell'uomo.

Kay deglutì, poi si unì al patologo.

Fece scorrere lo sguardo sulla pelle raggrinzita del volto della vittima.

Le palpebre erano mancanti, esponendo orbite vuote, e le labbra erano ritratte in una smorfia di agonia.

«Temo che i roditori gli abbiano mangiato gli occhi e le labbra», disse Lucas. «Non ci mettono molto a trovare un modo per entrare in un posto se riescono ad annusare un corpo, anche in un luogo relativamente nuovo come questo.»

«Gavin ha menzionato che c'è una ferita da trauma contundente alla testa.»

«Sì, qui.» Lucas usò il mignolo per indicare un'ammaccatura nel cranio della vittima, dietro l'orecchio sinistro. «Non posso dire con certezza se questa sia la causa della morte finché non avrò avuto la possibilità di esaminarlo adeguatamente.»

«Qualche documento d'identità? Portafoglio?»

«No, niente nelle tasche.»

«Come diavolo lo identificherete?» disse Gavin, il cui viso stava gradualmente tornando al suo colore normale. «Voglio dire, il suo volto è irriconoscibile, e la sua pelle è tutta raggrinzita.»

«Lo porteremo all'obitorio e proveremo con della glicerina sulle punte delle dita per cominciare», disse Lucas. Lanciò uno sguardo addolorato al corpo accartocciato. «Potrebbe ammorbidire la pelle abbastanza da ottenere impronte digitali da inviarvi così potrete provare a identificarlo. Non posso promettere nulla per qualche giorno, però.»

Le autopsie del Kent, se non condotte in un ospedale dove un paziente era deceduto, venivano eseguite all'ospedale Darent Valley da Lucas e da una squadra di necrofori che lavoravano in laboratori angusti ed erano sotto costante pressione. Al loro carico di lavoro si aggiungevano gli effetti dei mesi più freddi, con condizioni meteorologiche avverse e casi fatali di polmonite tra la popolazione anziana, così che un rapporto di autopsia per un procedimento penale poteva richiedere diversi giorni nel migliore dei casi, a volte settimane.

«Nessuna macchia sulle piastrelle del soffitto?» disse Kay.

«La disidratazione sarebbe avvenuta prima della putrefazione», disse Lucas. «Deve esserci stato abbastanza flusso d'aria nella cavità per accelerarne il processo.»

«E nessuno avrebbe notato eventuali odori residui perché il posto è rimasto vuoto per due mesi dopo che le ristrutturazioni sono state completate», disse Barnes. «Abbiamo una copia del contratto di locazione, e questi sono entrati solo a ottobre.»

«Sappiamo chi erano gli installatori della moquette?»

Barnes indicò con il pollice guantato oltre la sua spalla. «L'amministratore delegato ha telefonato al suo responsabile operativo, è in ferie al momento ma esaminerà i suoi file online e ci invierà i dettagli via email. Sembra si tratti di un'azienda locale.»

«Va bene, buono.» Kay si alzò in piedi e gettò lo sguardo sulla scena del crimine. «D'accordo, Ian. Qui hai tutto sotto controllo. Noi torneremo alla stazione e ci assicureremo che la sala operativa sia pronta.»

CAPITOLO 4

«Un modo infernale di iniziare il lunedì, capo.»

Il sergente detective Carys Miles consegnò a Kay una cartellina manila mentre entrava nella sala operativa e si dirigeva verso la sua scrivania.

«Non dirlo a me.» Kay si tolse il pile e lo lanciò sullo schienale della sedia prima di aprire il fascicolo. «Cosa sei riuscita a trovare?»

Carys si appoggiò alla scrivania di fronte e si sistemò una ciocca di capelli neri dietro l'orecchio mentre Kay si sedeva. «L'edificio era di proprietà di una delle grandi banche di high street fino alla recessione di qualche anno fa. È stato affittato con contratti a breve termine negli anni successivi, ma quando l'ultimo inquilino se n'è andato, i proprietari hanno deciso di approfittare dei lavori di riqualificazione in corso qui intorno e hanno venduto l'immobile».

«Devono aver fatto un bel gruzzoletto».

«Non ti sbagli. Le cifre stimate sono a pagina quattro. Il nuovo proprietario, una società di sviluppo immobiliare con sede a Rochester, ha appaltato i lavori. Abbiamo stilato un elenco di nomi di aziende relative all'edificio tramite internet e otterrò un po' di aiuto per esaminarle e scoprire come sono collegate. Alcune sono ditte individuali, altre sono società a responsabilità limitata».

«Barnes sta aspettando notizie dal responsabile operativo dell'attuale inquilino», disse Gavin. «Speriamo che abbia un'annotazione sugli istallatori di moquette per risparmiarti la ricerca».

«Sarebbe ottimo», disse Carys. «Spero che tutto sia in regola e che non dobbiamo preoccuparci di pagamenti in nero».

Kay scorse il testo mentre sfogliava il fascicolo sottile, poi lo restituì a Carys.

«È un buon inizio, grazie». Controllò l'orologio. «Chi gestisce il database HOLMES?»

«Phillip Parker», disse Carys. «Debbie è stata assegnata alla squadra in uniforme durante il weekend e non sarà disponibile prima di giovedì per unirsi a noi».

«Sì, l'abbiamo vista sulla scena. Va bene così, Phillip è più che capace di gestirlo nel frattempo. Chi altro abbiamo?»

Kay ascoltò e lasciò vagare lo sguardo per la sala operativa mentre Carys elencava i nomi degli agenti in uniforme che erano stati chiamati ad assistere la sua piccola squadra di detective, il suo battito cardiaco cominciò a stabilizzarsi dopo il picco di adrenalina durante la visita alla scena del crimine.

Il suo sguardo cadde sull'agente Derek Norris in equilibrio su una sedia mentre staccava festoni di carta azzurro pallido dal soffitto, e il suo cuore si strinse.

Il venerdì precedente, una delle impiegate amministrative aveva portato il suo bambino di poche settimane per presentarlo ai colleghi e la stanza era stata utilizzata come spazio temporaneo per organizzare una piccola festa per lei. Kay aveva partecipato, ma aveva attirato sguardi preoccupati dai suoi colleghi detective. Sentiva ancora il dolore della perdita a seguito del suo aborto spontaneo di alcuni anni prima, ed era stato difficile quando il bambino le era stato messo tra le braccia e i vividi occhi azzurri del piccolo l'avevano fissata.

Soffocò il ricordo mentre Norris scendeva dalla sedia e gettava gli ultimi festoni nel cestino sotto la scrivania, riportando la sala operativa alla sua normale configurazione pratica.

Le sue dita congelate iniziarono a scongelarsi nel calore del riscaldamento centralizzato che, almeno questo inverno funzionava, e accolse con gratitudine la tazza di tè che il sergente Harry Davis le porse prima di dirigersi verso una scrivania vicino alla finestra. Sorrise; l'agente in uniforme più anziano era diventato una figura paterna per molti membri del personale nel corso degli anni e lei apprezzava sempre la sua compagnia, anche quando si trovava all'inizio di un'indagine che avrebbe certamente messo alla prova tutte le sue abilità di detective e responsabile. Almeno si poteva contare su Harry per tenere a bada i membri più giovani della squadra quando necessario.

Un'aria di efficienza riempiva la stanza mentre il personale si sistemava alle scrivanie temporanee, rispondeva al telefono e si chiamava a vicenda; una concentrazione che non si sarebbe interrotta fino a quando la loro vittima non fosse stata identificata e le circostanze della sua morte fossero risolte.

Carys si interruppe quando la porta si aprì e Barnes si diresse verso di loro a grandi passi, allentandosi la cravatta.

«Bene, Tutankhamon è partito per l'obitorio e c'è una pattuglia in uniforme che rimarrà nei locali fino a quando la squadra di Harriet non avrà rilasciato la scena del crimine», disse. «Cosa mi sono perso?»

Kay gli passò gli appunti di Carys, poi si rivolse a Gavin. «Puoi contattare il comune e scoprire se ci sono stati problemi durante i lavori di ristrutturazione? Reclami, problemi con i permessi, qualsiasi cosa del genere».

«Lo farò, capo». Alzò il suo cellulare. «Scaricherò anche le foto che ho scattato della vittima e della scena del crimine, e le inserirò nel sistema. Vuoi un paio di stampe per la lavagna?»

«Sì, per favore. Tanto vale mostrare a tutti qui con cosa stiamo avendo a che fare quando dovremo identificare questo. Non credo che riceveremo nulla dalla squadra di Harriet fino a domani, se sono ancora lì».

Gavin si precipitò verso la sua scrivania e Barnes consegnò la cartella a Carys.

«Quali sono le tue prime impressioni?» disse Kay.

«Beh, evidentemente ha fatto incazzare qualcuno», disse Barnes. «Visto il modo in cui gli è stato fracassato il cranio».

Carys aggrottò la fronte. «Non abbiamo ricevuto segnalazioni di problemi durante i lavori di riqualificazione qui intorno. Presumo che non è possibile che sia inciampato e caduto nella cavità per caso battendo la testa, allora?»

«No, abbiamo dato un'occhiata al piano di sopra prima di andarcene, ed è stato sicuramente nascosto di proposito», disse Kay. «Ci sono diversi tipi di travi e cavi sotto il livello del mezzanino. Tutto questo avrebbe dovuto essere spostato di lato perché lui potesse entrarci».

Si alzò dalla sedia. «Avanti, riunisci tutti e facciamo un rapido riepilogo di ciò che dobbiamo fare entro la fine della giornata. Devo informare Sharp prima che parta per la conferenza stampa tra un'ora».

Il suo stomaco brontolò mentre allungava la mano per prendere il cellulare, e Carys alzò gli occhi al cielo.

«Non una parola. Mangerò più tardi», disse Kay.

Si spostò davanti alla stanza e attese mentre i suoi colleghi trascinavano le sedie verso il punto in cui si trovava accanto a una lavagna, mentre Gavin si affrettava dalla stampante.

«Ho le foto», disse, e iniziò ad appenderne due che aveva scelto tra quelle che aveva scattato.

Kay si schiarì la gola. «Calmatevi tutti. Mettiamoci al lavoro».

Alcuni ritardatari si affrettarono ad appoggiarsi alle scrivanie o si appollaiarono sui davanzali delle finestre, e poi lei iniziò.

«Per coloro che si sono uniti a noi per la prima volta oggi, scoprirete che siamo una squadra affiatata a cui piace portare a termine le cose. Detto questo, nessuno di noi morde, quindi non abbiate paura di fare domande. Potreste essere voi a indirizzarci nella giusta direzione per ottenere un risultato, d'accordo?» Sorrise mentre un paio di giovani agenti si rilassarono visibilmente e altri fecero un cenno d'intesa a Barnes e agli altri detective, prima di girarsi e battere le nocche sulla prima fotografia. «Abbiamo un corpo mummificato che è stato scoperto quando è caduto attraverso un soffitto nella vecchia banca su High Street stamattina presto. Nessuno è rimasto ferito, ma come potete immaginare è stato uno shock per tutti i presenti.»

Un mormorio riempì la stanza mentre la squadra investigativa si sporgeva come un sol uomo verso le fotografie con i taccuini aperti e le penne pronte.

«Nessuno sa chi sia al momento», disse Kay. «Indossava jeans in denim, una camicia di cotone blu scuro e scarpe di tela. Le etichette dei suoi vestiti sono di marche comuni dei centri commerciali e online. Non portava un orologio, e non ci sono altre forme di identificazione come un portafoglio o una patente di guida. Si stima che misuri un metro e settantacinque, questo verrà chiarito dopo l'autopsia perché la mummificazione ha causato un certo grado di restringimento. I suoi capelli sono piuttosto lunghi, come potete vedere, e per i nuovi arrivati, il nostro patologo ha chiarito che erano circa di quella lunghezza quando è morto. Non credete a tutto ciò che leggete sulla stampa riguardo ai capelli che crescono dopo la morte. Per cominciare, non è rimasto in quella cavità abbastanza a lungo.»

Si spostò verso la seconda fotografia fornita da Gavin. «Quando avremo finito, voglio che tutti voi diate un'occhiata più attenta alle sue impronte digitali; Lucas cercherà di estrarle per noi, ma sembrano consumate sulla mano sinistra, non tanto sull'altra, il che sarebbe insolito per chiunque sia associato ai lavori di costruzione.»

«Forse era un chitarrista», disse un agente di mezza età dal fondo della stanza.

«Potrebbe essere», disse Kay. Scrisse il suggerimento sulla lavagna con un punto interrogativo sotto, poi rimise il cappuccio alla penna. «Parker, puoi lavorare con Carys e inserire i risultati che ha raccolto finora in HOLMES prima di domani mattina così che tutti possano accedervi facilmente?»

«Sì, capo.» Phillip le fece un cenno con il pollice in su. «Ho anche un paio di computer che stanno installando; Theresa dell'amministrazione è riuscita a procurarseli da qualche parte.»

«Ottimo lavoro, grazie.» Kay si spostò verso una mappa ingrandita della zona immediatamente intorno agli uffici della società di software. «Gli agenti in uniforme stanno lavorando nelle aziende situate nelle tre strade che circondano la nostra scena del crimine, e Andy Grey dell'unità di informatica forense ha ricevuto copie delle riprese delle telecamere di sorveglianza di due negozi al dettaglio dall'altra parte della strada rispetto alla società di software. Non possiamo aspettarci che queste ci aiutino molto, dato il tempo trascorso dal completamento delle ristrutturazioni, ma vale la pena tentare.»

«Telecamere di sorveglianza, Barnes, puoi coordinarti con Hughes e procurare i filmati almeno dall'inizio di giugno in poi?» Kay aggiunse. «Lucas ha detto che la nostra vittima si è disidratata molto rapidamente, quindi lavoreremo partendo dal presupposto che sia stato ucciso durante l'ondata di caldo di questa estate. Diamo un'occhiata per vedere se c'è stata qualche attività sospetta intorno al sito mentre i lavori erano in corso, e poi nei due mesi successivi mentre i locali erano vuoti.»

«Lo farò.»

«È sicuramente un omicidio, capo?» disse Parker.

«Date le dimensioni del colpo al cranio e l'angolo con cui è stato colpito, siamo portati a presumere che la nostra vittima sia stata assassinata piuttosto che trattarsi di un incidente, fino a quando non avremo i risultati dell'autopsia. Indipendentemente da come è morto, non è caduto in quella cavità. Qualcuno l'ha aiutato ad entrare lì», disse Kay. Sospirò, lasciò cadere la penna sulla scrivania accanto a lei, poi passò lo sguardo sui volti ansiosi che scrutavano la lavagna bianca.

«Quindi, scopriamo cosa gli è successo, va bene?»

CAPITOLO 5

Il tardo pomeriggio del giorno seguente Kay aprì la porta col gomito, imprecando sottovoce mentre il caffè caldo fuoriusciva dal bicchiere da asporto e le colava sulla mano.

Si scrollò di dosso il liquido e si affrettò verso la sua scrivania, mentre i livelli di rumore nello spazio open space competevano con il frastuono della strada fuori, dove il traffico congestionato e un'ambulanza lottavano per farsi strada tra due corsie di veicoli in coda.

Aveva trascorso le ultime quattro ore al quartier generale, prima con l'ispettore capo investigativo Sharp per aggiornare il Commissario Capo sull'inizio dell'indagine e fornire un quadro di come intendeva gestirla prima di tornare alla stazione del centro città, e poi a coordinarsi con la squadra delle relazioni con i media per discutere su come far fronte al diluvio di richieste da parte della stampa e del pubblico dopo la conferenza stampa televisiva della sera precedente.

Il sole era già tramontato quando aveva finito e si era

affrettata nella sala operativa per cercare di raggiungere la sua squadra prima che andassero a casa per la notte.

Posò il bicchiere sulla scrivania, guardò con uno sguardo torvo la luce lampeggiante sul telefono della sua scrivania, poi emise un sospiro e iniziò ad affrontare le email che si erano moltiplicate nelle ore in cui era stata al quartier generale.

Barnes alzò lo sguardo dal suo taccuino e inarcò un sopracciglio, con il cellulare all'orecchio.

Kay scosse la testa e si sforzò di sorridere.

L'intera giornata l'aveva lasciata inquieta.

Attorno a lei, agenti e detective lavoravano con il frenetico fermento che solo una nuova indagine per omicidio poteva causare, e lei era qui a dover combattere con i dirigenti per assicurarsi che la sua squadra ottenesse le risorse necessarie per ottenere il risultato giusto.

«Tutto a posto?» disse Barnes, terminando la chiamata e gettando il telefono sulla scrivania.

«Sì», disse Kay, e allungò la mano verso il mouse del computer, muovendolo per riattivare lo schermo. «Il Commissario Capo sembra soddisfatto di come ci siamo organizzati qui, almeno.»

Barnes si sporse in avanti, abbassando la voce in modo cospiratorio. «Ho sentito dire che gioca al Sudoku del *Times*…»

«Non c'è nulla di strano in ques…»

«Con una *penna*.»

Kay afferrò la pallina antistress morbida che Gavin aveva lasciato sulla sua scrivania e la lanciò a Barnes, che si abbassò e poi le sorrise.

Rise, grata per averle sollevato un po' il morale.

«Comportati bene. A che punto siamo con i compiti? Sei riuscito a far luce sui lavori di costruzione durante l'estate?»

«Te lo mostro», disse Barnes. La condusse attraverso la stanza fino alla lavagna, ora coperta di vari appunti e scritte con pennarelli di diversi colori. Indicò una fotografia dell'edificio scattata prima della riqualificazione del sito. «Ecco com'era il posto prima».

«Avevo dimenticato che fosse così brutto», disse Kay.

«Da ristrutturare completamente, questo è certo. La banca ha venduto il sito all'asta, l'ultimo inquilino se n'è andato a novembre dell'anno precedente. È stato acquistato dalla Hillavon Developments, che ha sede legale a Rochester. Il proprietario, Alexander Hill, vive a Broadstairs».

«Qualcuno ha parlato con lui?» chiese Kay.

«Gavin lo contatterà più tardi oggi. A quanto pare, il tipo gioca a golf fino all'una del pomeriggio il martedì e tiene il telefono spento fino alla buca diciannove. Non ha ancora risposto a nessuna delle chiamate di Gavin».

«Di' a Gavin di fargli sapere che possiamo sempre condurre l'interrogatorio in una delle nostre stanze qui se non intende prendere sul serio questa faccenda».

«Lo farò, capo».

«Cosa sappiamo di lui?»

«La Hillavon Developments, o Alexander Hill se preferisci, è un architetto di professione, quindi ha progettato la nuova disposizione dell'edificio e poi ha appaltato la gestione del progetto e la costruzione a un'altra società, la Brancourt and Sons Limited».

«Dove hanno sede?» disse Kay.

«Qui a Maidstone. Sono qui dagli anni '20, secondo il loro sito web», disse Barnes. «Stavo pianificando di contattarli dopo aver parlato con lo sviluppatore nel caso ci dicesse qualcosa su cui interrogarli».

«Procediamo e parliamo con qualcuno della Brancourt and Sons il prima possibile. Sicuramente si aspettano una telefonata da noi dopo che la notizia di ieri sera è stata trasmessa, e le voci si staranno diffondendo. Preferirei avere più informazioni possibili per mantenere questa indagine in movimento. Chi gestisce l'azienda familiare al giorno d'oggi?»

«John Brancourt», disse Barnes. «Vive a Coxheath e ha preso il posto di suo padre trent'anni fa. Sembra essere una tradizione familiare leggendo la loro storia sul sito web; l'attività viene trasmessa al primogenito di ogni generazione prima del suo trentesimo compleanno».

«Bene, mettiti in contatto con John Brancourt e organizza un interrogatorio». Attese mentre il collega prendeva nota, e poi continuò. «Tornando all'edificio, chi erano gli ultimi inquilini prima che il posto fosse venduto? C'era una boutique o qualcosa del genere nello spazio commerciale sottostante, vero?»

«Sì, dove ora c'è l'area della reception». Barnes allungò la mano verso una pila ordinata di documenti pinzati sul tavolo accanto a Kay e sfogliò le pagine, con la fronte aggrottata finché non trovò ciò di cui aveva bisogno e indicò la pagina con l'indice. «Ecco qui. C'era un negozio di moda al piano di sotto. Pia ha sempre pensato che fosse troppo costoso per Maidstone, il che potrebbe essere il motivo per cui ha chiuso un paio di mesi prima che l'edificio fosse messo in vendita. Al piano superiore, c'era un'agenzia di licenze per cavalli da corsa. Il piano più alto era utilizzato part-time da un'azienda di graphic design. Carys ha rintracciato quegli inquilini, e le uniformi usciranno per raccogliere le dichiarazioni domani mattina presto».

«Ci sono stati problemi prima che il posto fosse venduto?» chiese Kay.

«Intendi inquilini che si sono risentiti per essere stati sfrattati?» Barnes scosse la testa. «Non che ne siamo a conoscenza. In pratica, non c'è nulla nel sistema; quindi, a meno che gli interrogatori che gli agenti in uniforme faranno domani non facciano luce su qualcosa, allora no. Nessun problema».

Kay incrociò le braccia sul petto mentre valutava le informazioni raccolte nelle prime ventiquattro ore. «Questo caso non mi piace per niente, Ian».

«È diverso, vero?»

«Che diavolo ci faceva lì in primo luogo? Voglio dire, se ci fosse stato un incidente o qualcosa del genere durante i lavori di ristrutturazione, ne avremmo sentito parlare. L'Ispettorato per la Salute e Sicurezza sul Lavoro avrebbe setacciato quel sito nel giro di poche ore. Non puoi insabbiare una cosa del genere, non di questi tempi».

Barnes si grattò il mento. «Stiamo ancora elaborando un elenco di tutti quelli che avevano accesso al sito una volta iniziati i lavori di ristrutturazione».

«Stai facendo un ottimo lavoro, Ian. È come dice sempre Sharp, non sempre otteniamo la svolta di cui abbiamo bisogno nelle prime ventiquattro ore, nonostante quello che ci dicono i manuali di formazione». Fece un gesto verso le fotografie. «Voglio dire, questo è un buon inizio».

«Capo, non pensi che Gavin abbia ragione?» disse Barnes, abbassando la voce.

«Riguardo cosa?» Kay lo guardò e poi aggrottò le sopracciglia. «Oh, aspetta. I gatti? Per portare fortuna?»

«Beh? E se qualcuno lo avesse messo in quella cavità di proposito?» Scrollò le spalle e distolse lo sguardo, con due macchie rosse che gli apparivano sulle guance.

«Senti, non escludiamolo. Penso sia improbabile che stiamo cercando un omicidio sacrificale, ma ammettiamolo, al momento, non abbiamo nient'altro come movente, vero?» Kay si voltò verso la sala operativa, un miscuglio di agenti in uniforme o in abiti formali creava un vortice di attività. «Com'è andato il briefing?»

«Bene. Penso che tutti sappiano cosa devono fare e siano ansiosi di iniziare. Parker ha finito di aggiornare HOLMES così tutti gli altri possono iniziare ad aggiungere i loro appunti man mano e almeno siamo in grado di stampare i rapporti di cui abbiamo bisogno. Carys ha aggiunto le informazioni sugli inquilini che ha trovato, oltre ai dati formali del registro delle imprese, e Hughes ha due agenti che lo aiutano a esaminare le riprese delle telecamere di sorveglianza che abbiamo finora».

Kay espirò, liberandosi parzialmente della frustrazione che aveva iniziato a infiltrarsi nel suo organismo durante il soggiorno al quartier generale. «Sapevo di poter contare su di te, Ian. Grazie. Vai a casa e speriamo di fare qualche progresso domani».

CAPITOLO 6

Kay raccolse le buste di iuta dal sedile posteriore della sua auto, chiuse la portiera col gomito e attraversò il vialetto fino alla porta d'ingresso di casa sua, con le orecchie ancora che le fischiavano per le urla di un bambino alla cassa del supermercato pochi minuti prima.

La porta si aprì prima che potesse posare la spesa per cercare le chiavi.

«Buonasera, detective.»

Lei sorrise. «Ehi, tu. Tieni, prendi alcune di queste. Pesano una tonnellata.»

La sua dolce metà, Adam, acconsentì prendendo due delle buste e ridacchiò mentre apriva la parte superiore di una di esse. «Stavo per chiamarti per dirti che avevamo bisogno di più vino, ma vedo che hai dato priorità a quello.»

«Sì, non pensavo ti sarebbe piaciuto il bianco con questo tempo, quindi ti ho preso un Rioja e un Pinot Noir» disse lei, chiudendo la porta e inserendo la catena di sicurezza. «Scegli tu.»

Un aroma intenso le solleticò i sensi mentre lo seguiva in cucina, e poi vide ciò che si trovava al centro del piano di lavoro e si bloccò.

«Oh no.»

Una teca di vetro occupava un terzo dell'ampia superficie, un coperchio di plastica sulla parte superiore con piccoli fori di ventilazione e uno spesso strato di segatura e carta di giornale sminuzzata che copriva il pavimento.

Adam si voltò dal punto in cui stava svuotando le buste accanto al frigorifero e alzò un sopracciglio. «Che succede?»

Kay indicò la teca di vetro. «Ti prego, dimmi che il serpente non è tornato qui.»

Suo marito veterinario rise.

Due anni fa, aveva portato a casa un serpente malato i cui proprietari erano in vacanza. Dopo aver risolto un'indagine con la sua squadra affiatata per arrestare e incriminare un assassino spietato, era tornata a casa e aveva scoperto che il serpente era scappato. Kay era rimasta appollaiata sul piano di lavoro della cucina finché Adam non aveva finalmente localizzato il rettile dietro la lavatrice dopo diversi minuti di ricerca frenetica.

«No, non è un serpente. Sid sta benissimo, sarai contenta di saperlo.» Adam accartocciò le buste vuote e prese quelle che Kay stava tenendo prima di metterle sul piano di lavoro accanto alla teca e fece cenno di unirsi a lui. «Vieni a dare un'occhiata. Penso che questo ti piacerà.»

Lei lo seguì fino alla teca di vetro. «È il vecchio acquario che tenevamo in garage, vero?»

«Sì. È tutto quello che avevo a disposizione con poco

preavviso, ecco perché ho usato un vassoio per semi come coperchio. Almeno ha già i fori per la ventilazione, quindi mi ha risparmiato il lavoro.»

Kay si avvicinò al vetro e guardò all'interno.

Notò che Adam aveva aggiunto un pezzo di tubo di plastica per grondaia, e lo aveva capovolto in modo da formare un breve tunnel a un'estremità dell'acquario. Una bottiglia d'acqua era stata posizionata sul vetro accanto ad essa e, vicino, una seconda ciotola di semi e verdure tagliate sembrava essere stata recentemente saccheggiata.

Un movimento dall'interno del tunnel attirò la sua attenzione, e poi un naso e dei baffi apparvero momenti prima che una creatura pelosa color sabbia si facesse avanti e poi si alzasse tremante sulle zampe posteriori.

«Aww, è un gerbillo!»

«Te l'avevo detto che ti sarebbe piaciuto.»

«Come si chiama?»

«Cornflake.»

«Cosa? Sul serio?»

Adam scrollò le spalle. «La sua proprietaria ha otto anni.»

Kay socchiuse gli occhi mentre osservava il roditore barcollare sulla segatura verso la ciotola dell'acqua. «Che cosa ha?»

«Ha avuto un ictus durante il weekend, poverino» disse Adam. «Purtroppo è abbastanza comune tra questi animali. Sono ottimi animali domestici ma non vivono più di tre o quattro anni.»

«Quanti anni ha Cornflake?»

«Tre anni e mezzo. Angela, la mamma di Cassie, è un po' schizzinosa quando si tratta di dargli le medicine;

quindi, mi sono offerto di prendermi cura di lui per la prossima settimana o giù di lì. Sta avendo una buona ripresa; quindi, sono sicuro che tornerà presto a casa con lei e Cassie.»

«Starà bene?»

«Sono creature straordinariamente resilienti» disse Adam. «Si adatterà col tempo, probabilmente continuerà a inclinarsi a sinistra come sta facendo ora per il resto della sua vita, ma a parte questo starà bene.»

«È un bene.» Lo stomaco di Kay brontolò e si allontanò dalla teca di vetro. «Scusa, ma sto morendo di fame. Ti dispiace sistemare tutta questa roba mentre vado a cambiarmi?»

«Vai pure. Servirò la cena tra mezz'ora.»

«Grazie.»

Kay salì al piano di sopra, appendendo la giacca del tailleur prima di togliere il resto dei vestiti dal suo corpo stanco ed entrare nella doccia della sua stanza.

Mentre lasciava che il getto di acqua calda le scorresse sul cuoio capelluto e si strofinava via lo sporco della giornata dalla pelle, la sua mente tornò all'anniversario recente che lei e Adam avevano scelto di tenere per sé.

Due anni fa, Kay era tornata al lavoro dopo un'indagine degli Standard Professionali della Polizia del Kent che l'aveva lasciata affranta, senza figli.

Solo la sua squadra più stretta e il suo mentore, l'ispettore capo investigativo Devon Sharp, conoscevano l'intera portata del trauma personale che lei e Adam avevano sopportato dopo che lei era stata ingiustamente presa di mira.

Un dolore le strinse il petto mentre i ricordi

riaffioravano, il suo stato rilassato liberò il dolore intorpidito che teneva per sé. Si asciugò gli occhi, le lacrime davano un sapore salato all'acqua che le scendeva sulle guance e sulle labbra, e poi chiuse il rubinetto.

Dopo essersi asciugata la pelle con una ferocia che le lasciò braccia e gambe rosse, Kay liberò i capelli dallo chignon che aveva legato e pulì la condensa dallo specchio sopra il lavandino.

Guardò accigliata il suo riflesso, tirò il cordone per spegnere le luci, poi attraversò la camera da letto verso un cassettone e tirò fuori la sua felpa preferita. Indossò un paio di jeans e si pettinò i capelli.

Mentre si girava per lasciare la stanza, i suoi occhi caddero sulla bottiglia di plastica di sonniferi sul suo comodino.

Il cuore sussultò, e Kay represse il senso di panico che le ribolliva nello stomaco.

La paura la minacciò, subito dopo il dolore che aveva abbassato la sua resilienza.

Aveva affrontato la morte un anno fa, combattuto contro un avversario che le aveva stretto le mani intorno alla gola e cercato di spegnere la sua vita.

Era stato solo il rapido intervento dell'ispettore capo investigativo Sharp a salvarla dalle grinfie di Jozef Demiri. Portava ancora le cicatrici interiori della prova a cui il boss del crimine organizzato l'aveva sottoposta, e si rifiutava di prendere qualsiasi medicinale prescritto per paura di perdere il lavoro.

Per il bene di Adam, aveva continuato a prendere il rimedio omeopatico quotidianamente, ma una sensazione di squilibrio la colpì.

Non allargare le braccia mentre scendeva le scale fu tutto ciò che riuscì a fare.

Tredici gradini, ma ognuno di essi carico di senso di colpa.

Non aveva detto a Adam degli incubi che erano tornati dall'estate.

Non aveva parlato con la dottoressa Zoe Strathmore dopo il suo appuntamento iniziale all'inizio dell'anno, assicurando invece alla segretaria della psichiatra che stava bene; che era troppo occupata; che il suo calendario era troppo pieno per qualsiasi appuntamento di follow-up.

Per nove mesi.

Un tremito le scosse i polpacci e Kay afferrò il corrimano, accasciandosi sul penultimo gradino mentre lo spasmo la avvolgeva.

Combatté la sensazione, il petto si strinse mentre portava le ginocchia sotto il mento, gli occhi fissi sulle luci lampeggianti del pannello di sicurezza alla destra della porta d'ingresso.

Non era stato ancora attivato; lei o Adam avrebbero avviato la sequenza prima di salire le scale per andare a letto, ma la sua presenza la calmava. Nessuno sarebbe entrato in casa stanotte.

Kay abbassò la fronte sulle ginocchia. «Non sono una vittima», mormorò. «Non sono *una* vittima. Posso farcela».

Un movimento alle sue spalle la scosse dalla sua meditazione e si alzò di scatto, passandosi le dita tra i capelli e dando dei colpetti alle guance.

Sentì il colore tornare sulla sua pelle mentre Adam

emergeva dalla cucina, con un'espressione interrogativa negli occhi.

«Mi sembrava di aver sentito la tua voce. Tutto bene?»

«Sì». Forzò un sorriso e lo seguì di nuovo in cucina.

«Ho aperto il Pinot».

«Grazie». Kay si sedette su uno degli sgabelli al piano di lavoro centrale della cucina e bevve un sorso dal bicchiere di vino che Adam le aveva versato. Osservò per un momento mentre Adam tornava ai fornelli e controllava le pentole che fumavano sul piano cottura, poi si schiarì la gola. «Quando è stata l'ultima volta che hai visitato Elizabeth?»

Adam si immobilizzò, il cucchiaio di legno sospeso in aria.

«Cosa?»

Adam appoggiò il cucchiaio su uno dei manici della pentola e poi si avvicinò a dove lei era seduta. Aggrottò la fronte. «Sono stato così occupato con lo studio nelle ultime settimane… no, mesi».

Kay lo osservò mentre si mordeva il labbro, con le spalle che si abbassavano.

«Circa dieci settimane fa, suppongo», disse.

«Non parliamo più di lei. È come se, una volta che Demiri è uscito dalle nostre vite, tutto ciò che lo riguardava se ne fosse andato con lui. Inclusa nostra figlia». Kay si allungò attraverso il piano di lavoro e gli strinse la mano. «Perché?»

Lui le strinse le dita, poi le girò intorno fino a dove lei era seduta e la avvolse in un abbraccio prima di baciarla. «Anche tu sei stata occupata. Non significa che non ci importi».

«Non è così?»

«No, non è così». Sospirò e le strofinò la schiena. «La vita va avanti, che ci piaccia o no. Le persone dipendono da noi».

«Immagino di sì».

«Mi vuoi dire cosa ti preoccupa veramente? Non si tratta solo di Elizabeth, vero?»

Kay tirò su col naso e cercò di ignorare la sensazione pungente agli angoli degli occhi.

«Lucy dell'amministrazione era in ufficio la settimana scorsa. È la prima volta che viene da quando è andata in maternità. Ha portato il suo bambino, un maschietto. Stephen». Si asciugò le guance, un sospiro tremante scuoteva il suo corpo esile. «Sembrava così felice».

«Vieni qui».

La avvolse tra le sue braccia e le baciò la sommità della testa mentre lei piangeva nella sua morbida camicia di cotone, lottando contro l'assoluta infelicità che la sommergeva.

Dopo qualche momento, alzò lo sguardo verso di lui. «Grazie».

Un debole sorriso gli increspò le labbra. «È un po' una merda, vero?»

«Lo è».

Si allontanò dal suo abbraccio e si allungò oltre il piano di lavoro verso una scatola di fazzoletti, poi si tamponò gli occhi e si soffiò il naso.

Si girò e vide Adam che la guardava con cautela. «Che c'è?»

«Prenditi cura di te, Hunter. Sono preoccupato per te».

CAPITOLO 7

Un vento impetuoso scuoteva il cappotto di Kay la mattina seguente mentre seguiva Barnes dal veicolo di servizio attraverso un cantiere fangoso verso un edificio butterato con l'indicazione "ufficio del cantiere".

Un freddo pungente le mordeva le orecchie, e imprecò sottovoce prima di affrettarsi oltre la soglia lasciando che Barnes chiudesse la porta dietro di loro, poi tirò la sciarpa al collo mentre una donna divertita li fissava da dietro una scrivania della reception.

«Avreste dovuto venire qui lo scorso marzo», disse. «Era come essere in Antartide, là fuori. Cosa posso fare per voi?»

Kay mostrò il suo distintivo. «Ispettrice Kay Hunter e sergente detective Ian Barnes, siamo qui per incontrare John Brancourt».

«Ah, certo. Nessun problema. Accomodatevi, il riscaldamento è acceso lì... e servitevi pure di tè o caffè dalla macchinetta. Gli dirò che siete qui».

«Grazie».

Kay si girò e vide che Barnes si stava già dirigendo verso un piccolo termoventilatore posizionato su un tappeto tra due sedie e si affrettò a raggiungerlo, tendendo le mani gelate verso l'aria calda che veniva soffiata attraverso una minuscola apertura sulla parte superiore.

Il sergente detective indicò con un cenno del mento verso la finestra e una fila di macchinari da costruzione allineati nel cortile esterno. «Ovviamente spende i suoi soldi per quelli piuttosto che per il riscaldamento centralizzato», mormorò.

Kay sorrise. «Probabilmente è per questo che l'azienda ha ancora successo dopo tutti questi anni di attività».

«Detective Hunter?»

Si voltò.

Kay stimò che l'uomo avesse poco più di cinquant'anni, la sua corporatura robusta compensata da una chioma di capelli castano chiaro.

«Sono John Brancourt», disse, avvicinandosi a dove si trovavano, con la mano tesa.

Kay gli strinse la mano e presentò Barnes. «Grazie per averci ricevuto, signor Brancourt. C'è un posto dove possiamo parlare in privato?»

«Certamente, venite nel mio ufficio».

Senza aspettare una risposta, girò sui tacchi e li guidò oltre lo sguardo perplesso della receptionist lungo uno stretto corridoio non illuminato.

Alla fine, si mise di lato per lasciare passare Kay e Barnes prima di chiudere la porta e indicare due sedie accanto a una scrivania ingombra.

«Accomodatevi. Scusate il disordine. Sandra là fuori

continua a tormentarmi perché sistemi, ma non sono sicuro che troverei qualcosa se lo facessi».

«Grazie», disse Kay, e attese finché Barnes non si fu sistemato e avesse tirato fuori il suo taccuino. «Presumo che abbia sentito del corpo che è stato scoperto nell'edificio Petersham lunedì mattina?»

«Ho sentito qualcosa alla radio mentre venivo al lavoro ieri, sì. Quello è l'edificio di Alexander Hill», disse Brancourt, con un'espressione corrugata. «Ci ho lavorato durante l'estate».

«Siamo al corrente di questo, signor Brancourt», disse Kay.

«Mi chiami John. Cosa vi serve da me? Temo di non avere i progetti definitivi dell'edificio per documentare ciò che è stato fatto, dovrà darveli Alex. Stiamo ancora aspettando la sua approvazione. Queste cose possono richiedere tempo».

«In realtà, speravamo potesse dirci qualcosa su come quel corpo possa essere finito lì», disse Kay. «Devo insistere che qualsiasi cosa discutiamo qui non venga menzionata ai media, ma stiamo cercando di scoprire chi sia la vittima».

«Non l'avete identificato?» disse Brancourt.

«Non possiamo dire molto sul caso o sulla vittima al momento», disse Barnes. «Non fino a quando l'esame post mortem non sarà concluso. Ci chiedevamo se fosse a conoscenza di qualcuno che sia stato minacciato durante la fase di costruzione, in particolare prima che gli installatori di moquette iniziassero a lavorare?»

«Non mi viene in mente nulla, no».

«Da quanto tempo gestisce l'azienda di famiglia, signor Brancourt?» disse Kay.

Lui spazzò via un immaginario granello di polvere dal taschino della camicia, un movimento che attirò l'attenzione sul logo ricamato, e poi raddrizzò le spalle.

«Ho iniziato a lavorare qui con mio padre quando ero appena in grado di camminare», disse. «Ho iniziato il mio apprendistato nel cortile là fuori quando avevo quattordici anni, ho lavorato a tutte le ore e in tutte le condizioni atmosferiche finché mio padre non mi ha chiamato per un colloquio il giorno del mio ventunesimo compleanno».

«La gestisce da allora?» disse Barnes.

Brancourt scosse la testa, un sorriso gli increspò i lineamenti. «No, ho dovuto aspettare altri sei anni finché non ha ritenuto che fossi capace di farlo, ma fu sufficiente sapere che l'avevo impressionato e che l'avrebbe ceduta a me come aveva fatto suo padre prima di lui. Anche quando è andato in pensione quando avevo ventinove anni, ha continuato a lavorare per l'azienda part-time. Sapeva quanto valesse la reputazione ed era determinato a farmi avere lo stesso successo che aveva avuto lui. Sia mio nonno che il mio bisnonno hanno preso in mano l'azienda prima dei trent'anni, quindi è una tradizione consolidata. Mio figlio, Damien, farà lo stesso prima del suo trentesimo compleanno».

«E, ha avuto successo?»

«Abbiamo avuto alti e bassi, lo ammetto», disse Brancourt. Sospirò. «Dieci anni fa è stato difficile e, come molte aziende, abbiamo avuto problemi e abbiamo dovuto licenziare alcuni dei nostri operai. Ma abbiamo mantenuto gli apprendisti e gli uomini che erano con noi dai tempi di mio padre; non ero così miope da perdere le persone chiave di cui avrei avuto bisogno per gestire questa attività quando il lavoro fosse ripreso e, come previsto, abbiamo risollevato la situazione».

«Problemi finanziari durante quel periodo?» disse Kay, e poi alzò la mano mentre Brancourt apriva la bocca per protestare, e riformulò la domanda. «Qualcuno avrebbe avuto motivo di serbare rancore contro di lei o la sua azienda? O i suoi dipendenti, per quel che importa?»

Il responsabile di cantiere si appoggiò allo schienale della sedia e tamburellò le dita sulla scrivania per un momento prima di parlare.

«Non riesco a pensare a nessuno, no. Siamo stati molto fortunati quando abbiamo avuto quel periodo di calma perché siamo stati in grado di pagare tutti gli appaltatori che lavoravano per noi. Abbiamo tenuto solo i dipendenti a tempo pieno, come ho detto. E a tutti gli appaltatori, abbiamo assicurato che li avremmo contattati non appena il lavoro fosse tornato disponibile. Erano tutte brave persone e molti sarebbero tornati qui se non avessero trovato lavoro altrove. Sono sempre molto attento a non macchiare la mia reputazione in questo settore. Tutti conoscono tutti».

«Ha sentito voci in cantiere, qualsiasi indizio che ci potesse essere stato un disaccordo tra altri appaltatori coinvolti nei lavori?» disse Barnes.

«Se c'è stato, è stato tenuto lontano da me», disse John. «Partecipavo a una riunione di cantiere ogni settimana una volta iniziati i lavori, il che è una pratica di routine. Se c'erano elementi specifici che dovevano essere affrontati, andavo lì per supervisionarli per assicurarmi che tutto procedesse senza intoppi, ma no, non ho mai sentito nessuno parlare di altri problemi. Era solo la solita routine quotidiana che accompagna la gestione di un progetto di ristrutturazione come quello».

Kay attirò l'attenzione di Barnes e poi si alzò dalla sedia e porse il suo biglietto da visita. «Va bene, signor Brancourt. Grazie per il suo tempo. Se le viene in mente qualcosa che potrebbe aiutarci con la nostra indagine, mi chiami».

«Lasciate che vi accompagni».

Fece cenno a Barnes di guidare la strada lungo il corridoio fino alla reception, poi strinse loro la mano e li seguì fino alla porta.

Kay si voltò e vide John Brancourt valutare il cortile affollato prima che i suoi occhi incontrassero i suoi.

«Capisce, detective Hunter», disse. «È tutta una questione di reputazione. Senza di essa, non siamo nulla».

CAPITOLO 8

Quel pomeriggio, Carys e Gavin erano ai margini di un parcheggio comunale e socchiudevano gli occhi per ripararsi dalla pioggia orizzontale verso il loro obiettivo, un edificio anonimo a due piani sul lato opposto della A2.

Anche dalla sua posizione, Carys poteva vedere la targa in ottone che identificava l'ufficio come appartenente ad Alexander Hill, membro dell'Albo degli Architetti e qualsiasi altra sigla seguisse.

«Dimmi perché non potevi semplicemente telefonargli di nuovo», disse mentre lottava con un ombrello fragile che era determinato a rovesciarsi per la terza volta.

«Perché non risponde al telefono e sono stanco di lasciare messaggi».

«Non stava giocando a golf con questo tempo, vero?»

«Dio solo lo sa, ma la sua segretaria mi ha detto che oggi sarà in ufficio fino alle quattro, quindi ho pensato fosse una buona idea fargli visita e portare alla sua attenzione che stiamo indagando su un uomo morto in una delle sue proprietà.»

Soddisfatta di avere un minimo di protezione dagli agenti atmosferici, Carys guidò il cammino attraverso la strada trafficata, evitando con un rapido passo laterale una pozzanghera che sospettava nascondesse una buca profonda, e poi si fermò sul marciapiede davanti all'azienda di sviluppo immobiliare di Hill.

«Ti dispiace se conduco io questa volta?» disse.

Il suo collega aggrottò la fronte. «Perché?»

«Perché ti sta ignorando. Quindi, penso che abbia qualcosa da nascondere. Tu puoi metterlo sotto pressione, io lo affascinerò. Che ne pensi?»

Le spalle di Gavin si rilassarono. «Ok, sì. Ha senso.»

«Non preoccuparti, non ti ruberò la scena se è colpevole di qualcosa.»

Sorrise, poi si voltò e spinse la porta prima che lui avesse la possibilità di rispondere, lasciò cadere l'ombrello in un portaombrelli vicino a uno zerbino strategicamente posizionato, e poi si diresse verso la reception.

«Buongiorno.» Indicò con il pollice oltre la spalla, prima di mostrare il suo distintivo. «Il mio collega ha parlato con lei prima, credo?»

«Oh, sì. Sì, è vero.» Gli occhi della receptionist si spalancarono, e mise da parte il libro che stava leggendo. «Posso aiutarvi?»

«Vorremmo parlare con Alexander Hill, per favore.»

«È occupato, ma posso…»

«Ora, per favore.» Carys sorrise. «Il detective Piper ha lasciato diversi messaggi nel corso delle ultime quarantotto ore, ma il suo capo sembra pensare che il suo svantaggio nel golf sia più importante di un'indagine per omicidio. Se preferisce accompagnarci alla stazione di polizia di

Maidstone per partecipare a un interrogatorio formale, va bene, ma...»

«Lo chiamo subito.»

La receptionist spinse indietro la sedia e si affrettò verso una porta dietro la scrivania, chiudendosela alle spalle.

Carys si girò e trovò Gavin che scuoteva la testa guardandola.

«Sei incredibile, Miles.»

«Ha funzionato, no?»

«Dovresti essere tu quella che fa la gentile, ricordi?»

Dei passi in avvicinamento impedirono a Carys di replicare mentre la receptionist attraversava la porta momenti prima del suo capo.

Alexander Hill scrutò attraverso occhiali bifocali i suoi intrusi, tirò su col naso, poi fece cenno ai due detective. «Suppongo che se siete qui tanto vale che entriate.»

Carys si affrettò a seguirlo, afferrando la porta mentre si richiudeva dietro l'imprenditore immobiliare che procedeva a passo svelto lungo un corridoio irregolare e su per una stretta scala.

I gradini scricchiolarono sotto i passi di Hill, il suo corpo massiccio bloccava la luce da una finestra al piano superiore creando un'ombra sul tappeto sotto i suoi piedi.

Alzò lo sguardo mentre lo seguiva, chiedendosi se il tweed andasse ancora di moda, e notando il modo in cui portava i capelli a spazzola simile al collega che le camminava dietro.

L'uomo era un miscuglio di contraddizioni.

Hill si fermò davanti a una porta in cima al

pianerottolo e fece loro cenno di entrare, prima di spostarsi su una sedia dietro una scrivania coperta di ricevute e fogli di calcolo.

«Le mie scuse, detective. Mi trovate in un momento di stress, il mio contabile ci ha lasciato la settimana scorsa per problemi di salute e sto cercando di capire i conti di quest'anno prima della fine dell'anno fiscale.»

Gavin si accomodò sulla sedia a sinistra, tirando fuori dalla tasca della giacca il suo taccuino, e non disse nulla. Fissò Hill con sguardo severo.

Carys rimase impassibile mentre l'imprenditore immobiliare si sistemava la cravatta e si lasciava cadere sulla sua sedia.

Non le importava se l'uomo si sentiva a disagio. Voleva risposte.

«Perché non ha risposto alle telefonate e ai messaggi del mio collega, signor Hill?»

In risposta, lui indicò i documenti sparsi sulla sua scrivania, ma Gavin parlò prima che potesse replicare.

«Le carte non sono una scusa valida, signor Hill. E nemmeno giocare a golf. Stiamo indagando su quello che sembra essere il brutale omicidio di un uomo il cui corpo è stato trovato murato all'interno di un edificio che lei ha sviluppato durante l'estate scorsa. E vorremmo alcune risposte, per favore.»

Rimproverato, Hill appoggiò le braccia sulla scrivania e sembrò assumere un'espressione contrita. «Mi dispiace molto, detective Piper. Mi rendo conto che avrei dovuto rispondere alle sue chiamate, e mi scuso. Cosa volete chiedermi?»

«Perché ha deciso di affidare la gestione della costruzione dei lavori di ristrutturazione a Brancourt and Sons?»

«John e la sua squadra avevano lavorato a contratti simili per me negli ultimi tre anni, ambiti di lavoro più piccoli rispetto all'edificio Petersham, ma sempre con un alto livello di finitura. Sono le aziende più vecchie come la sua su cui si può contare; quelle che sono state fondate da molto tempo. Quando ho inviato l'offerta, sapevo che la sua sarebbe stata la più alta. Non era la più economica, ma sapevo cosa aspettarmi.»

«Una quantità nota, intende?»

«Esattamente, e questo è spesso difficile da trovare in questo settore.»

«Cosa è successo dopo aver assegnato il contratto a Brancourt and Sons?» disse Gavin. «Ha rinunciato a ogni controllo sul progetto?»

«Assolutamente no. L'incarico di John era di occuparsi della gestione quotidiana del lavoro di ristrutturazione; assegnare contratti per lavori come illuminazione, telecomunicazioni, carpenteria, eccetera e assicurarsi che tutto fosse completato in linea con il programma del progetto. Fondamentalmente, lo scopo del suo contratto era di evitare che io gestissi la burocrazia, e di distribuire il rischio in modo che la mia azienda non fosse totalmente responsabile finanziariamente per la conclusione dei lavori nei tempi previsti.»

«Brancourt ha menzionato che aspetta da lei le copie dei progetti finali per i lavori di ristrutturazione completati» disse Gavin. «Ha idea di quando saranno disponibili?»

«Mi dispiace, non ne sono sicuro al momento. Il responsabile della gestione dei documenti lavora part-time e stiamo ancora cercando di recuperare tutto il lavoro che abbiamo completato durante l'estate. Posso farvi avere un set di disegni non appena sono pronti, se volete?»

«Sarebbe apprezzato, grazie.»

«Ricorda qualche problema durante i lavori?» disse Carys. «Qualche alterco tra appaltatori che potrebbe aver portato alla morte di quest'uomo?»

Hill scosse la testa. «Nulla è stato portato alla mia attenzione quando partecipavo alle riunioni in cantiere. Quello è il forum abituale dove gli appaltatori possono esporre eventuali lamentele, così che possano essere verbalizzate e poi risolte.»

«Ha parlato con i media di questo?» chiese Carys.

Hill scosse la testa. «È per questo che ho evitato di rispondere al telefono, ad essere sincero. Gilly là fuori ha filtrato le chiamate in ufficio, ma non ho osato controllare i messaggi in segreteria da quando è uscita la notizia.» Sollevò il cellulare. «Non lo accendo da martedì.»

«Di cosa ha paura, signor Hill?» chiese Gavin.

«Paura?»

«Un uomo nella sua posizione, che gestisce un'attività propria, che dovrebbe essere reperibile per qualsiasi richiesta dai suoi clienti e appaltatori, non risponde al telefono? Non sembra plausibile» disse Gavin.

Hill si tirò il lobo dell'orecchio, ma non disse nulla.

«Qualcuno la sta minacciando?» chiese Carys. Allungò la mano e la posò sui documenti. «Può dircelo, se è questo il caso.»

«Non mi stanno minacciando, no. Ma ci sono state

alcune... indiscrezioni... riguardo ai contratti dell'edificio Petersham di cui non ero contento. Mi sono chiesto...» Si tolse gli occhiali e pulì una lente con l'angolo della camicia prima di rimetterli. «Mi sono chiesto se questo avesse qualcosa a che fare con tutta questa storia.»

«In che modo?» chiese Gavin. «Non era lei responsabile della gestione dei contratti?»

«Solo quelli di alto livello. Come ho detto, la squadra di gestione del cantiere, Brancourt and Sons, è stata incaricata di gestire tutti i contratti in cantiere. Il mio ruolo in queste cose è individuare locali adatti da sviluppare, raccogliere il capitale e poi gestire l'appaltatore principale, Brancourt and Sons nel caso dell'edificio Petersham.»

«Che tipo di indiscrezioni intende?» chiese Carys.

Hill allungò la mano e sistemò una pila di fogli sull'angolo della scrivania, poi sospirò. «Senta, questo non l'ha sentito da me, d'accordo? Non ho bisogno di guai.»

Carys rimase in silenzio, grata che il suo collega facesse lo stesso.

Dopo un momento, Hill colse l'allusione e alzò le mani. «Girano voci che la società di Mark Sutton non sia esattamente legittima.»

«Chi è Mark Sutton?» chiese Gavin.

«Possiede la Sutton Site Security. Brancourt and Sons gli ha assegnato il contratto per mantenere un perimetro recintato intorno all'edificio mentre i lavori erano in corso per assicurarsi che non ci fossero tentativi di effrazione. Alcuni degli appaltatori lasciavano attrezzature di valore lì piuttosto che portarle via ogni pomeriggio, e poi naturalmente c'erano le forniture immagazzinate lì prima dell'installazione.»

«In che modo l'attività di Mark Sutton non è legittima?» chiese Carys.

«L'ha incontrato?»

«No.»

«Ha la reputazione di essere un po' un truffatore, e si circonda di persone che hanno un background simile al suo.»

«Del tipo criminale?» chiese Carys.

Hill alzò le spalle. «Non saprei dire. Come ho detto, non ho bisogno di guai e Sutton non è qualcuno con cui vorrei avere a che fare, il che ha reso la scelta della sua azienda da parte di John quanto meno imbarazzante. Non ho davvero bisogno di quel tipo di pubblicità negativa oltre a tutto ciò che è successo questa settimana.»

Carys fece un cenno a Gavin, poi si girò verso Hill e fece scivolare uno dei suoi biglietti da visita sulla scrivania ingombra verso di lui.

«Andremo da soli all'uscita, ma avremo bisogno di parlare di nuovo con lei nel corso delle nostre indagini. Nel frattempo, se le viene in mente qualcos'altro che possa aiutarci, può contattarmi a questo numero. Oppure, può telefonare al detective Piper. Dopotutto, ha il suo numero nel suo telefono, vero?»

Hill annuì, un'espressione imbarazzata gli attraversò il viso. «Sì, ce l'ho.»

Carys non disse altro finché non si furono ritirati nell'area della reception e lei non ebbe recuperato il suo ombrello.

Una volta fuori, si rivolse a Gavin.

«Che bastardo insensibile, vero? Tutto ciò a cui riusciva a pensare era il potenziale danno alla sua attività, non al fatto che qualcuno fosse morto nel cantiere di uno dei suoi progetti.»

«Fa riflettere sul motivo» disse Gavin.

CAPITOLO 9

Kay avvolse le dita attorno alla ceramica calda della sua tazza di caffè e valutò gli agenti investigativi e il personale amministrativo che si affrettavano a raggiungerla all'estremità della sala operativa.

Mentre aspettava che trovassero posto, camminava avanti e indietro davanti alla lavagna ripensando all'interrogatorio del mattino a John Brancourt, poi alzò lo sguardo notando un movimento vicino alla porta.

Sorrise quando l'ispettore capo investigativo Devon Sharp alzò la mano in segno di saluto prima di farsi strada tra le scrivanie e la folla riunita.

«Ti dispiace se mi unisco a voi per questa?» disse quando la raggiunse. «Ho pensato che ti avrebbe evitato di venire al quartier generale più tardi questo pomeriggio per aggiornare il Commissario Capo. Posso riferire io e lasciarti andare avanti.»

«Mi salvi la vita, capo, grazie. Quali sono le ultime notizie dall'ufficio stampa?»

«Gli avvoltoi si aggirano» disse. «Settimana povera di notizie.»

«Maledizione, che peccato.»

«Lo so.»

Secondo l'esperienza di Kay, se un omicidio catturava l'attenzione dei media durante una settimana in cui non c'erano eventi importanti o altri incidenti da segnalare, l'indagine che ne seguiva sarebbe diventata il loro unico obiettivo. L'effetto era quello di un'interruzione costante con l'intensificarsi di telefonate, email e persino visite personali di giornalisti speranzosi che cercavano di ottenere uno scoop prima dei loro concorrenti.

«C'è una troupe giornalistica fuori in questo momento» disse Sharp.

«Cosa, qui?»

«Hanno avuto il buon senso di piazzarsi in fondo a Gabriel's Hill, ma sarebbe meglio avvisare i tuoi. E se qualcuno di voi viene preso in un'imboscata dalla stampa fuori, voglio saperlo immediatamente, chiaro?»

«Nessun problema. Grazie per l'avviso.»

Annuì, poi guardò oltre la sua spalla. «Beh, sembra che ci siano tutti. Non badate a me. Prenderò un caffè e starò ad ascoltare».

«Grazie. Ci sono dei biscotti digestive sulla mia scrivania».

Sorrise prima di voltarsi, e Kay bevve un sorso della sua bevanda calda prima di posare la tazza sulla scrivania accanto a lei.

Vedeva raramente il suo amico e mentore alla stazione di polizia di Maidstone ora che Devon Sharp era stato promosso al ruolo di ispettore capo investigativo, nonostante i suoi migliori tentativi di tenersi lontano dal quartier generale della polizia del Kent su Sutton Road. Le mancavano le battute facili che avevano accompagnato le precedenti indagini su cui avevano lavorato insieme in passato, ma accettava che fosse la naturale conseguenza della promozione e della responsabilità.

Almeno riuscivano a incontrarsi ogni poche settimane per cena con i rispettivi partner per socializzare.

«Gav, dimmi che sei riuscito a parlare con Alexander Hill questa mattina?» disse mentre il giovane detective prendeva posto vicino alla lavagna.

«Sì, io e Carys siamo andati a Rochester prima», disse, e passò in rassegna i suoi appunti dell'interrogatorio. «Hill ha dichiarato di non essere a conoscenza di problemi nel cantiere riguardo a disaccordi tra appaltatori, ma ha sollevato preoccupazioni sulla società di sicurezza del cantiere che Brancourt and Sons ha assunto. Ci ha detto che pensava che il proprietario, Mark Sutton, potesse avere legami con la criminalità».

Kay smise di scrivere sulla lavagna e inarcò un sopracciglio. «Ah, sì? Ha detto perché lo pensava?»

«A quanto pare, Sutton ha la reputazione di essere un imbroglione e potrebbe persino impiegare persone inclini al crimine». Gavin indicò la sua collega. «Stavamo per fare qualche ricerca per vedere cosa riuscivamo a scoprire».

«Bene. Fatemi sapere cosa riuscite a trovare nelle prossime ventiquattro ore». Kay scrisse un'altra nota sulla lavagna, poi si scostò un ciuffo di capelli dal viso e si rivolse ai suoi colleghi. «Fate una revisione completa dell'attività di Sutton, con cautela, mi raccomando, in modo da non metterlo in allerta finché non saremo pronti a parlargli».

«Capo».

«Carys, tutti i precedenti inquilini sono stati interrogati dagli agenti in uniforme?»

«Sì, capo». Il detective si alzò dal suo posto e si schiarì la gola prima di rivolgersi ai colleghi, leggendo dal suo taccuino. «Non emerge nulla di particolare dalla mia revisione delle dichiarazioni, temo. La proprietaria della boutique, una certa signora Felicity Hawkins, dice di aver terminato il suo contratto di affitto tre mesi prima dell'inizio dei lavori; quindi, non ha avuto problemi con gli appaltatori. Ha detto che il suo commercio è crollato una volta che tutti hanno saputo della riqualificazione; a quanto pare aveva clienti che le dicevano che non avrebbero comprato vestiti se non potevano restituirli nel caso in cui non andassero bene, cose del genere».

«Volubili», disse Kay, «ma è la natura umana, suppongo. Chi altro hai?»

Carys scorse con lo sguardo i suoi appunti. «Il proprietario dell'agenzia di licenze per il bestiame si è ritirato, vive nel Berkshire ora, e analogamente ha dichiarato di non aver avuto problemi quando affittava il suo spazio ufficio e non era nemmeno a conoscenza che i lavori fossero finiti. Infine, gli inquilini che erano all'ultimo piano gestiscono un'agenzia di graphic design. Sono una coppia di marito e moglie, Peter e Jane Wilberforce. Gli agenti in uniforme hanno parlato con Peter che ha detto loro che si sono sentiti sollevati per il fatto che il contratto di affitto fosse terminato prima perché facevano fatica a trovare nuovi clienti. Hanno gestito la loro attività da casa da quando sono iniziati i lavori».

«Nessuno di loro sembra il tipo che serba rancore», disse Barnes.

«Vero», disse Kay. «Va bene, per ora metteremo gli inquilini da parte. Non sono sotto sospetto di per sé, a meno che non emerga qualcos'altro durante le nostre indagini».

Scrisse una croce accanto a ciascuno dei nomi degli inquilini sulla lavagna e poi rimise il cappuccio alla penna e si rivolse alla squadra. «Chi ha parlato con gli installatori di moquette?»

Il sergente Hughes alzò la mano. «Io, capo. Ce n'erano due incaricati di fare gli uffici al piano superiore, Michael Blake e Andy James. Ho parlato prima con Michael. Ha detto che non ha notato nulla di insolito mentre lavoravano nell'edificio, è rimasto piuttosto scioccato quando gli ho detto cosa era successo. Ha detto che il sottostrato è stato installato per primo, poi hanno impiegato un giorno a lavorare in uno degli uffici sul retro dell'edificio. Quando sono tornati a lavorare nell'ufficio anteriore due giorni dopo, ha detto che nulla sembrava essere stato disturbato. La dichiarazione di Andy James è stata la stessa, nessuna attività insolita notata».

«Nessuna macchia di sangue sul pavimento o sul sottostrato?» disse Kay. «Nessun segno di colluttazione?»

«Niente, capo, no».

«Magari il danno al cranio della nostra vittima è stato causato quando è stato stipato nella cavità?» disse Barnes. «Abbiamo solo supposto che sia stato colpito in testa e ucciso».

«Buona osservazione», disse Kay. Scrisse il suggerimento di Barnes sulla lavagna, poi rivide gli appunti raccolti fino a quel momento. Soddisfatta di aver annotato tutto, si rivolse di nuovo alla sua squadra.

«Mark Sutton e la sua attività di sicurezza del cantiere sono ora elementi chiave per questa indagine, e voglio che tutti voi supportiate Gavin e Carys in questa pista. Voglio un aggiornamento completo domattina presto, è chiaro?»

Annuì al mormorio di assenso, e poi li congedò prima di tornare alla lavagna.

In qualche modo, avrebbe fatto in modo che la loro vittima ottenesse giustizia.

CAPITOLO 10

Kay spinse via il piumone dal viso, si girò e allungò ciecamente la mano verso il suo orologio sul comodino.

Le sue dita trovarono finalmente la superficie in acciaio inossidabile del cinturino e lo trascinò più vicino, sbattendo le palpebre con gli occhi offuscati verso i quadranti illuminati.

Tre e quarantacinque.

Lasciò cadere l'orologio sulla superficie di legno lucido e si chiese se dovesse accendere la lampada sul comodino.

Se l'avesse fatto, sapeva che non sarebbe mai riuscita a riaddormentarsi. Sarebbe stata sicuramente tentata di attraversare il tappeto fino alla toletta dove il suo telefono era in carica; e poi avrebbe passato l'ora successiva a controllare le email prima di realizzare che era troppo tardi per combattere la sua insonnia.

Invece, si girò sulla schiena e appoggiò la testa sulla morbida federa di cotone, il lieve profumo di biancheria appena lavata donava un po' di pace ai suoi nervi logorati.

Adam russava dolcemente, con la schiena rivolta verso

di lei e il piumone che gli arrivava fino ai polpacci. Odiava avere i piedi coperti indipendentemente dalla stagione, e lei invidiava la sua capacità di addormentarsi nel momento in cui la luce veniva spenta.

Sapeva che era perché lui non sapeva mai quando avrebbe potuto ricevere una chiamata d'emergenza durante la notte, semplicemente cercava di dormire il più possibile.

I suoi pensieri tornarono al suo improvviso risveglio, e tese le orecchie.

Qualcosa l'aveva strappata dal sonno, questo era certo.

Non riusciva a ricordare alcun incubo, nessun ricordo della sua esperienza di quasi morte per mano di uno dei più malvagi assassini del Kent risuonava nella sua mente privata del sonno.

No, era qualcos'altro.

Qualcosa di vicino.

Trattenne il respiro mentre il suono di un'auto nel vicolo raggiunse le sue orecchie; il rumore del motore era attutito dalle nuove finestre a doppi vetri che avevano fatto installare diciotto mesi prima.

Non erano state economiche, ma avevano insistito per far montare serrature su tutti i telai, a testimonianza di una precedente effrazione che aveva incrinato la fiducia di Kay nel santuario della propria casa.

Comunque, sforzò l'udito cercando di capire i movimenti del veicolo mentre si avvicinava e poi accelerava oltre il loro vialetto fino alla rotonda che separava le vecchie case dal più recente complesso residenziale.

Kay espirò, sentendo un po' della tensione lasciare il suo corpo, ma le rimase una sensazione di presagio.

Non era stata l'auto a svegliarla, quindi cosa era stato?

Adam sbuffò nel sonno, scalciando con il piede.

Kay sorrise, aveva iniziato a giocare a calcetto una sera alla settimana dopo il lavoro ed era diventato ossessionato da questo sport. Senza dubbio in quel momento stava sognando il goal che gli era sfuggito.

Un fracasso proveniente dal piano di sotto le fece accelerare il cuore, e scostò il piumone, i piedi trovarono il tappeto prima di lanciarsi verso il suo telefono cellulare.

«Cosa sta succedendo?»

La luce attenuata dei lampioni attraverso le tende delineava la sagoma di Adam mentre si sollevava dal letto, la sua voce confusa.

«C'è qualcuno di sotto.»

Si svegliò in un istante. «Sei sicura? Abbiamo inserito l'allarme.»

«Gli allarmi possono essere manomessi», sibilò Kay. «Vado giù.»

«Aspetta.» Adam scalciò via il piumone e afferrò il paio di pantaloni che aveva gettato sulla sedia sotto la finestra. «Non andrai là sotto da sola.»

Kay si infilò i jeans e cercò di non camminare avanti e indietro.

Le assi del pavimento nel vecchio cottage avevano la tendenza a scricchiolare e lei aveva tutte le intenzioni di catturare l'intruso, piuttosto che dargli il preavviso che era stato sentito.

«Pronto?»

Adam la raggiunse alla porta della camera da letto. «Vado io per primo.»

Kay aprì la bocca per protestare ma lui aveva già

strappato la porta dal telaio e stava correndo lungo il corridoio verso la cima delle scale.

Mentre lo seguiva, notò la rivelatrice luce verde lampeggiante del pannello dell'allarme accanto alla porta d'ingresso e la confusione la travolse.

Perché l'allarme non aveva funzionato?

Adam afferrò un ombrello da un grande vaso ai piedi delle scale e si girò verso il soggiorno. Alzò la mano. «Lentamente.»

Spinse la porta per aprirla con il gomito, e poi usò la mano per abbassare l'interruttore della luce.

Il soggiorno era vuoto, indisturbato.

«Cucina», disse Kay.

Non lo aspettò e invece si precipitò verso la porta, la rabbia la spingeva in avanti.

Come osavano? Dopo tutto quello che lei e Adam avevano passato negli ultimi due anni, come osava qualcuno invadere il santuario che avevano ricreato lavorando così duramente. Come...

Sbatté le palpebre quando i faretti nel soffitto della cucina si accesero all'improvviso, fermandosi di colpo sul pavimento piastrellato.

«Oh mio Dio.»

Adam le andò addosso, colto di sorpresa dalla sua improvvisa perdita di slancio in avanti, e poi iniziò a ridere.

«Non è divertente.»

Kay si avvicinò al piano di lavoro dove si trovava la teca di vetro di Cornflake, il vassoio di plastica per i semi che Adam aveva posizionato sopra come coperchio improvvisato era ora capovolto sul pavimento.

Guardò dentro, il suo sguardo esaminava la miscela di segatura e cartone rosicchiato che il gerbillo aveva radunato in un nido in un angolo opposto alla ciotola del cibo e alla bottiglia d'acqua, e poi si voltò verso Adam.

«Dov'è?»

«Deve aver spinto via il coperchio con la testa», disse lui.

«È questo che ho sentito?»

«Beh, probabilmente ci ha provato diverse volte prima di riuscirci.»

«Santo cielo.» Kay scrutò il pavimento, terrorizzata all'idea di calpestare il piccolo roditore. «Dove è andato?»

Adam si lanciò verso la porta, chiudendola prima di girarsi nuovamente verso di lei. «Beh, è qui da qualche parte. Immagino che dobbiamo solo trovarlo.»

Kay guardò l'orologio sul forno e gemette mentre Adam si abbassava sulle mani e sulle ginocchia e iniziava a guardare sotto i mobili.

«Sono le quattro del mattino. Ben poca possibilità di riprendere sonno adesso.»

CAPITOLO 11

Più tardi quella mattina, Kay si strofinò gli occhi stanchi e cercò di concentrarsi sulla revisione di Gavin delle attività commerciali di Mark Sutton, mentre Barnes superava un motorino accelerando e tamburellava con le dita sul volante seguendo una melodia che fischiettava a bassa voce.

Adam aveva finalmente attirato Cornflake da uno spazio sotto il frigorifero con un pezzo di cetriolo, poi aveva rimesso il roditore nella sua teca. Aveva fissato il coperchio con mezzo mattone che aveva trovato in giardino prima di uscire di corsa per il suo primo appuntamento alle sei.

Ora Sandra, la segretaria di John Brancourt, accompagnò Kay e Barnes nell'ufficio del project manager, chiudendo la porta dietro di loro.

Kay non perse tempo in convenevoli mentre il suo collega prendeva posto accanto a lei.

«Ci parli di Sutton Site Security, signor Brancourt.»

Lui espirò. «Non avevo molte scelte quando si è trattato di loro.»

«Davvero? In che senso?»

«Era meno problematico affidare loro il lavoro che non farlo.»

«Lasci che siamo noi a giudicarlo», disse Barnes. «Continui. Che tipo di problemi?»

Brancourt spinse indietro la sedia e si avvicinò alla finestra, sbirciando attraverso le veneziane l'attività all'esterno prima di voltarsi verso di loro, con il viso pallido. «Dovete stare attenti a come usate queste informazioni. Ho una famiglia e dipendenti a cui badare.»

«Faremo il possibile», disse Kay. «Cosa può dirci?»

«Abbiamo iniziato a emettere bandi di gara per i fornitori dei lavori di sicurezza lo scorso gennaio», disse. «Non saremmo stati in cantiere prima di aprile, ma considerando il tempo necessario per valutare le offerte e negoziare un contratto... beh, diciamo che può richiedere un po' di tempo. Abbiamo contattato tre aziende, il minimo richiesto da Hillavon Developments per ogni contratto dopo aver fatto una valutazione dei rischi sui potenziali appaltatori. Due giorni dopo la pubblicazione del bando, ho ricevuto una telefonata.»

Kay aggrottò la fronte quando vide un brivido attraversare le spalle dell'uomo. «Da chi?»

«Non lo so. Cioè, potrei azzardare un'ipotesi, ma preferirei di no», disse Brancourt.

«Cosa ha detto chi chiamava?» chiese Barnes.

«Ha detto che se non avessi dato il lavoro a Sutton Site Security me ne sarei pentito. Tutto qui. Mi ha scosso, ma sono già stato minacciato in passato, fa un po' parte del mestiere, a dire il vero.»

«E chi pensa abbia fatto la chiamata?» disse Kay.

Brancourt si ficcò le mani nelle tasche dei jeans e contemplò le piastrelle del pavimento per un momento. «Mark Sutton, il proprietario. In fondo, perché un perfetto sconosciuto mi avrebbe detto di usare la loro azienda? Tuttavia sembrava diverso, come se stesse cercando di camuffare la sua voce, quindi non posso esserne sicuro, va bene?»

Kay colse la nota di panico nella sua voce e gli fece cenno di tornare al suo posto. «Avremmo comunque parlato con Mark Sutton, date le circostanze della morte della vittima, signor Brancourt.»

Lui si lasciò cadere sulla poltrona da ufficio in pelle con un sospiro. «Non fraintendetemi, se posso aiutare in qualsiasi modo lo farò. Ma ho una famiglia a cui pensare; non la metterò in pericolo.»

«Torniamo alla telefonata», disse Barnes. «Immagino che lei abbia ignorato l'avvertimento?»

Brancourt annuì. «Sì, finché due dei nostri generatori non sono scomparsi dal cantiere là fuori tre giorni dopo. Due giorni dopo, uno dei nostri depositi di attrezzi è stato scassinato e metà dell'attrezzatura è stata portata via.»

«Ha denunciato l'accaduto alla polizia?» disse Kay.

Brancourt emise una risata strozzata. «Certo che non l'ho fatto, diamine. Era piuttosto ovvio cosa stesse succedendo. Una settimana dopo la prima chiamata, ne ho ricevuta un'altra. Il tizio all'altro capo, Sutton o chiunque fosse, ha detto che aveva sentito che avevo un problema di sicurezza e che forse avrei dovuto riconsiderare il suo consiglio. Non ha aiutato il fatto che la società di sicurezza che usiamo qui fosse anche una delle offerenti da cui stavamo aspettando una risposta, li ha fatti sembrare incompetenti, specialmente quando abbiamo scoperto che avevano risparmiato sulle presenze. Anche due delle telecamere di sorveglianza erano difettose.»

«Cosa ha fatto?»

«Ho detto a chi chiamava che avrei visto cosa potevo fare.» Il volto di Brancourt arrossì. «Alla fine, ho detto al nostro responsabile dei contratti di invitare Sutton Site Security oltre ai tre offerenti a cui ci eravamo già rivolti. La data di apertura delle offerte non era prevista prima di un paio di giorni e visto ciò che era accaduto qui, probabilmente ha pensato che volessi un'alternativa all'azienda che utilizziamo.»

«Ma sicuramente doveva ancora convincere tutti, una volta arrivate le offerte, che Sutton Site Security fosse l'azienda a cui assegnare il contratto, giusto? Voglio dire, qualsiasi altra azienda avrebbe potuto batterli sul prezzo o sull'esperienza», disse Kay.

«Oh, loro hanno esperienza», disse Brancourt. «Quanto al prezzo, beh, dato che hanno ricevuto il bando dopo tutti gli altri, ho aspettato fino a tardi un pomeriggio per rilasciare un'integrazione al bando che estendeva la data di chiusura di quarantotto ore agli altri tre partecipanti. Naturalmente, a quel punto avevo già ricevuto due delle offerte. Vengono inviate via email e poi le copie cartacee vengono depositate nella cassetta delle offerte alla reception, in questo modo, possiamo distribuire rapidamente le offerte aperte alla squadra di valutazione. Risparmia carta e costi di stampa.»

«E questo le ha dato la scusa perfetta per aprire le email e controllare i prezzi», disse Barnes, con gli occhi socchiusi. «Quindi ha comunicato a Sutton Site Security quanto offrire, giusto?»

Brancourt si sporse in avanti, appoggiando le mani tremanti sulla scrivania. «Non avevo scelta.»

«Avremo bisogno di copie della loro offerta e di qualsiasi corrispondenza in relazione all'offerta.»

«Mi-mi dispiace. Non posso farlo.»

«Perché no?»

«Il nostro sistema informatico ha sviluppato un errore critico a luglio, l'ingegnere informatico che abbiamo chiamato per risolverlo ha detto che secondo lui l'ondata di caldo estivo era stata troppo per il sistema di ventilazione nella nostra sala server. Quando siamo arrivati il lunedì avevamo perso sei mesi di dati, inclusi i documenti di gara per il contratto di sicurezza del sito.»

«Sta scherzando», disse Barnes.

Il responsabile di cantiere scosse la testa, con il colore che gli saliva alle guance.

«E la documentazione cartacea?» disse Kay, consapevole della nota di disperazione che tingeva le sue parole.

«Mi dispiace, non la conserviamo.» Brancourt strinse le spalle. «Non ce n'è bisogno una volta aperte le offerte. Oggi si fa tutto elettronicamente. È davvero solo una formalità.»

«Nessuno ha chiesto perché lei fosse a favore dell'azienda di Mark Sutton?»

«No. E l'offerta che abbiamo ricevuto soddisfaceva i

criteri del bando, quindi per quanto riguarda chiunque altro qui intorno, era l'appaltatore giusto per il lavoro.»

«Wow.» Kay lanciò uno sguardo a Barnes, che aveva un'espressione perplessa.

«Perché nessuno li denuncia?» disse lui. «Dopotutto, quello che hanno fatto a lei è estorsione.»

Brancourt strinse le spalle. «Perché sono bravi. Inoltre, una volta in cantiere, garantiva che nessun altro criminale avrebbe preso di mira il progetto o la mia azienda, no?»

CAPITOLO 12

Kay decise di portare Barnes con sé per interrogare Mark Sutton il giorno seguente, data l'esperienza del detective più anziano.

Mentre faceva manovra con l'auto in retromarcia in uno spazio vicino al complesso industriale, il sergente detective alzò lo sguardo dal suo cellulare.

«Qui dice che dovrebbe essere quella piccola unità laggiù sulla sinistra», disse. «Quella all'estremità.»

Kay guardò nella direzione indicata e vide una bassa fila di quattro locali commerciali dipinti di beige, tutti identici tranne per le insegne sopra le porte che indicavano le aziende all'interno.

Ogni unità aveva una porta avvolgibile, una delle quali era aperta mentre due dipendenti lottavano per portare una grande scrivania da un furgone a noleggio all'interno dell'edificio.

«Cosa sai delle attività qui accanto?» chiese. «Quella sembra essere una specie di negozio di recupero mobili.»

«Sì, il loro sito web dice che vendono cianfrusaglie e

oggetti vari a bar e ristoranti», disse Barnes. «Accanto a loro c'è un distributore di cartucce per stampanti, poi c'è una lavanderia a secco tra loro e la Sutton Site Security.»

«D'accordo. Puoi organizzarti per parlare con queste attività una volta che abbiamo finito qui? Coinvolgi gli agenti in uniforme se necessario, ma scopri se hanno notato qualche attività insolita.»

«Lo farò.»

Kay estrasse le chiavi dal quadro di accensione. «Andiamo.»

Barnes chiuse la cerniera della giacca e la seguì in fretta, con le mani infilate nelle tasche mentre si rannicchiava per evitare la fredda pioggerellina che punteggiava il parcheggio. «Presumo che non abbia un appuntamento?»

«Presumi correttamente», disse Kay. Raggiunse il lato delle unità industriali e cercò di ripararsi sotto i frontoni poco profondi, poi rinunciò e corse verso la porta d'ingresso dell'unità che ospitava la Sutton Site Security.

La porta si apriva su una reception spartana, e un uomo che Kay stimò avere circa venticinque anni alzò lo sguardo dal suo cellulare con un'espressione di scherno.

«Polizia?»

Kay mostrò il suo distintivo in risposta. «Devo parlare con il suo capo, Mark Sutton. Presumo che la nuova auto sportiva là fuori sia sua e non tua, e che lui sia qui?»

Il receptionist fece una smorfia, poi indicò con il mento due sedie logore che erano state posizionate sotto un poster sulla salute e sicurezza sulla parete di fronte. «Sedetevi. Gli dirò che siete qui. Di cosa si tratta?»

Kay sorrise. «Non sono affari tuoi.»

Barnes attese che il receptionist se ne fosse andato borbottando attraverso una porta dietro la scrivania, e poi si voltò verso Kay.

«Cordiale», disse.

«Hmm.» Kay si allontanò dalla piccola telecamera che aveva notato nel soffitto e abbassò la voce. «Tieni gli occhi e le orecchie aperte, Ian. Qualunque cosa stia tramando Sutton, non sarà del tutto legale. Lo percepisco.»

«Lo farò.»

Il suo sguardo si spostò su un punto alle spalle di lei, Kay si voltò e vide un uomo corpulento con capelli neri rasati che si dirigeva verso di loro.

Tese la mano, la sua bocca si aprì in un sorriso che non raggiunse i suoi occhi azzurri.

«Ispettrice Hunter. Sono Mark Sutton. A cosa dobbiamo il piacere?»

Kay tenne le mani nelle tasche della giacca. «Abbiamo alcune domande in relazione ai servizi di sicurezza che avete fornito per i lavori di costruzione all'edificio Petersham. Ha un posto dove possiamo parlare in privato?»

Lui scrollò le spalle, il gesto inviò un'ondulazione attraverso le sue larghe spalle prima che indicasse una porta a lato della reception. «Non usiamo molto il garage. Possiamo parlare lì. Spero non vogliate caffè. L'abbiamo finito.»

Sutton tirò una corda a destra della porta e una fila di luci fluorescenti tremolò prendendo vita nel soffitto dell'ampio spazio.

Kay si prese un momento per orientarsi e capì che gli

uffici occupavano metà dell'unità e poi erano stati ampliati per creare un livello a mezzanino.

Le finestre offrivano agli occupanti dell'ufficio soprastante una vista sul garage, ma la stanza sembrava deserta per il momento. Come lo era lo spazio del garage, a parte una fila di scatole contro una parete e un carrello elevatore parcheggiato tra le ombre della parete posteriore.

«Dove sono tutti i suoi dipendenti, signor Sutton?»

«A lavorare fuori», disse. «È per questo che vengono pagati.»

«Sembra stravagante avere tutto questo spazio e lasciarlo vuoto.»

«Mi sta dicendo come gestire la mia attività?»

«Solo un'osservazione», disse Kay. «Mi dica come ha vinto l'appalto per fornire la sicurezza del sito all'edificio Petersham.»

«Abbiamo soddisfatto tutti i criteri del bando e battuto i prezzi dei nostri concorrenti.»

Kay si mosse verso le scatole.

«Cosa sta facendo?» Mark Sutton si avviò verso di lei, ma Barnes si mise sul suo cammino e l'uomo lo fulminò con lo sguardo.

Barnes tenne la posizione. Il proprietario della società di sicurezza poteva avere la corporatura di un giocatore di rugby, ma l'altezza di Barnes gli dava un certo vantaggio. Sostenne lo sguardo dell'uomo e rimase immobile.

Kay raggiunse le scatole e passò una mano su una di esse prima di guardare oltre la sua spalla.

«Cosa c'è in queste?»

«Materiale di cancelleria.» Sutton aggirò lateralmente

Barnes, ma non si avvicinò ulteriormente. «Le abbiamo prese in consegna ieri. Fogli presenze e cose del genere.»

Kay si allontanò, non convinta ma impossibilitata a cercare ulteriormente senza avere un motivo fondato per farlo. Era consapevole che Sutton sapeva che lei lo stava mettendo alla prova, e cambiò nuovamente tattica.

«Abbiamo sentito una voce secondo cui lei ha l'abitudine di intimidire le persone per assicurarsi di ottenere i lavori», disse.

«Bugie», disse Sutton. Alzò le mani in un gesto come a dire "cosa ci puoi fare". «Ai nostri concorrenti non piace che vinciamo i lavori. I nostri clienti, tuttavia, tendono a tornare più e più volte.»

«Ruba attrezzature per costringere i suoi clienti ad assumere i suoi servizi?»

Lui ridacchiò. «No, detective, non lo faccio. Sarebbe illegale. Inoltre, dove metterei la roba? Può vedere che siamo solo una piccola attività.»

Kay guardò oltre la sua spalla mentre la porta dalla reception si apriva e la figura di un uomo appariva in controluce contro le luci più brillanti al di là.

«Capo, c'è una telefonata urgente per lei», disse.

Barnes si girò al suono della voce e poi tornò a guardare Kay, con un'espressione incredula.

Lei fece un leggero cenno con la testa per zittire qualsiasi parola lui stesse pensando di pronunciare, ma condivideva la sua sorpresa.

«Signor Sutton, non sapevo che conoscesse Gary Hudson. Hudson, quando ti hanno fatto uscire? Pensavo che le tue attività con Demiri ti avessero fatto finire dentro per molto tempo.»

L'uomo si fece vedere, con un ringhio sulle labbra. «Mi hanno fatto uscire prima per buona condotta, non certo grazie a te.»

Kay si rivolse di nuovo al suo capo. «Non credo sia un bene per gli affari assumere un noto criminale, Sutton. A meno che alcune delle sue caratteristiche non le tornino utili?»

Lui allargò le mani. «Mia moglie diceva sempre che avevo un debole per i cani randagi.»

«Dev'essere molto comprensiva.»

«Lo era, che Dio benedica la sua anima.» Sutton si pose una mano sul cuore mentre un sorriso benevolo gli attraversava le labbra. «È mancata tre anni fa.»

«Ha idea di come un uomo morto sia finito nella cavità del soffitto dell'area relax nell'edificio Petersham?»

«Cosa? No» disse. «Il nostro ambito di lavoro era fornire sicurezza esterna lungo il perimetro del cantiere, detective. Nessuno è entrato all'interno se non invitato. Non della mia azienda, comunque.»

«È a conoscenza di qualcun altro che potrebbe aver avuto accesso, in particolare dopo che gli installatori del pavimento avevano finito e prima che arrivassero quelli della moquette?»

«Tutti i registri che dovevamo tenere in relazione agli accessi al cantiere sono stati passati a John Brancourt e Alexander Hill quotidianamente,» disse Sutton. «Non ho bisogno di conservarli. Quella documentazione faceva parte dei requisiti del sistema di qualità che dovevamo soddisfare. Cosa che abbiamo fatto. Dovrebbe parlare con loro. Anche se, immagino che l'abbia già fatto, dato che è qui.»

Kay non disse nulla, e fece cenno a Barnes per dire che stavano andando via prima di porgere un biglietto a Sutton. «Mi chiami se ricorda qualcosa di sospetto accaduto in cantiere.»

Li condusse alla porta, passando accanto a Hudson che rivolse uno sguardo velenoso a Kay, e poi aprì la porta d'ingresso per lei.

Lei lasciò che Barnes la precedesse prima di voltarsi verso Sutton. «Penso che lei sappia molto più sulla mia vittima di quanto non voglia ammettere, Mark.»

Lui sogghignò, con le nocche che diventavano bianche mentre afferrava lo stipite della porta.

«Lo dimostri» disse, e le sbatté la porta in faccia.

CAPITOLO 13

Nel momento in cui Kay chiamò la sua squadra a raccolta per il briefing pomeridiano, i livelli di energia nella stanza avevano preso slancio.

Man mano che emergevano più informazioni e nuove piste venivano seguite, l'indagine aveva iniziato a fiorire, e il precedente senso di inerzia stava abbandonando il gruppo affiatato di detective.

«Cominciamo, tutti,» chiamò. «Staremo qui anche nel fine settimana, quindi prima concludiamo questo briefing, prima potrete tornare dalle vostre famiglie stasera.»

Seguì un'ondata di attività mentre gli agenti in uniforme si univano ai detective e al personale civile accanto alla lavagna e afferravano qualsiasi sedia fosse più vicina, si appollaiavano sugli angoli delle scrivanie o semplicemente si appoggiavano al muro più vicino.

Alla fine la cacofonia si placò, e Kay passò in rassegna i compiti che erano stati completati da ogni agente di grado superiore e dalle rispettive squadre. Una ad una, le piste venivano chiuse o si decideva di approfondirle ulteriormente finché Kay non si voltò di nuovo verso la squadra e si schiarì la gola.

«Quando abbiamo interrogato John Brancourt, ci ha detto che stava ancora aspettando i piani di costruzione finali approvati da Alexander Hill che registra tutto il lavoro completato in cantiere. Cosa ha detto lui a riguardo quando gli avete parlato ieri?»

«Non sembra niente di sospetto, capo,» disse Carys. «Hill ha confermato che Brancourt and Sons riceverà i piani, ma al momento stanno attraversando un processo di approvazione finale e il responsabile della gestione dei documenti lavora solo tre giorni a settimana. Con tutto il lavoro di riqualificazione in cui è stato coinvolto, hanno un arretrato di circa nove settimane. Quei piani esecutivi non saranno finalizzati prima della fine di marzo.» Accennò con il mento ai documenti che ingombravano la scrivania di Debbie. «Comunque abbiamo ricevuto le stampe dei piani dal processo di approvazione edilizia comunale originale, e verranno registrati nel weekend.»

«Li ho guardati velocemente prima, capo,» disse Gavin, «ma non c'è nulla di insolito segnato su di essi in relazione alla cucina e all'area relax o all'ufficio sopra di essa.»

«Va bene, grazie,» disse Kay, sforzandosi di non far trasparire la delusione nella sua voce.

«Com'è andata con il capo della Sutton Site Security?» disse Carys.

«È decisamente una persona d'interesse,» disse Kay. «Ha risposto a tutte le nostre domande in modo un po' troppo disinvolto per i miei gusti, come se avesse passato gli ultimi sei mesi a provare le sue risposte. So che la scoperta della nostra vittima è stata su tutte le notizie questa settimana, ma sembrava che Mark Sutton fosse pronto per affrontarci. Poi c'è il fatto che Gary Hudson lavora per lui da quando è uscito di prigione. E il tipo che faceva il receptionist, Wayne Markham. L'hai già incontrato prima?»

«Non posso dire che il nome mi suoni familiare,» disse Gavin. «Hai una foto?»

Kay prese una cartella dalla scrivania accanto a lei, e poi appuntò un'immagine a colori che aveva stampato poco prima. «Sono riuscita a scattare una foto mentre Barnes usciva dal parcheggio. È un po' sfocata. Ho controllato anche su HOLMES. Non ha precedenti, e non l'abbiamo mai interrogato prima.»

Barnes prese gli occhiali da lettura dalla giacca, poi li appoggiò sul ponte del naso per vedere meglio l'immagine. «Io ho pensato che sembrasse preoccupato. È rimasto in silenzio mentre parlavamo con Sutton ma i suoi occhi erano vigili.»

Kay fece cenno di tornare ai loro posti. «Va bene. Gav, scambia due parole con alcuni dei nostri colleghi della Divisione Est. Vedi se qualcuno può fare luce su questo tizio e Mark Sutton. Sembra ben inserito, quindi ovviamente ha mantenuto un profilo basso fino ad ora.»

«Lo farò.»

Un telefono da scrivania interruppe i flussi di pensiero di Kay e Carys balzò dalla sua sedia per affrettarsi dall'altra parte della stanza e rispondere.

La voce della detective si ridusse a un mormorio quando sollevò la cornetta, e Kay si rivolse a Philip Parker.

«Come stanno andando le dichiarazioni dei dipendenti della società di software?»

«Sono tutte in HOLMES, capo», disse il giovane agente di polizia. «Le ho confrontate con le dichiarazioni che abbiamo ottenuto dalle altre attività commerciali di fronte, ma nessuno ha mai visto nulla di sospetto. Abbiamo anche recuperato i filmati delle telecamere di sorveglianza dal comune per il periodo compreso tra aprile e ottobre, quando la società di software ha preso in affitto il locale.»

«Niente?»

«Mi dispiace, no.»

«Capo!»

Kay intravide Carys che si precipitava tra le scrivanie verso di lei. «Che succede?»

Prima che la detective avesse il tempo di rispondere, e con grande stupore di Kay, Adam apparve sulla porta della sala operativa, con il volto pallido.

Carys le fece cenno. «Capo, devo parlarti. È urgente.»

«Barnes, puoi prendere il comando?»

Kay non attese una risposta ma invece spinse da parte uno dei sergenti in uniforme della squadra e si affrettò verso il punto dove Carys si aggirava dietro una fila di sedie.

«Che sta succedendo?»

In risposta, Carys le mise in mano la borsetta, e poi le spinse il cappotto tra le braccia. «Deve andare, capo. Subito.»

Kay si lasciò accompagnare fuori dalla stanza dalla

giovane detective, comprendendo il significato delle parole della donna solo quando raggiunse Adam.

«Cosa ci fai qui?»

«Abby ha cercato di telefonarti negli ultimi trenta minuti. Dobbiamo andare. È tuo padre», disse. «Ha avuto un attacco di cuore.»

CAPITOLO 14

Kay tirò su col naso, poi girò la testa per guardare il fianco di un autoarticolato mentre Adam lo sorpassava accelerando, così che lui non la vedesse piangere.

Aveva già abbastanza preoccupazioni; il traffico sulla M25 era atroce, con il vento che spazzava detriti attraverso le otto corsie gettandoli nei fossati su entrambi i lati.

La pioggia batteva contro il parabrezza, un flusso persistente d'acqua che lottava contro i tergicristalli causando rivoli che sfuggivano attraverso il finestrino del passeggero.

Il suo corpo si piegò contro la cintura di sicurezza quando Adam frenò, con una leggera imprecazione a bassa voce.

Dopo essere arrivato alla sala operativa, l'aveva presa per un braccio e l'aveva condotta verso il suo veicolo parcheggiato fuori su strisce gialle doppie, poi aveva alzato il dito medio verso un autista che aveva suonato il clacson mentre aprivano le portiere, prima di allontanarsi dal marciapiede a tale velocità che la testa di Kay aveva sbattuto contro il poggiatesta prima che avesse avuto il tempo di allacciare la cintura.

«Non posso credere che non abbia chiamato il telefono della mia scrivania», disse Kay.

«Probabilmente era nel panico.»

Kay trattenne la sua rabbia. Non avrebbe sfogato la sua frustrazione su Adam.

Si girò e vide la sua mascella tesa, i suoi occhi concentrati sul traffico che scorreva di fronte a loro.

«Lo svincolo di Leatherhead non cambia mai, dannazione», disse sottovoce. «Dai. Muovetevi, gente.»

«Posso guidare io quando sei stanco. Abbiamo ancora molta strada da fare.»

«Non ti lascerò avvicinare a questo volante nello stato in cui sei.»

Kay espirò e chiuse gli occhi.

Sapeva che era inutile discutere, e dopotutto aveva ragione.

La sua mente era un groviglio di compiti che non aveva avuto il tempo di delegare alla sua squadra investigativa e consigli che avrebbe dovuto dare a Barnes per aiutarlo in sua assenza. Come un torrente d'acqua sotto tutto questo c'era il pensiero di non aver mai ringraziato suo padre per ciò che aveva fatto per lei; che probabilmente non ne avrebbe avuto l'opportunità.

Aprì gli occhi e si sporse in avanti. «Chi si sta prendendo cura di Cornflake?»

«Scott l'ha portato a casa con sé. Ero all'ambulatorio quando Abby mi ha chiamato, quindi gli ho dato la chiave di casa mia e ho usato quella di scorta per entrare e prendere le nostre cose. Smettila di preoccuparti per il gerbillo, Kay. Starà bene.»

Kay borbottò una risposta e poi controllò di nuovo il suo cellulare.

Mentre si affrettava fuori dalla sala operativa, si era resa conto che sua sorella aveva telefonato tre volte, ogni chiamata finita in segreteria mentre Kay guidava la sua squadra attraverso il briefing del tardo pomeriggio. Aveva cercato di chiamare Abby appena avevano lasciato Maidstone, dopo aver trattenuto i singhiozzi che l'avevano scossa nel momento in cui avevano raggiunto la M20, ma sua sorella non aveva risposto.

Invece, aveva dovuto ascoltare un allegro messaggio di segreteria che invitava a lasciare un messaggio dopo il segnale acustico, con il rumore delle sue due nipoti che ridevano fragorosamente in sottofondo, cosa che le straziava il cuore.

Era un cattivo segnale, o sua sorella la stava ignorando?

Da allora, lo schermo rimase vuoto. Nessun nuovo messaggio, nessuna chiamata persa.

«Probabilmente sono in una parte dell'ospedale in cui i cellulari non prendono.»

La voce di Adam interruppe i suoi pensieri, e lei lasciò cadere il telefono nella borsa.

«Forse.»

Il sistema di navigazione satellitare nell'auto emise un bip, e gli occhi di Kay caddero sul display del cruscotto. «Dice di evitare la M4. C'è un incidente con più veicoli.»

«Dove?»

«A est di Newbury.»

«Va bene.» Adam mise la freccia e si spostò nella corsia di sorpasso, il veicolo accelerava. «Passeremo per Reading e taglieremo attraverso la campagna. Considerando tempo che impiegheremmo fermi nel traffico e arrivare a Swindon, non farebbe comunque molta differenza.»

Kay osservò il traffico nelle corsie più lente passare in un offuscamento di luci posteriori, la pioggia che cessava di tuonare contro il tetto del 4x4 solo quando passavano sotto i ponti, con cartelli blu che indicavano destinazioni che non visitava da anni.

Chiuse gli occhi.

Quando aveva visto suo padre l'ultima volta?

Aveva parlato con lui al telefono solo poche settimane prima; avevano preso l'abitudine che lui la chiamasse il martedì pomeriggio quando sua madre usciva con un'amica, in modo da parlare liberamente senza che sua madre lo sapesse.

Sua madre non li aveva invitati per la cena di Natale.

Un anno fa, aveva raccontato ai suoi genitori dell'aborto spontaneo che aveva subito mentre era sottoposta a un'ingiustificata indagine degli Standard Professionali. Il problema era che lo aveva tenuto nascosto per un anno prima, e il rapporto già tumultuoso che aveva con sua madre era deteriorato al punto che non si parlavano più.

Kay strinse il pugno, conficcandosi le unghie nel palmo per combattere contro il malessere che minacciava di travolgerla.

Sua madre sapeva quanto il padre significasse per Kay, ed era ovvio che aveva deliberatamente scelto di tenere la figlia maggiore all'oscuro riguardo alla sua salute.

Solo pochi mesi fa, suo padre era stato portato d'urgenza in ospedale con dolori al petto. Era stato fortunato quella volta, il medico che lo aveva curato l'aveva attribuito a un caso elevato di bruciore di stomaco, ma se Abby non l'avesse chiamata per dirglielo, non l'avrebbe mai saputo. Sua madre manteneva il suo voto di silenzio quando si trattava di escludere Kay dalla sua vita, e suo padre non parlava mai della sua salute.

Gemette, rendendosi conto che stava diventando paranoica.

Adam tese la mano verso quella di lei e le strinse le dita per un momento prima che la sua mano avvolgesse nuovamente il volante.

«Tieni duro.»

Kay chiuse gli occhi e annuì, con una grossa lacrima che le scorreva sulla guancia.

CAPITOLO 15

Kay si affrettò verso le porte automatiche del pronto soccorso e si fermò con impazienza mal celata mentre il vetro si apriva con un sibilo.

L'atmosfera le apparve pervasa da paura mescolata a un'irrefrenabile nota di efficienza mentre il personale lavorava per calmare pazienti traumatizzati e familiari.

«Da questa parte.»

Adam le avvolse le dita intorno al braccio e la guidò attraverso il pavimento piastrellato fino a un banco di accettazione, dove il personale amministrativo faceva del suo meglio per indirizzare le persone verso i reparti giusti e occuparsi contemporaneamente di una valanga di scartoffie.

Nel momento in cui una donna ripose il telefono, Adam sfoggiò il suo fascino e sorrise.

«Vedo che è occupata, quindi sarò breve. Abbiamo un familiare, Phillip Hunter, che è stato portato qui d'urgenza oggi con un sospetto attacco cardiaco. Ci chiedevamo dove potremmo trovarlo?»

La donna fornì le indicazioni, e Adam si allontanò dal bancone trascinando Kay con sé.

Mantenne un ritmo veloce attraverso il labirinto di corridoi che si snodavano nel grande complesso ospedaliero, ma l'altezza di Kay le dava il vantaggio di riuscire a stare al passo con lui mentre evitavano barelle con pazienti e personale ospedaliero che si precipitava da un reparto all'altro.

Mentre giravano un angolo, un grido di sorpresa raggiunse le sue orecchie prima che sua sorella, Abby, le piombasse addosso.

«Sei qui.»

Kay la strinse in un abbraccio feroce, poi alzò lo sguardo per vedere il resto della sua piccola famiglia in piedi fuori da un set di porte doppie.

La bocca di sua madre si contorse in una smorfia di delusione. «Quindi. Ce l'hai fatta ad arrivare, allora. Sei sicura che possano fare a meno di te, alla stazione di polizia?»

«Se la cavano benissimo.» Kay represse la rabbia per il commento tagliente. «Perché non mi hai chiamato per dirmi che stava così male?»

«Non so mai se ho il numero giusto per raggiungerti. Lavori sempre. Dubito che avresti lasciato tutto per stare con noi comunque.»

«Ora basta, Marion,» disse Adam, con voce pericolosamente bassa. «Abbiamo guidato sei ore per essere qui.»

Rivolse la sua attenzione ad Abby e le diede un rapido bacio sulla guancia prima di rivolgersi a suo marito, Silas, e stringergli la mano. «Qualche novità?»

«I medici sono con lui. Stiamo aspettando un aggiornamento,» disse Abby, cercando la mano di Kay.

Kay sentì la familiare stretta delle sue dita, qualcosa che Abby faceva fin da quando erano bambine ogni volta che aveva bisogno di essere rassicurata. Non parlarono per un momento, e poi Abby si ritrasse e si asciugò le guance.

«Dove sono le bambine?» Nonostante l'urgenza della situazione, Kay non poteva fare a meno di chiedersi dove fossero le sue due nipoti e se fossero a conoscenza della situazione del nonno.

«Liz si sta prendendo cura di loro,» disse Silas.

Kay sospirò. La sorella di suo padre sarebbe stata una compagnia perfetta per le bambine mentre aspettavano notizie. «Che succede? Perché è stato portato qui d'urgenza?»

«Dicono che ha bisogno di un pacemaker. Che è stato fortunato.» Abby tirò su col naso. Agitò le mani davanti al viso. «Oh mio Dio, ci ha spaventati, Kay.»

«Cos'è successo?» Kay si rivolse alla madre, che scrollò le spalle.

«Beh, se fossi stata qui l'avresti saputo.»

«Mamma...» cominciò Abby.

«Marion, per favore,» disse Adam. «Ora non è il momento...»

La madre di Kay si girò per affrontarlo e lo punzecchiò sul petto con un'unghia curata. «Stanne fuori. Non sei nemmeno un familiare, quindi non so perché sei qui. A meno che voi due non vi siate finalmente sposati senza dirmelo?»

Un silenzio scioccato seguì il suo sfogo, interrotto solo

quando Silas si schiarì la gola e pose la mano sul braccio della suocera.

«Smettila,» disse. «Questo è inaccettabile.»

«Sai una cosa? Basta così. Mamma, se non riesci a comportarti in modo civile, allora suggerisco che io e Abby parliamo da sole.» Kay si rivolse a Adam. «Ti va di unirti a noi per un caffè? Credo di aver visto un distributore automatico lungo il corridoio.»

«Mi sembra un'ottima idea.»

Kay voltò le spalle a sua madre e a Silas, poi intrecciò il braccio con quello di Adam e partì, senza aspettare di vedere se sua sorella li stesse raggiungendo.

Si rilassò leggermente al suono dell'eco dei costosi tacchi di Abby sul pavimento piastrellato dietro di lei mentre attraversava le porte doppie allontanandosi dal pronto soccorso, poi rallentò quando raggiunse l'angolo accanto alla postazione degli infermieri.

«Se hai intenzione di andartene sbattendo la porta, almeno fallo lentamente,» brontolò Abby. «Questi tacchi mi stanno uccidendo.»

Kay allentò la presa su Adam e si appoggiò al muro, incrociando le braccia sul petto.

«Che diavolo ha che non va?» esplose. «Uno pensa che dopo tutto quello che papà ha passato, dovrebbe essere in grado di contenersi.»

«Probabilmente è lo stress.» Adam frugò nella tasca dei jeans prima di estrarre una manciata di monete e procedere a inserirle nel distributore automatico.

Abby sbuffò. «Probabilmente è perché è una stronza.»

«Dev'essere stata davvero pesante ultimamente, se dici così,» disse Kay.

«Onestamente, non so cosa le sia preso. Dovrebbe essere grata del fatto che voi due abbiate viaggiato per metà della notte per essere qui.»

«Forse ha paura,» disse Adam, porgendo a entrambe un bicchiere di plastica riempito fino all'orlo con un liquido scuro e viscoso. «La paura può tirare fuori il peggio nelle persone, e probabilmente non sta affrontando bene la situazione.»

Kay prese una delle bevande da lui. «Grazie. E sei troppo gentile, specialmente dopo quello che ti ha detto.»

Lui le strizzò l'occhio. «Posso gestirla. Cos'è successo a tuo padre, Abby? Va avanti da un po'?»

«Ha fatto controlli regolari con il suo medico di base,» disse Abby, con voce spenta per lo shock. «Ci ha sempre detto che non era niente però. Poi, oggi è crollato mentre lui e la mamma erano a fare la spesa. Qualcuno del supermercato ha chiamato l'ambulanza. Ho parlato con il paramedico che era nella squadra che l'ha portato qui, sono tornati altre due volte stanotte con diversi pazienti. Se il direttore del posto non avesse avuto la lungimiranza di usare il defibrillatore che hanno lì, lui non... lui avrebbe potuto…»

Kay passò il suo caffè a Adam e avvolse le braccia attorno alle spalle della sorella minore.

«Però è qui, quindi è in buone mani, Abby. Hai accennato a un pacemaker?»

Abby annuì mentre si allontanava, poi frugò nella giacca per prendere un fazzoletto di carta. «Sì. Dicono che ora è stabile e sta parlando con la squadra di assistenza che si sta prendendo cura di lui. A quanto pare lo terranno sotto osservazione durante la notte e valuteranno se possono operare domattina.»

«Possiamo vederlo?»

«La mamma è entrata circa un'ora fa. Il medico ha detto a me e Silas che è probabilmente meglio lasciarlo riposare stanotte e poi potremo vederlo domattina dopo l'operazione. Volete fare lo stesso?»

Kay si voltò verso Adam, che annuì.

«Assolutamente. Devo organizzarmi con la clinica per il resto del fine settimana, ma possiamo trovare un motel qui vicino e tornare domattina.»

«E io dovrò chiamare la stazione,» disse Kay. Tese ancora una volta la mano verso Abby.

«Ma siamo una famiglia. E restiamo qui.»

CAPITOLO 16

Kay era sulla soglia della camera del motel, con la mente che lavorava a pieno regime.

In qualche modo, tra la telefonata di Abby e il recupero di Kay dalla stazione di polizia, Adam aveva avuto la previdenza di preparare una valigia per la notte.

«Non so se ho preso le cose giuste per te,» disse mentre passava la scheda magnetica sulla maniglia della porta e la spingeva per aprirla. «Non ragionavo lucidamente.»

Lei gli passò il palmo della mano sulla schiena mentre lui la guidava nella stanza. «Non importa. Qualsiasi cosa ci sia qui andrà bene. Grazie.»

Adam si avvicinò alla finestra e tirò le tende per lasciare fuori un cielo notturno sferzato da una forte pioggia, poi si passò una mano tra i capelli bagnati.

«Chiamerò Scott, per fargli sapere che è lui responsabile per il momento. Almeno fino a quando non sapremo come sta tuo padre.»

«Ce la farà da solo?»

Adam strinse le spalle. «Dovrà farcela. Non c'è niente che possiamo fare al riguardo, giusto?» Sorrise per addolcire le sue parole. «Dovresti fare lo stesso. Rinuncia al weekend con i tuoi così puoi concentrarti su quello che sta succedendo qui.»

Kay si tolse la giacca e la appese sullo schienale di una delle sedie nella piccola suite, ignorando l'acqua che gocciolava sul sottile tappeto.

Tirò fuori il cellulare dalla borsa, e aggrottò la fronte guardando il display.

«Non preoccuparti, ho portato un caricabatterie,» disse Adam. Si tolse le scarpe e sistemò i cuscini su un lato del letto, poi sollevò le gambe e premette la chiamata rapida sul telefono. Le fece l'occhiolino quando il suo collega rispose.

Kay si lasciò cadere su una sedia e scorse il suo telefono fino a trovare il numero che cercava, chiedendosi come avrebbe fatto a cavarsela se fosse stata da sola in quel momento.

Il comportamento calmo di Adam la influenzò abbastanza da permetterle, almeno per un momento, di concentrarsi.

Barnes rispose al primo squillo. «Kay?»

«Ciao.»

«Che succede?»

«Papà ha avuto un attacco di cuore, ma è in fase di recupero. Stanno parlando di un pacemaker.» Sentì il tremito nella sua voce mentre parlava. «Dobbiamo restare a Swindon per il fine settimana finché non sapremo come sta, quindi…»

«Nessun problema,» disse Barnes. «Tutta la squadra

lavorerà durante il fine settimana come hai richiesto, quindi possiamo continuare l'indagine.»

Kay rilasciò il respiro che stava trattenendo. «Sei un tesoro, Ian.»

«Faresti lo stesso per me. Vuoi un aggiornamento veloce?»

«Sì, sarebbe ottimo, grazie.»

Sorrise. Il sergente detective poteva sembrare brusco ed efficiente a chiunque altro, ma lei lo conosceva troppo bene e riusciva a intercettare l'emozione nella sua voce.

Sapeva che l'unico modo per impedirle di crollare era tenere la sua mente occupata, e mentre lui la aggiornava sulla fine del briefing che lei aveva lasciato così bruscamente, i suoi pensieri si volsero alla gestione dell'indagine.

Sapeva che le prossime ventiquattro ore avrebbero messo alla prova tutte le sue capacità di leader.

Doveva fidarsi della sua squadra; doveva imparare a delegare.

Valutando ogni compito, facendo suggerimenti al piano d'azione previsto da Barnes, e incoraggiandolo dove sentiva che aveva bisogno di supporto, lo aiutò a tracciare una via da seguire che mantenesse il ritmo in sua assenza.

Quando ebbe finito, terminò la chiamata, collegò il caricabatterie del telefono vicino al comodino e fece cenno a Adam che sarebbe andata a fare la doccia.

La sua voce si propagò fino al bagno mentre discuteva con Scott quali appuntamenti cancellare e quali animali richiedessero un attento monitoraggio. Seguirono risate mentre Adam ascoltava il suo dipendente, e Kay sorrise mentre si spogliava e poi si mise sotto i getti caldi della doccia.

Tuttavia, mentre lasciava che lo stress delle ultime ore scivolasse via dalla sua pelle, una malinconia la colse.

Al di fuori della sua vita domestica e del lavoro, si rese conto di non avere nulla.

Nessun amico da chiamare quando la vita le metteva i bastoni tra le ruote. Nessuno al di fuori della polizia con cui potesse parlare di...

Si fermò, con le mani insaponate di shampoo mentre restava immobile.

Parlare di cosa?

Viveva per il suo lavoro. Era per questo che si era buttata a capofitto nel dimostrare la propria innocenza quando era stata messa in discussione da un'accusa degli Standard Professionali. Era per questo che rinunciava ai suoi fine settimana per guidare indagini importanti e dare l'esempio ai colleghi più giovani.

Anche il lavoro di Adam spesso significava orari antisociali, e si rese conto mentre cominciava a strofinarsi i capelli con rinnovato vigore che entrambi vivevano per il loro lavoro. Amavano ciò che facevano, ma quanta poca scelta si erano lasciati?

Un familiare senso di terrore iniziò ad afferrarle il petto e allungò la mano verso il rubinetto, chiudendolo con un giro e avvolgendosi in un grande asciugamano sotto le braccia prima di fermarlo.

Pulì la condensa che si aggrappava allo specchio, poi osservò il viso spaventato che la fissava di rimando.

E se fosse successo qualcosa a Adam?

Cosa avrebbe fatto?

A chi avrebbe potuto rivolgersi per sostegno?

Tirò su col naso, poi cercò di scacciare quel pensiero. Asciugandosi, indossò abiti puliti e uscì in camera da letto.

Adam terminò la chiamata e incontrò il suo sguardo, con un'espressione circospetta sul volto.

«È una follia, Hunter. Non possiamo andare avanti così. Dobbiamo imparare a lasciar andare, non credi?»

Lei si morse il labbro, e poi allungò la mano per prendere la sua, senza parole.

CAPITOLO 17

Kay sentì la mano di Adam scivolare tra le sue dita mentre apriva la porta del reparto trentasei ore dopo e attraversava il pavimento piastrellato verso un letto vicino alla finestra, una tenda separava il suo occupante dagli altri nella stanza.

Il respiro le si fermò in gola mentre guardava intorno ad essa ai piedi del letto.

Suo padre era seduto dritto, ma non aveva mai visto il suo viso così pallido.

La sua criniera di capelli bianchi spuntava in diverse direzioni, e i suoi occhi testimoniavano la lotta che il suo corpo aveva affrontato negli ultimi tre giorni.

Tuttavia, riuscì a fare un debole sorriso alla vista della sua figlia maggiore.

«Deve essere urgente se siete riusciti entrambi a svignarvela dal lavoro».

«Oh, papà». Kay si precipitò verso di lui e gli diede un delicato abbraccio. «Ci hai fatto morire di paura».

Lui la tenne stretta, e poi la allontanò delicatamente, stringendo la mano a Adam.

«Come stai, Phil?»

«Indolenzito. Come se fossi stato preso a calci da un cavallo».

«Saremmo venuti ieri ma hanno ritardato la tua operazione e ci hanno tenuto lontani».

Il padre di Kay scrollò le spalle. «Carenza di personale, a quanto pare. Una di quelle cose». Si toccò il lato sinistro del petto. «Ho un nuovo amico ora».

Si abbassò il colletto del camice e Kay sussultò alla vista delle bende che gli coprivano il petto, con lividi viola e gialli che gli ricoprivano la spalla.

«Starai bene ora, vero?» riuscì a dire.

«Come meglio posso. Il chirurgo è passato circa mezz'ora fa e ha detto che l'operazione è andata bene. Mi terranno qui per qualche giorno per assicurarsi che non combini guai». Le prese la mano. «Sono contento che siate venuti entrambi».

«Papà, non avremmo potuto essere altrove. Lo sai».

«Lo so, ma ora sto bene. Abby mi ha detto che sei nel bel mezzo di un'indagine per omicidio?»

Kay annuì. «È vero, ma ho una buona squadra che lavora con me. Avranno tutto sotto controllo».

Suo padre sorrise. «Ma c'è un'altra famiglia che ha bisogno di te adesso, vero? Una famiglia che ha bisogno di risposte. E questo è ciò che sai fare meglio, Kay».

Lei sospirò. «Vorrei che la mamma la vedesse in questo modo».

«Tua madre non capirà mai, piccola. Non è nella sua natura». Alzò lo sguardo verso Adam che si trovava ai piedi del letto. «Immagino che le cose siano impegnative anche in clinica, vero?»

«Sotto controllo, Phil. Scott riesce a cavarsela senza di me».

«Cavarsela, sì, ma queste persone dipendono da voi due». Il padre di Kay spostò il peso, poi alzò la mano mentre Kay si muoveva al suo fianco. «Sto bene. Sembra peggio di quanto sia».

«Ci stai dicendo di andarcene, papà?» Mantenne un tono leggero, ma non riuscì a nascondere il suo cipiglio.

Lui rise. «Non in senso negativo, no. Ma guardati intorno, sto ricevendo le migliori cure possibili, sono fuori pericolo e tra due o tre giorni mi cacceranno da qui. Cosa farete se restate in giro? Piangerete preoccupandovi di quello che succede a casa?»

«Beh...»

«Esatto». Inclinò la testa al suono di passi in avvicinamento, una voce raggiunse le orecchie di Kay mentre i suoi occhi si fissavano nei suoi. «E quella è tua madre. Da quello che dice tua sorella le cose si sono un po' scaldate quando siete arrivati l'altra sera?»

Kay si morse il labbro. «Si potrebbe dire così».

Suo padre le diede una pacca sulla mano, poi fece un gesto per mandarla via. «Vai. È bello vedervi entrambi, e grazie per essere venuti. Ma non credo che la caposala apprezzerà lo spettacolo di fuochi d'artificio se tu e tua madre passate troppo tempo in compagnia l'una dell'altra».

«Se sei sicuro, papà?»

Lui sorrise. «Sono sicuro. Ti chiamerò la prossima settimana».

———

L'umore di Kay era riflessivo mentre lei e Adam tornavano in auto verso il Kent dopo un pranzo affrettato con Abby e Silas.

Le parole di suo padre le giravano in testa; lui era sempre stato il più comprensivo dei suoi genitori, ma lei si chiedeva se sapesse quanto vicine alla verità fossero state le sue osservazioni.

Lei e Adam non avevano smesso di controllare i loro telefoni per tutto il giorno precedente, e lei era stata quasi tentata di usare il centro business del motel per accedere a un computer e controllare le sue email.

Quasi.

Un sorriso ironico le attraversò le labbra mentre ricordava la loro conversazione.

«A cosa stai pensando?» disse Adam, prima di ripartire da un semaforo e attraversare l'incrocio trafficato.

«Solo a quello che ci ha detto papà. Ha ragione. Non facciamo altro *che* lavorare. Non siamo molto bravi a delegare, vero?»

«Credo che, una volta che avrai concluso questa indagine, dovremmo prenderci una pausa» disse Adam. «Una vera. Intendo settimane, non giorni».

Kay si tolse le scarpe e mosse le dita dei piedi. «Posso quasi sentire la sabbia».

«Dove ti piacerebbe andare?»

«Ovunque. Preferibilmente in un posto senza segnale telefonico o Wi-Fi».

Adam rise. «Non dureresti tre giorni senza segnale telefonico».

«Sono disposta a provare».

«Va bene. Che ne dici di un angolo remoto della Thailandia?»

«Sembra buono. Non siamo mai stati in Asia».

Aggrottò la fronte quando il suo telefono iniziò a vibrare nella borsa, e si sporse in avanti per tirarlo fuori.

«Come dicevo, non dureresti» disse Adam.

«Molto divertente». Premette il tasto "rispondi". «Ispettrice Hunter».

«Capo, sono Barnes. Sto per andarmene per oggi, quindi ho pensato che potesse farti piacere un aggiornamento. Ho Gavin qui con me in vivavoce. Come sta tuo padre?»

«Si sta riprendendo, Ian, grazie». Kay si spostò sul sedile e osservò la campagna che scorreva veloce. «Gli hanno messo un pacemaker e i medici sono soddisfatti di come è andata l'operazione. Ma lo aspettano tanto riposo e recupero. Non è ancora fuori pericolo. Come vanno le cose lì?»

Ascoltò mentre Barnes le illustrava i briefing che aveva fatto alla squadra in sua assenza e le scarse informazioni emerse, con una frustrazione palpabile per la mancanza di progressi.

«C'è un'altra cosa» disse Barnes, con voce esitante.

«Che cosa?»

«Simon Winter ha telefonato dall'obitorio di Darent Valley. Ha detto che Lucas è riuscito a recuperare il ritardo negli ultimi giorni e che farà l'autopsia sulla nostra vittima domani mattina presto. Posso andare io, se vuoi. Probabilmente non saprai cosa succede con tuo padre ancora per un giorno o due, vero?»

Kay guardò verso Adam mentre lui si strofinava gli

occhi, cercando di reprimere uno sbadiglio mentre si immetteva nel traffico veloce.

«Senti» disse. «Stiamo tornando nel Kent adesso, quindi parteciperò io all'autopsia. Potresti fare tu il briefing di domani per me, però?»

Adam le lanciò un'occhiata e alzò gli occhi al cielo.

Lei cercò di scrollarsi di dosso il senso di colpa per la prospettiva di tornare all'indagine così presto dopo il problema di salute del padre, concentrandosi invece sui compiti da svolgere. Nonostante ciò che aveva detto a Adam solo pochi istanti prima sul delegare, in qualità di responsabile delle indagini preferiva assistere personalmente a un'autopsia, semplicemente per poter ascoltare ciò che il patologo forense degli Affari Interni scopriva piuttosto che leggerlo da un rapporto. Aveva imparato da Sharp che spesso era il modo migliore, anche se l'intera procedura poteva essere spiacevole.

«Nessun problema per il briefing» disse Barnes. «Posso aggiornarti quando sarai tornata qui».

«Ottimo, grazie. Gavin...» Kay alzò la voce in modo che il detective potesse sentirla meglio sopra il rombo del motore dell'auto. «È il tuo turno, Piper. Ti incontrerò alla stazione alle sette e poi andremo insieme all'obitorio».

Il detective sospirò. «Immagino che domani salterò la colazione, allora».

CAPITOLO 18

Gavin serrò la mascella quando incontrò Kay alla stazione di polizia il mattino seguente e la seguì fino alla macchina senza lamentarsi, ma il suo colorito rimase pallido mentre viaggiavano lungo la M20 verso l'ospedale.

Aveva sempre avuto difficoltà ad accettare il fatto che assistere a un'autopsia fosse vitale per comprendere le ferite mortali di una vittima al fine di condurre un'indagine, e Kay si era impegnata a guidarlo attraverso il processo quando possibile.

Tuttavia, non riusciva a fare nulla per calmare i suoi nervi o la nausea che lo assaliva ogni volta che doveva partecipare, e lasciare che Barnes accompagnasse il giovane detective attraverso le porte del laboratorio dove lavorava Lucas Anderson avrebbe solo traumatizzato maggiormente Gavin, ne era certa.

«Come va?» disse, lanciandogli un'occhiata mentre camminavano sull'asfalto verso le porte dell'edificio.

«Non diventa mai più facile».

«Pensavo fossi un po' silenzioso durante il viaggio».

«Come sta tuo padre, se non ti dispiace che lo chieda, capo?»

«Ci ha fatto prendere un bello spavento, se devo essere sincera» disse Kay, «ma il suo medico dice che è forte e dovrebbe riprendersi bene col tempo».

«Questa è un'ottima notizia, capo».

Gavin tenne aperta la porta e la seguì fino alla reception.

Kay aggrottò la fronte sentendo il suono di campanelle a vento mentre Gavin scarabocchiava la sua firma sotto la sua.

«Musica rilassante?» disse. «Da quando Lucas ha iniziato a metterla qui?»

La receptionist sulla ventina alzò gli occhi al cielo e riprese il foglio delle firme da Gavin. «La settimana scorsa. Gli ho detto che non aveva senso, voglio dire, non è che possa fare del bene ai suoi pazienti, no?»

«Su, su».

Il patologo forense degli Affari Interni era in piedi sulla porta dell'obitorio, con la mascherina abbassata sul collo e la bocca che tremava. «Offre un'introduzione rilassante a chiunque faccia visita».

«È quello che pensa lei» disse Gavin, con voce roca. «Il mio dentista ha questa stessa playlist. Non ci andrò mai più».

Kay rise e allontanò il giovane detective dalla scrivania. «Andiamo. Prima sentiamo cosa ha da dirci Lucas, prima posso riportarti in centrale».

Fece cenno al patologo che sarebbero stati da lui a breve, poi trovò lo spogliatoio femminile.

Dopo aver messo i suoi oggetti di valore in un

armadietto e intascato la chiave, prese una tuta protettiva nuova da un sacchetto di plastica e la indossò sopra la camicetta e i pantaloni.

Canticchiò sottovoce mentre si vestiva; niente di riconoscibile, solo qualcosa per distogliere la mente da ciò che poteva attenderla sulla barella dietro le porte dell'obitorio.

Dopo essersi rimessa gli stivaletti alla caviglia, aprì la porta e trovò Gavin che camminava avanti e indietro nel corridoio.

Lui si fermò quando la vide, raddrizzando le spalle. «Pronta, capo?»

«Fai strada».

La porta che conduceva all'obitorio si aprì mentre si avvicinavano e apparve Simon Winter, l'assistente di Lucas.

«Ottimo tempismo», disse, con gli occhi chiari in forte contrasto con la frangia scura. «Abbiamo quasi finito».

Si fece da parte per lasciarli passare, e Kay iniziò a respirare in modo superficiale per attenuare l'odore che minacciava di sopraffare i suoi sensi.

«Da questa parte, venite», disse Lucas, facendo loro cenno di avvicinarsi al tavolo per l'esame.

Luci brillanti si accesero sopra di esso, illuminando il cadavere rinsecchito disteso, i cui vestiti logori erano già stati rimossi e imbustati per ulteriori esami da parte della squadra di Harriet.

Avvicinandosi, Kay si ricordò di un'esposizione al British Museum che aveva visto diversi anni prima e rammentò l'indignazione che l'aveva pervasa mentre la folla si accalcava per fissare il corpo avvizzito.

Le era sembrato così irrispettoso.

Il suo sguardo seguì i movimenti di Simon mentre iniziava a raccogliere le buste, poi si rivolse al patologo forense degli Affari Interni. «Suppongo non ci fossero effetti personali nascosti nelle cuciture, nulla che ci dica chi fosse?»

«Temo di no. Nessun segno di anelli sulle dita, niente nelle tasche e nessuna ferita pregressa che possa essere rintracciata attraverso le cartelle cliniche».

«Un vero uomo del mistero», disse Gavin, rimettendo in tasca un tubetto di unguento mentolato e strofinandosi il dito sopra il labbro superiore.

«Sfortunatamente per voi, sì», disse Lucas.

«Cosa *puoi* dirci?» disse Kay, reprimendo un senso di disperazione che le attanagliava le viscere. «Sicuramente hai qualcosa su cui possiamo lavorare?»

«Calma. Ti illustrerò ciò che so in seguito all'esame e poi capiremo cosa manca».

Kay annuì, e si sforzò di rilassarsi. Lucas aveva ragione, non aveva senso preoccuparsi delle prove che non aveva finché non avesse appreso ciò che lui aveva ricavato dall'autopsia.

Lui le fece cenno di avvicinarsi al tavolo finché lei e Gavin si trovarono accanto alla testa della vittima.

«Avevo ragione riguardo alla ferita traumatica alla testa», disse, sostenendo il cranio dell'uomo mentre faceva scorrere il mignolo lungo l'avvallamento. «Non è questo che l'ha ucciso».

Lucas si spostò a sinistra, poi allungò la mano e sollevò il braccio della vittima, girando la mano finché le punte delle dita non furono esposte.

«Sei riuscito a prendere le impronte?» disse Kay.

«Non da questa mano. Ricordi che sulla scena ti ho detto che le punte erano lisce?»

«Qualcuno in centrale ha suggerito che potesse essere un chitarrista», disse Gavin.

«Non è una teoria terribile».

«Ma non è corretta?» disse Kay.

«No, non credo». Lucas abbassò il braccio della vittima e indicò i piedi dell'uomo. «Venite qui».

Kay cercò di ignorare la pelle raggrinzita che copriva il corpo dell'uomo, e si concentrò sulle ossa lunghe delle dita dei piedi mentre si avvicinava.

«Cosa devo cercare?»

Lucas attese finché lei e Gavin non furono accanto a lui, e poi indicò un segno nero deforme sulla pianta del piede sinistro.

La fronte di Gavin si corrugò. «È un tatuaggio?»

Lucas riuscì a sorridere. «Sarebbe una prima volta per me. No, è un foro d'uscita. Un segno di bruciatura».

Kay fece un passo indietro. «Niente impronte digitali e un foro d'uscita sul piede. È stato folgorato, vero?»

«Ben fatto, Hunter. Sì, hai ragione».

«È questo che l'ha ucciso?»

Lucas si allungò e tirò un lenzuolo dai colori vivaci sui resti mummificati, lasciando esposta la testa. «Sì. Ne sono certo al novanta per cento».

«E ha riportato la frattura alla parte posteriore della testa dopo?» disse Gavin. Indicò la forma avvizzita, le orbite vuote pallide sotto le luci del laboratorio. «Voglio dire, quando era già morto?»

«Credo di sì», disse Lucas. Tirò il lenzuolo sul volto della vittima e iniziò a togliersi i guanti.

Kay espirò. «Dunque, hai preso impronte digitali dalla mano destra?»

«Ho inviato via email i risultati a te e al tuo addetto ai registri».

«Fantastico, grazie».

«Quell'edificio brulicava di appaltatori e personale addetto alla sicurezza del cantiere durante i lavori di riqualificazione, quindi perché nessuno l'ha segnalato?» disse Gavin.

«Gli installatori di moquette hanno menzionato a Hughes nelle loro dichiarazioni iniziali che una mattina hanno avuto un ritardo perché l'elettricità era saltata nell'edificio», disse Kay. «Forse la nostra vittima è stata folgorata e qualcun altro ha nascosto il corpo per coprire il fatto che si trovavano lì».

«Ma John Brancourt dice di aver assunto la Sutton Site Security per sorvegliare il posto dopo che l'avevano minacciato».

Lo sguardo di Kay tornò alla forma sotto il lenzuolo e un brivido le percorse le spalle. «Beh, non è finito in quella cavità di sua spontanea volontà, Gav. Qualcuno era lì quando è morto e sapeva cosa gli era successo. Tutto quello che dobbiamo fare è scoprire chi era».

CAPITOLO 19

Tornata alla stazione di polizia di Palace Avenue, Kay decise di interrogare Tom Walsh, il supervisore degli installatori di moquette.

Carys era riuscita a rintracciare entrambi gli installatori di moquette prima che raggiungessero il pub dopo aver terminato in anticipo un lavoro nel villaggio di Leeds, e ora attendevano in stanze per gli interrogatori separate mentre Kay e Gavin affrontavano il loro capo al tavolo nella stanza per gli interrogatori numero tre.

«Grazie per essere venuto», disse Kay. «Per cominciare, potrebbe parlarci del suo lavoro?»

Il quarantanovenne si tirò il colletto, sistemò una sigaretta mezza fumata dietro l'orecchio, e poi incrociò le braccia sul tavolo.

«Lavoro per l'azienda di pavimentazioni da circa quindici anni», iniziò. «Mi sono fatto strada e poi ho iniziato ad addestrare gli apprendisti. Circa otto anni fa, mi hanno assegnato la supervisione dei lavori più importanti.

Quelli per clienti aziendali come Hill che compensavano i periodi di calo nel lavoro domestico.»

«Le piace il suo lavoro?»

Lui alzò le spalle. «Non è male, credo.»

«Come si è trovato coinvolto nei lavori al Petersham Building durante l'estate?»

«Avevamo già lavorato per John Brancourt in passato», disse, «quindi non abbiamo dovuto fare offerte per il lavoro. Ha ottenuto il permesso dal proprietario, Hill, di assumerci in base ai risultati precedenti. Quindi, una volta che il nostro team commerciale aveva preso nota delle preferenze di Hill per moquette e sottostrato, ha effettuato l'ordine e poi Brancourt gli ha comunicato quando avremmo dovuto essere lì. Sa, in linea con il programma del progetto.»

«Quanto tempo ha trascorso nel cantiere?»

«Un paio di giorni all'inizio, per assicurarmi che i ragazzi stessero bene. A volte arrivi in un posto e le misure non sono state prese correttamente o il cliente ha cambiato idea durante gli altri lavori; quindi, ti presenti e tutti gli angoli sono sbagliati. Fortunatamente con questo lavoro, si trattava semplicemente di verificare le misure originali e poi lasciare che i ragazzi procedessero. Dopo di che, sono tornato una volta alla settimana fino al completamento del lavoro.»

«Com'è lavorare con John Brancourt?»

«È un bravo tipo. Vecchia scuola, capisce cosa intendo? Fa un buon lavoro fidandosi di noi e gestendo le chiamate di Hill.»

«Ah sì? Alexander Hill tende a causare problemi?»

«No, non ho detto questo. È semplicemente uno di quei

tipi che deve sempre sapere cosa sta succedendo. Gli piace tenere d'occhio le cose in cantiere. Non gli piace quando il programma è in ritardo. È il suo investimento, dopotutto.»

«È mai stato aggressivo in qualche modo verso di lei o i suoi uomini?»

«Dio, no.» La sua bocca si increspò. «C'erano abbastanza clausole nel contratto che potevano danneggiarci se le cose fossero andate male. Non avrebbe mai dovuto alzare un dito.»

Kay concluse l'interrogatorio, poi guidò il cammino verso la stanza successiva e fece cenno a Gavin di iniziare il prossimo turno di domande con Michael Blake.

Blake era accasciato sulla sedia quando erano entrati, ma ora sedeva completamente all'erta, con il viso desideroso.

«Qualsiasi cosa possa fare per aiutare», disse mentre Gavin finiva di leggere l'avvertimento formale dell'interrogatorio. «Qualsiasi cosa.»

«Chi le assegnava il lavoro quotidianamente?» chiese Gavin.

«Il nostro supervisore, Tom», disse Michael. «Facevamo una breve chiacchierata in cantiere con lui quando arrivavamo ogni mattina, per assicurarci che non ci fossero problemi dal giorno precedente o per scoprire se ci fossero cambiamenti nelle stanze in cui era programmato che lavorassimo.»

Kay aprì la cartella manila davanti a lei e fece scivolare una pagina attraverso il tavolo verso l'installatore di moquette.

«Questo è il foglio di lavoro giornaliero che ha fornito il giorno in cui il sottostrato nell'ufficio sopra l'area relax era stato installato, ma la moquette non poteva essere installata perché mancava la corrente. Cosa è successo?»

Michael diede un'occhiata al foglio di lavoro prima di spingerlo di nuovo verso di lei. «Succede a volte, piccoli ritardi. Nulla di preoccupante per quanto riguarda il contratto perché semplicemente siamo andati a lavorare in un'altra stanza dell'edificio quel giorno. La corrente è tornata entro ventiquattr'ore. Era solo un vecchio interruttore difettoso che era saltato nel quadro elettrico principale, ma ci è voluto del tempo per trovare un elettricista che tornasse in cantiere con poco preavviso.»

«Quando è tornato a lavorare nell'ufficio sopra l'area della cucina, ha visto o forse percepito qualcosa di insolito?»

Michael rabbrividì. «No, e mi mette i brividi pensare che stavamo lavorando proprio sopra dove si trovava lui.»

«Il sottostrato sembrava in qualche modo disturbato?»

«No, questo è il punto. L'avevamo fissato due giorni prima, e avrei notato se qualcosa fosse stato sbagliato. È così con gli edifici vecchi, vede, ci si aspetta che i pavimenti siano irregolari. In quel posto, avevano riprogettato l'interno, quindi il pavimento originale era stato rimosso. Quello nuovo era perfetto. Uno dei lavori più facili su cui ho lavorato da queste parti.»

«Ha detto nella sua dichiarazione originale che ha finito di lavorare in quella stanza e negli uffici sottostanti un paio di giorni dopo», disse Kay, leggendo il testo fotocopiato nella sua mano. «Ha notato odori insoliti mentre lavorava?»

Michael scosse la testa. «Ci ho pensato da quando il poliziotto me l'ha chiesto all'inizio di questa settimana.

Non c'era niente. Voglio dire, una cosa del genere, beh, uno penserebbe che puzzerebbe, giusto?»

Un altro tremito scosse le spalle dell'uomo e Kay sentì un'ondata di compassione per lui.

Senza dubbio da quando la notizia si era diffusa, lui e il suo collega si erano chiesti "cosa sarebbe successo se" regolarmente. Il suo orrore appariva certamente genuino.

Soddisfatta che non avrebbe appreso altro da Michael Blake, Kay terminò l'interrogatorio, lo ringraziò per il suo tempo e lasciò che Gavin lo riaccompagnasse nell'area della reception.

Quando il detective tornò, si sedette di fronte a lei con un forte sospiro.

«Allora, cosa ne pensi, capo?»

Kay chiuse la cartella e appoggiò le mani su di essa. «Parleremo dopo con l'altro installatore di moquette, Andy James, per chiudere quel cerchio, ma non credo che apprenderemo nulla di nuovo», disse. «Chiunque abbia nascosto il corpo della nostra vittima nella cavità sapeva quello che stava facendo e, anche se non lo avesse saputo, da come Michael descrive lo stato del nuovo pavimento non ci sarebbe voluto un esperto per fissare di nuovo il sottostrato in posizione. Verificherò con Harriet e la sua squadra, ma la mia ipotesi è che la composizione del sottostrato abbia mascherato qualsiasi odore iniziale di decomposizione e poi, come ha detto Lucas, la natura ha fatto il suo corso e il corpo si è mummificato relativamente in fretta.»

«Non ha sospetti su Michael o il suo collega, allora?»

«No.» Kay batté il dito sulla cartella. «Tutto quello che ci ha detto corrisponde alle schede di lavoro nei documenti. A meno che Andy James non ci dica diversamente, non credo che questi abbiano avuto a che fare con la nostra vittima. E dobbiamo tenere d'occhio Alexander Hill. Dai un'occhiata ai documenti e vedi se abbiamo una copia del contratto per gli installatori di moquette. Scopri quanto Hill avrebbe potuto danneggiarli se non avessero finito in tempo.» Kay spinse indietro la sedia e si alzò in piedi, mettendosi la cartella sotto il braccio. «Va bene, dov'è Andy?»

«Nella stanza accanto.»

«Prendi un caffè per lui, Gav, sta aspettando da un po'.»

«Capo.»

CAPITOLO 20

Quando tornarono nella sala operativa, il viso di Gavin aveva perso quel colorito pallido che aveva portato tutto il giorno e il giovane detective stava divorando un hamburger doppio mentre Kay gli teneva aperta la porta.

«Cristo, è un ingordo», disse Barnes, porgendo un fascio di documenti a Kay mentre passava accanto alla sua sedia.

«Non me ne parlare. È il secondo che mangia», disse lei. «Di questo passo la mensa finirà le scorte.»

«Non ho fatto colazione, capo, ricordi?» disse Gavin tra un boccone e l'altro. Deglutì. «Non so come fate voi.»

Barnes fece l'occhiolino a Kay. «Penso che dovrebbe andarci ogni volta per farsi le ossa.»

Gavin si bloccò, con l'hamburger a metà strada verso la bocca. «State scherzando.»

«Lui scherza. Ci andiamo a turno.» Kay agitò il dito verso Barnes. «E tu sei il prossimo.»

Barnes emise un gemito teatrale, poi indicò il rapporto nella mano di lei mentre si sedeva. «Carys ha un paio di persone che stanno esaminando le impronte digitali che Lucas ha inviato con il suo rapporto. Mi pare di capire che potrebbe essere stata una morte accidentale?»

«Forse. Ma di certo l'occultamento non è stato accidentale», disse Kay.

Carys si unì a loro, poi distribuì un pacchetto di biscotti e alzò gli occhi al cielo quando Gavin ne prese tre.

«Abbiamo iniziato la ricerca nel database per le impronte della nostra vittima», disse. «Per iniziare ci stiamo concentrando sul West Kent, poi espanderemo la ricerca se non troviamo nulla.»

«Allarga la ricerca in Sussex, Surrey e Greater London se non vi dà risultati», disse Kay. «Se anche questo non porta a nulla, potrebbe essere necessario fare una richiesta all'Interpol.»

«Non avevo nemmeno pensato che potrebbe non essere britannico», disse Gavin.

«Ho preparato la documentazione», disse Carys. «Serve solo la tua firma, capo, se vogliamo procedere. Un avvertimento però, ho sentito che c'è un ritardo di almeno quattro settimane per i risultati.»

«Va bene, grazie», disse Kay. «Immagino che dobbiamo incrociare le dita e sperare che fosse del posto. Come se la sono cavata gli agenti in uniforme questa mattina con gli interrogatori ai precedenti inquilini dell'edificio? Qualcosa di interessante?»

Carys arricciò il naso. «Non molto. Un paio di dipendenti dell'agenzia ippica erano un po' incazzati per aver perso il lavoro a causa del trasferimento fuori zona del proprietario, e siccome i dipendenti avevano contratti temporanei non sono stati risarciti. Ma non credo che abbiano avuto a che fare con l'occultamento del cadavere. La donna che possiede la boutique ora lavora da casa, gestisce un'attività di vendita online e ha detto a Hughes e Parker che non è mai stata più felice dato che non deve avere a che fare con il pubblico faccia a faccia.»

«Sembra che i lavori di costruzione non abbiano sconvolto nessuno, allora.»

«Oh, non direi proprio», disse Carys. «Ci sono state alcune piccole proteste al momento dei vari lavori di riqualificazione in città, nulla è arrivato qui perché se ne sono occupati gli agenti in uniforme e ci sono state solo un paio di infrazioni minori. È solo che non riesco a trovare nulla nelle dichiarazioni che suggerisca che qualcuno di quelli con cui hanno parlato gli agenti avesse un movente per uccidere o nascondere la nostra vittima.»

«E il DNA?» disse Kay. «Qualcuno ha iniziato a coordinarsi con l'ufficio Persone Scomparse per vedere se abbiamo una corrispondenza lì?»

«Abbiamo iniziato contemporaneamente al controllo incrociato delle impronte digitali», disse Barnes. «Ovviamente, se la nostra vittima fosse stata adottata…»

«Allora sarebbe un compito inutile», concluse Kay. «Sì, lo so, ma dobbiamo escludere tutto.»

«Sicuramente qualcuno lo sta cercando», disse Gavin. «Voglio dire, è stato in quel soffitto per quanto, cinque o sei mesi almeno?»

«Sei mesi e mezzo», disse Carys. Si avvicinò alla sua scrivania e tornò con la copia di una fattura. «Questa è una copia della fattura finale degli installatori di moquette, datata metà luglio, che mi ha dato Tom Walsh. Avevano finito la settimana prima.»

«E nessuno ha segnalato segni di disturbo in quella moquette, quindi è stato sicuramente collocato nel pavimento prima che venisse installata», disse Kay.

Prese una fotografia del corpo mummificato dai documenti che Carys le aveva dato. «Povero disgraziato. Folgorato e poi spinto in un'intercapedine dell'edificio.»

Sospirò e restituì la fotografia e la documentazione a Carys, poi si passò una mano tra i capelli e lanciò un'occhiata alla lavagna che mostrava la cronologia degli eventi noti fino a quel momento.

«Va bene. Mettiti in contatto con John Brancourt e organizza un interrogatorio con lui questo pomeriggio se puoi. Domani mattina al più tardi, non m'importa dove sia o cosa stia facendo, voglio parlargli.»

«Capo, forse ti conviene vedere prima questo.» Phillip Parker si affrettò tra le scrivanie verso di lei e le consegnò un foglio ancora caldo della stampante.

Lo prese senza dire una parola, la fronte le si corrugava mentre scorreva le righe di testo sulla pagina. Emise un sussulto quando lesse le ultime parole.

«Merda.»

«Che cos'è?» disse Carys.

«I risultati delle impronte digitali.» Kay girò la pagina e la tenne in modo che Barnes e Carys potessero leggerla, poi alzò lo sguardo verso Parker, che stava in piedi con un'espressione impaziente. «Sei assolutamente sicuro di questo? Non c'è alcun errore?»

«Nessun errore, capo. Ho fatto controllare al sergente Hughes.»

«Che succede?» Gavin spinse indietro la sedia. «Che cos'è quello?»

«Le impronte digitali corrispondono a quelle di Damien Brancourt», disse Kay, porgendogli il rapporto. Gli passò accanto e prese la giacca dallo schienale della sedia. «Barnes, con me. Conviene andare a dare la notizia a John Brancourt e sua moglie».

CAPITOLO 21

«Che diavolo ci faceva Damien Brancourt a una protesta dodici mesi fa?»

Barnes sfogliò la fotocopia del verbale originale mentre Kay indicava a destra e svoltava in una stradina stretta da Loose Road.

«Doveva avere, cosa? Ventitré, ventiquattro anni?» Piegò il foglio e lo infilò nella tasca interna della giacca. «Comunque abbastanza grande da sapere cosa stava facendo».

«Non trovi strano che fosse a una protesta contro i lavori di riqualificazione?» disse Kay. «Specialmente considerando che suo padre gestiva il progetto di ristrutturazione dell'edificio della banca?»

«Pensi che lo stesse facendo solo per provocare suo padre?»

«Forse. È una cosa da tenere a mente. Immagino che non sia stato condannato?»

«No».

«Nessun problema dopo?»

«No. Non fino a quando è stato trovato morto, in ogni caso».

«Ricordami di chiedere a Carys di esaminare i registri e vedere chi altro è stato arrestato con lui. Mi piacerebbe sentire cosa hanno da dire».

Barnes aprì il suo taccuino e scarabocchiò sulla pagina, prima di chiuderlo di scatto e indicare fuori dal parabrezza un fienile ristrutturato che apparve mentre giravano una curva. «È questo il posto».

«Davvero molto bello», mormorò Kay mentre guidava tra due pilastri di mattoni e poi frenava davanti a una vetrata che andava dal pavimento al soffitto.

Allungò il collo mentre scendeva dall'auto e camminava sulla ghiaia verso una porta d'ingresso in quercia, ma si rese conto che erano stati montati vetri oscurati sui telai.

Dopo aver verificato che Barnes fosse pronto, allungò la mano e premette un pulsante a sinistra delle doppie porte, notando una piccola telecamera incassata nella parete sopra di esso.

Mantenne il viso impassibile, poi si voltò verso Barnes. «È uno di quei dispositivi di sicurezza che puoi collegare al cellulare. Potrebbero non essere in…»

Kay tacque quando un meccanismo di chiusura fu rilasciato, e poi un lato delle porte si aprì verso l'interno e apparve una donna in jeans blu scuro e camicia nera, con un'espressione perplessa.

«Sì? Cosa volete?»

Kay mostrò il suo distintivo. «Signora Brancourt? Sono l'ispettrice Kay Hunter. Vorrei parlare con lei e suo marito».

La donna esaminò il distintivo attraverso gli occhiali da lettura, poi appoggiò la spalla allo stipite della porta. «Di cosa si tratta?»

«Suo marito è in casa, signora Brancourt?» Barnes si fece avanti, con voce calma. «Vorremmo parlare con entrambi, per favore».

La donna sospirò, poi spalancò la porta. «Entrate, allora».

Kay si pulì i piedi sullo zerbino, poi la seguì attraverso le piastrelle in ardesia.

Alla sua destra, una scala in legno conduceva a una galleria che si affacciava sull'ingresso, mentre alla sua sinistra un grande camino ardeva con un fascio di legna che bruciava dietro un vetro. Il calore la attraversò mentre passava, facendole desiderare di rimanere all'ingresso.

«Chi è, Annabelle?»

La voce di John Brancourt risuonò dal fondo del corridoio, e sua moglie fece cenno a Kay e Barnes di seguirla attraverso una porta che conduceva a una grande cucina realizzata su misura.

Ad un'estremità, una moderna cucina brillava all'interno di una rientranza in mattoni. I mobili circostanti erano stati lasciati dei loro colori naturali, illuminando le pareti, mentre un grande tavolo occupava l'estremità opposta della stanza, con un divano logoro accanto che conferiva un fascino rustico allo spazio.

Una sedia strisciò sulle piastrelle mentre John Brancourt si alzava da dove stava lavorando davanti a un portatile al tavolo. Mentre lo faceva, l'attenzione di Kay fu catturata da un Border Collie che sollevò la testa dalla sua posizione di riposo sul divano. Sbatté le palpebre e poi chiuse nuovamente gli occhi quando John Brancourt gli mormorò un comando.

Kay gli strinse la mano, e poi indicò il tavolo. «Vi dispiace se ci sediamo tutti?»

Vide Annabelle scambiare uno sguardo con suo marito, ma nessuno dei due protestò. Invece, Annabelle si schiarì la gola.

«Posso offrirvi del tè o un bicchiere d'acqua?»

«Non sarà necessario, grazie».

John Brancourt tornò al suo portatile, lo chiuse e spostò le sue carte da un lato prima di sedersi, e Annabelle si unì a lui.

Kay scelse un posto diagonalmente opposto a loro, mentre Barnes si sistemava alla sua sinistra.

Lui tirò fuori il suo taccuino, fece scattare la punta della sua penna a sfera, e poi Kay incrociò le mani e si sporse verso i signori Brancourt.

«Signor e signora Brancourt, come sapete il corpo di un uomo sui vent'anni è stato scoperto nel controsoffitto dell'edificio Petersham su High Street di Maidstone. Mi dispiace dovervi dire questo, ma dopo un'analisi delle impronte digitali abbiamo motivo di credere che il corpo trovato sia quello di vostro figlio, Damien».

Un silenzio calò sulla cucina, e poi, con sorpresa di Kay, i lineamenti di John si aprirono in un sorriso.

Confusa, aprì la bocca per parlare ma lui agitò la mano per fermarla.

«Non può essere Damien», spiegò, «perché è in Nepal dalla fine di giugno».

Kay scambiò uno sguardo con Barnes, poi si rivolse nuovamente ai Brancourt. «Ne siete sicuri?»

«Certo». La fronte di Annabelle si corrugò.

«Ricordate il giorno in cui è partito?»

«Il ventotto», disse John. «Quel giorno aveva un volo mattutino, così è andato a Heathrow la sera prima. L'ho accompagnato alla stazione dei treni dopo aver cenato insieme quella sera».

«Sembrava preoccupato per qualcosa nelle settimane prima del viaggio?» disse Barnes.

Annabelle sorrise. «Assolutamente no. Era contento di aver conseguito la laurea, credo che abbia avuto difficoltà con l'ultimo anno e volesse prendersi una pausa prima di trovare un lavoro».

«Cosa stava studiando?» disse Kay.

«Economia e commercio, con specializzazione in gestione di progetti», disse John.

Annabelle gli prese la mano e la strinse. «Seguirà le orme di John».

«Avete avuto sue notizie da quando è partito?» chiese Kay.

«No, ma non ce le aspettiamo», disse John. «Sta facendo volontariato per aiutare a ricostruire aree colpite dal terremoto, quindi i canali di comunicazione sono interrotti».

«Non vi ha fatto sapere se era arrivato?»

«Ha ventiquattro anni, detective. Ne compirà venticinque a luglio. Sa badare a sé stesso».

«Quanto durerà il suo viaggio?» chiese Barnes.

«Dovrebbe tornare in tempo per Pasqua», disse Annabelle. «Il diciassette aprile, per l'esattezza. A meno che il suo volo non subisca ritardi, naturalmente».

«Tornando al suo ultimo anno di università», disse

Kay. «Dite che ha avuto difficoltà con gli studi. C'è la possibilità che questo possa essere correlato al suo arresto durante una protesta dodici mesi fa? È così, dopotutto, che le sue impronte digitali sono state registrate nel nostro database e poi analizzate».

«Maledetto idiota», disse John, scuotendo la testa. «Avrebbe dovuto saperlo».

«Si è immischiato con una ragazza all'università», disse Annabelle. «Una cattiva influenza. Sempre a lamentarsi di qualcosa: salva questo, salva quello. È stata una sua idea unirsi a una protesta contro i lavori in corso in città. In effetti, credo che lei avesse qualcosa a che fare con l'organizzazione. Damien si è trovato coinvolto in una specie di zuffa fuori da un edificio in ristrutturazione vicino al fiume».

«Abbiamo visto il verbale d'accusa», disse Barnes. «Damien ha minacciato un operaio del cantiere ed è stato visto farlo da un agente di polizia. Se lei era coinvolto nei lavori di riqualificazione in città, perché suo figlio avrebbe minacciato direttamente qualcuno incaricato di sorvegliare un edificio simile mentre erano in corso i lavori?»

John sospirò. «Non ne ho idea. Non ho visto nulla. Damien conosceva alcune persone che lavoravano ai vari progetti nella zona, quindi potrebbe aver visto qualcosa, suppongo». Scrollò le spalle. «Forse era questo il motivo dell'alterco. Damien non ne ha mai parlato in seguito. Grazie al cielo i vostri colleghi hanno ritenuto opportuno lasciarlo andare con un severo avvertimento e nient'altro».

«Avremo bisogno del nome della ragazza», disse Kay.

«Julie Rowe», disse Annabelle. «Vive con sua madre vicino a East Malling».

«Grazie». Kay estrasse un kit per il DNA dalla sua borsetta e alzò lo sguardo verso John. «Vorrei prendere un campione da lei così che il nostro patologo possa confrontare i risultati con quelli che abbiamo della nostra vittima. Le andrebbe bene?»

«Certamente. Le dico però che non è Damien. Deve esserci un errore nel vostro sistema».

Kay eseguì il test dopo aver indossato i guanti e aver usato un piccolo tampone per pulire l'interno della bocca di John, prima di sigillare il campione e scrivere sull'etichetta.

Raccolse la sua borsetta e vi lasciò cadere dentro il kit, poi ringraziò i Brancourt.

«Vi farò sapere i risultati, qualunque essi siano», disse mentre Annabelle li guidava verso la porta d'ingresso. «E per favore, se Damien dovesse contattarvi, fatecelo sapere».

«Naturalmente», disse John. «Ma come ha detto Annabelle, non ci aspettiamo di avere sue notizie fino a metà aprile quando sarà di ritorno a Kathmandu».

«Grazie».

Kay seguì Barnes fino alla macchina, mentre lei sentì il suono della porta d'ingresso che si chiudeva quando arrivò al veicolo.

Si fermò accanto ad esso. «Ian, non c'è una qualche sorta di errore nel sistema, vero?»

«Hughes l'ha controllato, ma guarda, magari c'è. Almeno abbiamo un campione del DNA di John che lo confermerà una volta per tutte quando avremo i risultati». Barnes prese le chiavi da lei e indicò il sedile del passeggero. «Sali».

«Considerando il fatto che i Brancourt sono convinti che loro figlio sia in Nepal, bisognerà comunque aspettare fino alla prossima settimana prima che Lucas possa darci qualsiasi risultato da questo tampone di DNA», disse, chiudendo la portiera del passeggero e allacciandosi la cintura di sicurezza. «Nel frattempo, diamo un'occhiata più attenta a quella protesta».

«Pensi che possa essere collegata alla morte della nostra vittima?»

Kay sospirò. «In questo momento, Barnes, non ne ho idea, ma vale la pena provare».

CAPITOLO 22

La mattina seguente, Kay entrò nella stazione di polizia nello stesso momento in cui arrivava Carys; la detective più giovane si stava togliendo una sciarpa dal collo mentre seguiva Kay attraverso la porta d'ingresso, soffiandosi poi sulle dita per scaldarle.

Kay aveva informato la squadra al suo ritorno dalla casa dei Brancourt con Barnes, e poi aveva lavorato con Debbie per organizzare i turni del personale. Si era assicurata che ogni membro della sua squadra avesse un giorno libero, ma sapeva che non si sarebbe riposata fino alla fine dell'indagine. Sarebbe stata al lavoro ogni mattina senza mai mancare, guidando la sua squadra fino a quando non avrebbe garantito giustizia per la loro vittima.

Mentre Carys le teneva aperta la porta, Kay valutò le file di scrivanie e si fermò di colpo.

La sorpresa fu rapidamente seguita da un senso di orgoglio quando si rese conto che ogni singolo membro della sua squadra aveva ignorato il turno ed erano tutti presenti, rispondendo ai telefoni, chiamandosi l'un l'altro attraverso la stanza e con un'espressione determinata quanto la sua.

«Buongiorno, capo», disse Gavin quando lei raggiunse la sua scrivania e appese il cappotto a un gancio dietro la porta dell'ufficio inutilizzato dell'ispettore capo investigativo Sharp.

«Buongiorno. Allora, quando avevate intenzione di dirmi che il nuovo turno era una perdita di tempo?» disse, incapace di trattenere il sorriso sulle labbra.

«Abbiamo pensato che sarebbe stata una bella sorpresa», disse Barnes. Lasciò cadere il suo cellulare sulla scrivania accanto alla sua tazza di caffè e spinse un sacchetto di carta verso di lei, indicandolo, e la tazza di caffè da asporto accanto al suo computer. «Croissant. Ho immaginato che non avessi fatto colazione».

«Grazie, Ian». Aprì il sacchetto, il dolce era ancora caldo, e ne strappò un angolo da mangiare mentre si dirigeva verso la lavagna e si lasciava avvolgere dal ronzio dell'attività.

Non era necessario tenere un briefing quella mattina; tutti i compiti erano stati assegnati il giorno precedente attraverso un misto di rapporti estratti da HOLMES e delle richieste specifiche di Kay in quanto responsabile dell'indagine.

Invece, lasciò vagare la mente mentre esaminava le informazioni aggiornate che aveva aggiunto il pomeriggio precedente, passando al vaglio con occhio critico l'indagine svolta fino a quel momento e riflettendo sulle opzioni per progredire.

Era imperativo mantenere l'energia della squadra concentrata e attenta a qualsiasi cosa potesse aiutarli a dedurre in che modo Damien Brancourt fosse coinvolto con la ristrutturazione dell'edificio Petersham, se la loro vittima fosse davvero il figlio del responsabile del progetto.

L'incontro del giorno prima con John e Annabelle Brancourt l'aveva lasciata turbata, e le faceva dubitare delle proprie certezze sull'identità della vittima.

Kay finì il croissant mentre tornava alla sua scrivania. «Ian, mentre aspettiamo che arrivino i risultati del DNA da Lucas, lavoriamo sull'ipotesi che i Brancourt abbiano ragione e che noi ci sbagliamo. Verifichiamo la loro versione sul viaggio di Damien in Nepal, è arrivato qualcosa dagli Affari Interni, Harry?»

Il sergente Davis si voltò dalla fotocopiatrice e scosse la testa. «No, capo. Ho contattato qualcuno lì ieri sul tardi, ma mi ha detto che questa settimana sono a corto di personale. Quindi è improbabile che riceva una risposta prima di lunedì.»

«E le immagini delle telecamere di sorveglianza di Heathrow?»

«Abbiamo inoltrato una richiesta all'Agenzia delle Frontiere del Regno Unito», disse Gavin. «Tra un'ora li richiamerò per sollecitarli. Non appena arriverà qualcosa, la trasmetterò ad Andy Grey al quartier generale.»

«Grazie.» Kay ascoltò mentre Gavin spiegava di aver parlato con l'esperto di informatica forense il giorno prima, e che l'uomo aveva offerto i servizi di due dei suoi collaboratori, sapendo l'urgenza con cui Kay e la sua squadra necessitavano delle informazioni. «E i registri del suo passaporto?»

«Stiamo ancora aspettando», disse Barnes. «Ho

richiesto i registri per provare la sua data di partenza. Annabelle Brancourt non ricordava la compagnia aerea o l'agenzia di viaggio che Damien ha utilizzato per organizzare i suoi voli, quindi non abbiamo informazioni a riguardo. Se l'Agenzia delle Frontiere potesse fornirci i dettagli del suo passaporto, potremmo riuscire a ricostruire il percorso a ritroso.»

«Fai anche una chiamata al Consolato Britannico in Nepal, Ian. Se Damien doveva fare volontariato nelle comunità colpite dal terremoto, potrebbe essersi registrato presso di loro in caso di emergenza. Tanto vale procedere da entrambe le estremità del suo viaggio. Dio solo sa quando l'Agenzia delle Frontiere ci risponderà, visto il loro carico di lavoro in questi giorni.»

«Buona idea, lo farò.» Barnes scarabocchiò nel suo taccuino. «Ho contattato Amanda Miller prima che tu arrivassi, è una delle investigatrici finanziarie forensi di base al quartier generale. Sarà qui domani per iniziare l'indagine su come potrebbe essere strutturata la Sutton Site Security, così potremo scoprire se c'è qualche fondamento nelle accuse di Alexander Hill e John Brancourt.»

«Ottimo, grazie. Prima avremo la sua guida, meglio sarà.» Kay chiamò Carys e attese finché la detective si avvicinò. «Puoi esaminare i registri con Debbie e scoprire chi è stato arrestato insieme a Damien durante la protesta studentesca? Vorrei interrogarli il prima possibile per sentire cosa hanno da dire, soprattutto una certa Julie Rowe. Secondo Annabelle Brancourt, è lei la ragione per cui Damien si è messo nei guai.»

«Nessun problema», disse Carys. «Vuoi partecipare a tutti gli interrogatori?»

«No, va bene così, fateli tu e Debbie. Io parteciperò solo all'interrogatorio con Julie.»

Carys annuì e tornò verso la sua scrivania, fermandosi a parlare con Debbie quando raggiunse l'agente di polizia che stava ricaricando le stampanti.

Kay si allontanò dalle due donne e avvicinò la sua sedia al monitor del computer, muovendo il mouse per riattivare lo schermo e poi scorrendo con lo sguardo l'elenco delle email arrivate quella mattina.

Trattenne un gemito, si stava gradualmente abituando al crescente carico di lavoro amministrativo che occupava gran parte del suo ruolo quotidiano, e aveva elaborato un sistema per dare priorità a ciò che doveva fare e delegare il resto.

Bevve un lungo sorso di caffè, distese le dita e si immerse nel suo lavoro.

CAPITOLO 23

Dodici ore dopo, Kay abbassò l'asciugacapelli, i suoi sensi erano all'erta, e poi lo lasciò cadere sulla coperta e si lanciò verso il cellulare mentre il suono della chiamata le giungeva alle orecchie, con un numero sconosciuto visualizzato sullo schermo.

«Pronto?»

Il silenzio accolse la sua risposta.

Era un bene distribuire i suoi biglietti da visita durante un'indagine, ma a volte significava che qualche personaggio poco raccomandabile trovava il suo numero, e trattenne il respiro. Lo scambio di battute durante una cena a base di fish and chips che aveva condiviso con la sua squadra alla fine di una lunga giornata diventò un lontano ricordo mentre aspettava una raffica di insulti dall'altra parte della linea.

«Kay?»

Per la sorpresa quasi le cadde il telefono, riuscendo a salvarlo prima che finisse a terra, e poi se lo portò all'orecchio, col cuore che le martellava in petto.

«Mamma?» Sedendosi sul letto, si passò una mano tra i capelli ancora umidi, con la fronte corrugata. «Che succede?»

«Niente. Voglio dire, beh, tuo padre è ancora qui. In ospedale, intendo.»

«Stai bene? Papà sta bene?»

Un sospiro tremante e lo scricchiolio di una sedia le giunsero all'orecchio.

«Mamma...»

«Non dire nulla, Kay. Lasciami parlare.»

Passò un momento in cui Kay si chiese se sua madre fosse ancora all'altro capo della chiamata, e poi sua madre tirò su col naso.

«Ho parlato molto con tuo padre dopo il fine settimana», disse. «Abbiamo discusso. Quando ho scoperto che tu e Adam eravate andati via, quello ha riassunto tutto ciò che pensavo di voi due. Che le vostre vite, i vostri lavori, sono più importanti di noi. L'ho detto a tuo padre. Non volevo che venissi più in ospedale, Kay. Non riuscivo a capire perché foste venuti fin qui nel fine settimana, ero sicura che ne avrei sentito parlare da Abby in seguito; che avevi sacrificato il tuo lavoro, che l'attività di Adam ne stava risentendo.»

Fece una pausa, un respiro profondo e tremante che sostituì il veleno che stava uscendo dalle sue labbra, e Kay chiuse gli occhi.

Poteva sopportare un criminale incallito qualsiasi giorno, un altro Mark Sutton; chiunque tranne la donna seduta in un corridoio d'ospedale a più di centocinquanta chilometri di distanza, che odiava ogni singolo aspetto della carriera scelta da Kay.

«Mamma...»

«Tuo padre mi ha detto di stare zitta.»

«Come?» Kay sbatté le palpebre. «Davvero?»

«Mmm. Col senno di poi, probabilmente avrebbe dovuto dirlo più spesso in passato.» Sua madre lasciò uscire una risata amara. «Suppongo che ormai sia troppo tardi. Ho sempre odiato il tuo lavoro, Kay, lo odio ancora. Odio il pericolo in cui ti metti. Odio non sapere se Adam ci chiamerà una notte tardi per dirci che sei morta, inseguendo un criminale, perché non vuoi mollare. Non ti arrendi finché non ottieni la giustizia che pensi quelle vittime meritino. E quando ha ucciso mia nipote e tu non me l'hai detto per più di un anno, io...»

Kay sentì il rumore del telefono di sua madre che veniva coperto prima che voci smorzate continuassero una conversazione in sottofondo. Cercò di distinguere le parole, ma si arrese frustrata e si sdraiò sul piumone, fissando il soffitto.

«Ci sei ancora?» la voce di sua madre gracchiò.

«Sono qui.»

«Bene. Dunque, Kay. devo scusarmi.»

«C-cosa?»

«Mi dispiace. Mi dispiace di essere stata così maledettamente terribile con te. E con Adam. Vedo quanto vi amate, e lui ti fa bene, lo vedo.»

Kay aggrottò la fronte. «Mamma, mi stai spaventando. Cosa ti ha preso? Papà sta bene?»

Un momento di silenzio accolse la sua domanda prima che sua madre si riprendesse.

«Certo che sì. È sempre così, no? Niente di cui preoccuparsi.»

«Allora perché...»

«Perché, cosa succede se la prossima volta non fosse così?» disse sua madre, abbassando la voce a un sussurro angosciato. «Cosa succederebbe allora? È l'unico che mi ha tenuto in contatto con te.»

«Mamma, odio dirlo ma è stata una tua scelta. Non ci hai reso le cose facili, non credi?»

«Lo so. È quello che sto cercando di dire. Mi dispiace. Voglio fare ammenda.»

Kay si passò una mano sugli occhi stanchi e si alzò dal letto dirigendosi verso la toletta. Passò una spazzola tra le ciocche umide dei suoi capelli e fissò il suo riflesso con la mascella serrata.

«Non ti supplicherò, Kay. Perdonami. Lasciamoci il passato alle spalle. Per tuo padre, almeno.»

«Per papà? E per te?»

«Anche per me. Voglio ricominciare da capo. Possiamo farlo?»

Kay lasciò cadere la spazzola sulla superficie in noce con fragore, e sospirò. «Potremmo provare, suppongo.»

«È un bene.»

«Perché non mi dici cosa ha detto il medico di papà oggi? Presumo che non gli sia permesso ricevere chiamate in reparto?»

«Non ancora, no.»

Mentre Kay ascoltava l'aggiornamento sulla salute di suo padre, fu travolta dalla consapevolezza che era da sua madre che aveva ereditato la capacità di ricordare dettagli e terminologia complicata. Il pensiero la lasciò sbalordita per un momento, e rimase seduta sul bordo del letto fissando il vuoto.

«Kay? Ci sei ancora?»

«Sì. Sono qui. Quindi, va tutto bene?»

«Sì. Senti, magari quando tuo padre torna a casa e sarà abbastanza in forma, tu e Adam potreste venire qui per un arrosto della domenica? Gli piacerebbe, non è vero?»

Kay sorrise. «Sì, gli piacerebbe. E piacerebbe anche a me.»

CAPITOLO 24

Kay si tolse i guanti di lana dalle mani, li ficcò nella borsa ed entrò nell'affollata area della reception della stazione di polizia cittadina.

Erano solo le sette e mezza del mattino, ma il sergente di turno alla reception mostrava già un'espressione infastidita mentre Kay premeva il suo pass di sicurezza contro la serratura della porta interna, con il telefono che squillava incessantemente mentre l'uomo cercava di conversare con un'anziana signora che chiaramente non ci sentiva bene.

Gli rivolse un lieve sorriso, poi entrò nel corridoio oltre la porta e la lasciò chiudersi alle sue spalle prima di affrettarsi su per le scale.

Liberatasi rapidamente degli strati esterni di abbigliamento, Kay attraversò la sala operativa verso il bollitore, azionò l'interruttore e si mise a preparare quattro tazze per sé e la sua squadra di detective.

Barnes fu il primo ad arrivare, imprecando a piena voce sullo stato del traffico e la mancanza di parcheggi vicino alla stazione di polizia, prima di essere sovrastato da Carys che irruppe dalla porta alle calcagna di Gavin annunciando che l'armadio di cancelleria era stato saccheggiato da un sergente detective che guidava una serie di indagini su furti con scasso nella stanza accanto.

«Debbie avrà una crisi quando vedrà cosa ha fatto», disse, prendendo una tazza fumante di caffè dalle mani di Kay. «Grazie, capo.»

«Beh, glielo puoi dire tu, io no», disse Gavin. «Fa paura quando è incazzata.»

Kay lasciò che lo scambio di battute si placasse mentre i suoi colleghi accendevano i computer, e poi li radunò intorno alla sua scrivania.

«Bene, farò il briefing alle otto e trenta quindi controllate le vostre email, ricevete aggiornamenti dal resto della squadra e poi inizieremo», disse. «Il nostro obiettivo oggi è determinare se Damien Brancourt ha lasciato il paese e, in caso affermativo, dove si trova ora. Questo pomeriggio, esamineremo qualsiasi collegamento tra lui e le proteste dell'anno scorso. A che ora sono gli interrogatori con i suoi amici e conoscenti, Carys?»

«Nove e trenta, capo.» Carys sorrise. «Mi ricordo com'ero io da studentessa quindi ho pensato che non avesse senso chiedere loro di venire prima.»

«Giustamente. Sei riuscita a metterti in contatto con Julie Rowe?»

«Sì, appuntamento fissato per le undici e quarantacinque. Ecco l'elenco completo. C'è qualcun altro con cui vorresti parlare?»

Kay scorse con lo sguardo i nomi e i brevi riassunti che Carys e Debbie avevano raccolto durante il fine settimana, e poi puntò il dito sulla pagina. «Questo è nuovo. Shaun Browning. Qui dice che conosce Damien da quando erano al liceo.»

«Hughes ha organizzato l'interrogatorio dopo aver parlato con un altro amico di Damien», disse Carys. «È previsto per le tre, si incastra con i tuoi piani?»

«Sì, dovrebbe andare bene, grazie.»

Kay restituì la documentazione prima di scorrere con lo sguardo una lista di azioni dal database HOLMES visualizzate sul suo schermo, tutte raccolte dalle inserzioni fatte dalla squadra investigativa durante il lavoro e poi classificate secondo priorità dagli algoritmi del software per aiutarla nella gestione dell'indagine.

Controllò l'orologio. «È troppo presto per aspettarsi una telefonata dall'Agenzia delle Frontiere, Gav. Che mi dici di quelle riprese delle telecamere di sorveglianza?»

«Ho sollecitato il mio contatto a Heathrow mezz'ora fa, aveva appena iniziato il suo turno», disse il detective. «Le caricherà direttamente su un sito di trasferimento file sicuro che Andy Grey gli ha fornito. In questo modo, Andy e la sua squadra potranno iniziare non appena arrivano. Riceverò un messaggio da Andy quando le avrà ottenute e lo registrerò nel sistema.»

«Grazie. Fammi sapere appena Andy ha notizie su Damien. Ian, come procede il tuo contatto con il Consolato Britannico in Nepal?»

«Ho ricevuto un'email da lui questa mattina che dice che sta aspettando la conferma dall'aeroporto di Kathmandu, ma...» Barnes s'interruppe quando squillò il suo telefono. «Pronto?»

Kay resistette all'impulso di camminare avanti e

indietro mentre lui parlava al ricevitore, sapendo per esperienza che una pista poteva arrivare da qualsiasi parte, in qualsiasi momento. Non c'era mai un modo prestabilito in cui un'indagine si sarebbe svolta, e le interruzioni erano un'aspettativa costante.

Il detective più anziano ripose la cornetta e indicò con il pollice oltre la spalla verso la porta. «Era Simon alla reception di sotto. Amanda Miller è qui, l'investigatrice finanziaria della sede centrale.»

«Useremo l'ufficio di Sharp. Ti va di andare a prenderla?»

«Torno tra un minuto. Oh, e come stavo dicendo, ancora niente dal Nepal.»

Kay prese atto dell'aggiornamento, poi si abbottonò la giacca del tailleur ed entrò nel vecchio ufficio dell'ispettore capo investigativo.

Fortunatamente le addette alle pulizie erano passate la settimana precedente prima che l'indagine iniziasse sul serio; quindi, il sottile strato di polvere che aveva notato sulla scrivania e sugli schedari era stato spazzato via, i resti della presenza di Sharp sistemati in pile ordinate di cartelle e manuali investigativi da un lato di un computer inattivo.

Kay tirò una logora sedia per visitatori lontano dalla scrivania e la spinse sotto la finestra prima di sostituirla con una diversa, più comoda, e poi cercò di non camminare avanti e indietro per la stanza mentre aspettava.

La moquette era già consumata dai giorni in cui Sharp dirigeva le indagini dalla piccola stazione di polizia e, dati i tagli al bilancio che le forze dell'ordine stavano attraversando, non pensava che sarebbe stata sostituita tanto presto.

Un educato colpo di tosse di Barnes precedette l'ingresso nell'ufficio di una donna bruna di bassa statura sulla cinquantina, con un'espressione determinata sul viso e una valigetta di pelle malconcia in mano.

Kay tese la mano. «Amanda Miller?»

«Sono io. Piacere di conoscerla, ispettrice Hunter.»

«Per favore, chiamami Kay. Vorresti un tè o un caffè?» Kay indicò le sedie per i visitatori mentre Barnes seguiva Amanda nella stanza e chiudeva la porta.

«Sto bene così, grazie.»

«D'accordo.» Kay prese il vecchio posto di Sharp e appoggiò le mani sul consumato sottomano che l'ispettore capo investigativo aveva usato insistentemente. «Sarò completamente onesta con te, Amanda. Non ho mai lavorato con un'investigatrice finanziaria prima, quindi cosa ti serve da me?»

Le labbra della donna si incresparono in un sorriso. «Beh, perché non cominciamo col dirti cosa faccio, e poi elaboriamo un piano per il tuo particolare problema?»

CAPITOLO 25

Amanda Miller aprì la sua valigetta e consegnò a Kay e Barnes un sottile documento rilegato.

«Quando il sergente Barnes mi ha contattato alla fine della scorsa settimana, la prima cosa che ho fatto è stata chiedere una panoramica della vostra indagine finora, insieme alle questioni che vi preoccupano per quanto riguarda il mio contributo», disse. «Su questa base, ho elaborato un ambito di lavoro che fungerà da guida per il mio contributo, possiamo discuterne ora, e questa è la vostra opportunità di apportare eventuali modifiche in modo che tutti abbiamo una chiara comprensione di ciò che avete bisogno che io faccia. Va bene?»

Kay annuì, sfogliando le pagine davanti a sé. «Sì. Quindi, dato quello che hai letto finora riguardo i nostri rapporti con Sutton Site Security e le accuse contro di loro, cosa suggerisci di fare dopo?»

Amanda posò la valigetta sul pavimento accanto alla sua sedia e accavallò le gambe. «Inizierò utilizzando il nostro database ELMER. È lì che registriamo tutte le segnalazioni di operazioni sospette; aiuta a costruire un quadro generale di un'azienda o di una persona nel tempo, e mantiene tutte le informazioni in un unico posto per facilità di consultazione, molto simile suppongo al vostro sistema HOLMES. Le SOS sono fornite dal settore finanziario: banche, società di pensioni, eccetera. Usando ELMER, cercherò qualsiasi prova di ricchezza inspiegabile, depositi di contanti insoliti o pagamenti, quel genere di cose. Ho accesso a numeri di conto, estratti conto bancari, pensioni, mutui, tutto. Scopriremo presto se il reddito di Mark Sutton dalla sua impresa di sicurezza è sufficiente a sostenere il suo stile di vita.»

«Come ci aiuta questo?» disse Barnes. «Voglio dire, stiamo cercando di scoprire se ha avuto qualcosa a che fare con la morte di Damien Brancourt, non se ha pagato le tasse l'anno scorso.»

Amanda sorrise. «Mi rendo conto. Questa prima fase del mio lavoro consiste nel costruire un profilo di Sutton, così possiamo vedere con cosa abbiamo a che fare. Una volta fatto questo, possiamo iniziare ad analizzare i suoi conti e smontare la sua attività a livello microscopico. Per esempio, ha più personale nei suoi vari contratti di quanto dichiara di pagare? Questo indicherebbe che li sta pagando in contanti, quindi, per me questo dice due cose. O sta evadendo le tasse, oppure sta utilizzando il contante che paga ai dipendenti non registrati per riciclare denaro che entra nell'azienda. Un altro esempio, hai dichiarato nella tua email, Ian, che avevi ricevuto accuse contro Mark Sutton secondo cui avrebbe minacciato un'impresa edile per ottenere lavori e avrebbe rubato due generatori e attrezzature per costringerli ad assegnargli quel lavoro. Hai anche affermato che quando vi siete recati negli uffici di Sutton la settimana scorsa, non c'erano veicoli industriali vicino all'edificio. Quindi, come ha rubato l'attrezzatura? Ha noleggiato veicoli per rimuoverla dal cantiere di Brancourt and Sons? Se l'ha fatto, come l'ha pagato? Possiamo trovare prove in questo modo? Capisci cosa intendo?»

«Capito», disse Barnes. «E per quanto riguarda le persone che lavorano per lui? Non riesco a immaginare che Mark Sutton si sporchi le mani, farebbe rubare l'attrezzatura da qualcun altro ed eseguire qualsiasi minaccia sul posto.»

«Beh, c'è sempre l'uso dei bancomat e il collegamento con eventuali riprese delle telecamere di sorveglianza che potete ottenere», disse Amanda. «Una volta che avrò approfondito gli estratti conto dell'azienda, potrò determinare quali carte di debito sono state emesse per Sutton e il suo staff. Posso anche verificare se queste carte sono state utilizzate nelle vicinanze della sede di Brancourt, della sua abitazione o dei suoi cantieri. Metterò insieme una mappa completa della zona che mostri l'utilizzo di ogni carta e potremo procedere da lì. Vi sembra una buona idea?»

Kay si appoggiò allo schienale della sedia, sentendo crescere l'eccitazione. «Sì, è perfetto. Di cosa hai bisogno in questa fase da parte nostra?»

«Ho già ottenuto l'autorizzazione dalla sede centrale per i dati HOLMES relativi a questa indagine», disse Amanda. «Il modo migliore per procedere, e parlo per esperienza, è di lasciarmi un paio di giorni per recuperare gli ultimi dettagli necessari su Sutton Site Security dalle

SOS archiviate e dagli interrogatori che avete condotto finora, e poi vi fornirò un rapporto provvisorio tra qualche giorno per farvi sapere a che punto sono e quali passi credo dovremmo seguire in seguito. Non preoccuparti», aggiunse, vedendo l'espressione inorridita che attraversò il volto di Barnes, «non ci saranno montagne di scartoffie da esaminare; capisco che avete altri aspetti dell'indagine da seguire. Pensatelo più come una lista di controllo, un modo per assicurarvi che le nostre due indagini si completino a vicenda. Vi dà anche l'opportunità di indirizzarmi verso altre questioni che avete trovato e che volete che esamini.»

Kay girò una pagina nuova del suo taccuino e annotò il piano d'azione concordato. «Mi sembra ottimo. C'è altro di cui dovremmo essere a conoscenza?»

«Sì. Devo insistere sul fatto che, fino alla conclusione della mia indagine, manteniamo riservato il mio coinvolgimento. Non possiamo permetterci che qualcuno della Sutton Site Security sappia che stiamo facendo questo. Al momento, è solo uno studio teorico, ma se riesco a trovare qualcosa che potete usare come leva contro di loro in relazione al vostro caso, ve lo farò sapere immediatamente.»

Kay si alzò dalla sedia e tese la mano. «È un piano molto dettagliato, grazie. Abbiamo una scrivania pronta e che ti aspetta nella sala operativa. Barnes, potresti mostrare ad Amanda dove trovare tutto là fuori, e poi ci aggiorniamo?»

«Capo.»

Il detective più anziano accompagnò Amanda alla porta, e quando scomparvero dalla vista, Kay si avvicinò alla finestra e lasciò vagare lo sguardo sul parcheggio sottostante.

L'entusiasmo dell'investigatrice finanziaria era contagioso; Kay poteva sentire l'eccitazione stringerle il petto.

Avrebbero sicuramente trovato qualcosa che potevano usare contro Mark Sutton?

E se avesse minacciato Damien Brancourt per costringere suo padre ad assegnargli il contratto? Damien aveva forse scoperto qualcosa sull'aggiudicazione fraudolenta del contratto e affrontato Sutton?

Si voltò al suono di passi.

Barnes chiuse la porta e sollevò un sopracciglio. «Accidenti, Kay, è brava.»

«Lo spero, Ian. Non abbiamo molto altro su cui fare affidamento al momento.»

CAPITOLO 26

Kay digitò il codice sul tastierino della porta della sala interrogatori numero due con l'indice e varcò la soglia, chiudendo la porta prima di attraversare la stanza fino al tavolo in fondo.

Carys era seduta da un lato, con il taccuino aperto su una pagina nuova.

Mentre Kay si avvicinava, osservò la donna snella seduta di fronte alla giovane detective.

Julie Rowe si stuzzicava la pelle intorno all'unghia del pollice, i capelli castani raccolti in uno chignon severo che non giovava al suo aspetto. La sua bocca aveva un'espressione petulante mentre alzava lo sguardo verso Kay.

«Julie Rowe? Grazie per essere venuta», disse.

«Non è che avessi molta scelta, vero?»

Kay ignorò la battuta e si rivolse invece a Carys. «Possiamo iniziare?»

Carys annuì, poi recitò la formula standard di

avvertimento dell'interrogatorio a un testimone. Fatto ciò, aprì la cartella.

«Julie, puoi iniziare raccontandoci come conosci Damien Brancourt?»

Kay si congratulò silenziosamente con la sua giovane protetta. Al momento, stavano lavorando sulla base dell'insistenza dei Brancourt che il corpo trovato nel controsoffitto dell'edificio Petersham non fosse di Damien, e Carys aveva scelto di interrogare ciascuno dei suoi amici e conoscenti di conseguenza. Durante i colloqui non si doveva fare alcun cenno alla possibilità che Damien Brancourt fosse morto nel cantiere di costruzione di suo padre.

«All'università. Qualche anno fa.»

«Studiavate le stesse materie?» disse Carys.

«Dio, no.» Julie lasciò sfuggire una risata. «Lui studiava economia aziendale, gestione di progetti, roba del genere. Io stavo finendo un master in scienze politiche.»

«Sei più grande di lui?»

«Di circa un anno e mezzo, sì. Abbiamo iniziato a parlare nel bar dell'università una sera. Lui ci lavorava per guadagnare qualche soldo extra.»

«C'è una bella differenza tra prendere un drink e organizzare una protesta», disse Carys. «Come sei stata coinvolta in questo?»

Julie alzò le spalle, abbassando lo sguardo sulle sue mani. «Sembra stupido adesso, ripensandoci.»

«Vai avanti.»

«Beh, volevamo solo far valere il nostro punto di vista, capisce? Ci sono cose migliori su cui il comune potrebbe spendere soldi da queste parti piuttosto che ristrutturare vecchi edifici.»

«Chi ha organizzato le proteste?»

«Io.» Julie si agitò sulla sedia e si sedette più dritta. «Sapevo che se non l'avessi fatto io, non sarebbero mai avvenute. Tutti gli altri, incluso Damien, erano chiacchieroni, non gente d'azione.»

«Come hai convinto Damien Brancourt a partecipare, considerando che suo padre era uno dei responsabili della costruzione per i progetti di riqualificazione?»

Un leggero sorriso attraversò le labbra di Julie. «Credo che lui e suo padre avessero avuto una specie di disaccordo qualche giorno prima. Penso fosse il modo di Damien di fare il dito medio ai suoi genitori, tutto qui.» Il suo viso si rabbuiò. «Ehi, non è nei guai, vero? Damien, intendo.»

«Quando è stata l'ultima volta che l'hai visto?» disse Kay.

La donna espirò mentre guardava il soffitto. «Uhm, credo che sia stato a giugno. Sì. Prima che facesse davvero caldo.»

«Ha detto quali erano i suoi piani per l'estate?»

«Sì. Fortunato bastardo, stava andando in viaggio. In Nepal, credo.»

«Quanto eri vicina a Damien prima che partisse?» disse Carys.

«Non andavamo a letto insieme, se è questo che intende,» disse Julie, arricciando il naso. «Non è il mio tipo. Un po' snob, ad essere sincera. Avete visto la casa dei suoi genitori? È enorme.»

«Ci sei stata?»

Julie scosse la testa. «Non dentro, ho dovuto accompagnarlo lì dopo una delle nostre manifestazioni.»

«Non guidava?»

«Diceva che non voleva un'auto. Probabilmente perché stava partendo per viaggiare, non ha senso averne una e lasciarla ferma nel vialetto per quasi un anno, giusto?»

«Raccontaci dell'incidente durante la protesta,» disse Kay. «Damien è stato arrestato per un alterco con una delle guardie di sicurezza.»

«Maledetto idiota. Avevo detto a tutti che doveva essere una protesta pacifica, ma Damien non ha ascoltato. Non so come sia iniziato, ho solo sentito l'uomo gridare dopo che Damien lo aveva aggredito, ma dopo quando gli ho chiesto, Damien ha detto che l'uomo aveva insultato suo padre, così lo ha colpito.»

Carys sfogliò i suoi appunti. «Quella era la guardia di sicurezza, Jeff Donovan?»

«Non so il suo nome. Indossava una di quelle uniformi con le tre S ricamate sul davanti, sopra il cuore.»

«Hai parlato con Damien dopo che è stato rilasciato?»

«Solo brevemente.» Julie sospirò e si appoggiò allo schienale della sedia. «Gli ho detto che non volevo che venisse ad altre manifestazioni se non riusciva a tenere sotto controllo il suo temperamento. Non ho bisogno di quel tipo di guai nella mia fedina.»

«La tua fedina?» disse Carys.

I lineamenti di Julie si illuminarono. «Sì. Sto progettando di candidarmi al Parlamento un giorno. Rappresentare gli interessi locali a livello nazionale.»

«Tu o Damien siete mai stati minacciati durante o dopo la protesta?» disse Kay.

La donna scosse la testa. «No. Ecco il punto. L'unica persona che ha minacciato qualcuno è stato Damien quando ha aggredito quel tizio. L'ho sentito dire.»

«Dire cosa?»

«Che se lui e il suo capo non avessero lasciato in pace il padre di Damien, se ne sarebbero pentiti.»

CAPITOLO 27

Kay si appoggiò all'intonaco nel corridoio che conduceva alla stanza per gli interrogatori e osservò Carys mentre accompagnava Julie Rowe attraverso le porte verso l'area della reception.

La dichiarazione rilasciata dalla donna la turbava.

Aveva letto la documentazione formale seguita all'arresto di Damien Brancourt, e non era stata presentata alcuna denuncia formale contro di lui in relazione alle presunte minacce che aveva rivolto a Jeffrey Donovan, la guardia di sicurezza.

Avevano solo la parola di Julie sul fatto che ci fosse qualcosa di più di una semplice protesta studentesca dietro quella colluttazione.

Cosa stava tramando Damien? Cosa stava cercando di ottenere?

Kay si staccò dal muro quando Carys riapparve, con un'espressione perplessa che Kay era certa rispecchiasse la propria.

«Che ne pensi, capo?» disse.

«Qualcuno degli altri suoi amici ha menzionato qualcosa riguardo a minacce contro la Sutton Site Security?»

«Non ho ancora sentito nulla, ma Gavin e Parker dovrebbero completare gli ultimi interrogatori tra circa mezz'ora.»

«Va bene. Faremo un briefing anticipato per esaminare i punti salienti piuttosto che aspettare che tutte le informazioni vengano aggiornate su HOLMES. Perché non ti prendi una pausa e vai a pranzo? Stai lavorando senza sosta da una settimana.»

«Grazie, capo. Devo ammettere che sto morendo di fame.»

Kay indicò con il pollice alle sue spalle. «Vado a prendere posto nella sala di osservazione. Vediamo se riesco ad apprendere qualcosa da questo interrogatorio prima che finisca. Potresti prendermi un panino o qualcosa?»

«Certo. Ci vediamo dopo.»

Carys si allontanò velocemente e Kay percorse il corridoio finché non raggiunse una porta solida con un'avvertenza di sicurezza su un cartello attaccato alla superficie.

Passò la sua tessera di sicurezza sul meccanismo di chiusura a lato, poi entrò nella stanza.

Una serie di schermi di computer erano posizionati su una lunga scrivania di legno di fronte alla porta, due dei quali erano accesi.

Kay prese una sedia davanti e si lasciò cadere con un

sospiro su di essa, poi allungò la mano e alzò il controllo del volume sotto uno dei monitor.

Sullo schermo, Gavin e Parker erano seduti da un lato di una scrivania di fronte a un uomo sui vent'anni che si passava una mano tra la frangia scura umida di sudore.

Kay sfogliò il suo taccuino fino a trovare un appunto con il nome dell'uomo.

Shaun Browning.

Le ricerche della squadra mostravano che Browning era stato al liceo classico con Damien Brancourt, ottenendo infine un posto all'Università di Winchester.

In questo momento, sembrava che avrebbe preferito di gran lunga essere di nuovo nell'Hampshire piuttosto che seduto in una squallida sala interrogatori di una stazione di polizia del Kent.

«Quando è stata l'ultima volta che hai visto Damien?» disse Gavin, la sua voce conteneva un tono metallico a causa del modo in cui i microfoni erano stati sistemati nella stanza.

«Ad aprile,» disse Browning. «Non usciamo molto insieme ultimamente, ma una persona che conoscevamo a scuola si è fidanzata e siamo stati entrambi invitati alla festa.»

«Il fidanzamento di chi?» disse Gavin.

«Ian Marlow.»

Parker spinse una penna e un foglio attraverso la scrivania. «Abbiamo bisogno dei suoi dati, per favore. Indirizzo e numero di telefono.»

Browning obbedì, e Kay socchiuse gli occhi guardando lo schermo.

La mano dell'uomo tremava mentre scarabocchiava sulla pagina, e lasciò cadere la penna quando ebbe finito come se gli bruciasse le dita.

«Di cosa avete parlato con Damien?» disse Parker.

«Cristo, non ricordo. Era sette o otto mesi fa. So che stava pianificando di andare in viaggio in Nepal. Ha menzionato questo.»

«Come ti è sembrato l'ultima volta che l'hai visto? Ha detto o fatto qualcosa che ti ha dato motivo di preoccupazione?» disse Gavin.

La testa di Browning fece uno scatto mentre si girava verso il detective, con i lineamenti che diventavano rosa. «Come cosa? È nei guai o qualcosa del genere?»

«Rispondi alla domanda, per favore.»

«No, era semplicemente Damien. Come sempre. Risentito per qualcosa e felice di lamentarsene con chiunque fosse disposto ad ascoltarlo. Mi sono stancato dopo dieci minuti e mi sono scusato. Ho finito per chiacchierare con una ragazza di Paddock Wood.» Si appoggiò allo schienale, con le spalle che si rilassavano un po'. «In effetti, la sposerò il prossimo anno.»

«Congratulazioni.»

Kay sbuffò al tono di Gavin; era evidente che il detective fosse frustrato per la mancanza di progressi nell'interrogatorio e dopo altri venti minuti di domande, sembrava che Shaun Browning non sarebbe stato di alcuna ulteriore utilità per l'indagine.

Gavin terminò l'interrogatorio e spense l'apparecchiatura di registrazione, ma lasciò l'uomo seduto alla scrivania quando uscì dalla stanza con Parker.

Kay si fece strada nel corridoio e li incontrò mentre camminavano verso l'uscita.

«Come mai Shaun Browning sembrava così nervoso durante l'interrogatorio?» chiese.

Parker sorrise. «Gli agenti in uniforme lo hanno fermato stamattina prima che avessimo la possibilità di contattarlo» disse. «Gli hanno trovato addosso una piccola quantità di cannabis.»

Kay alzò gli occhi al cielo. «Fantastico. Lo avete incriminato?»

Parker scosse la testa. «Lo lasceremo andare con un avvertimento formale. Domani ha un colloquio con una delle grandi aziende manifatturiere di Aylesford. Non ci sembrava il caso di rovinargli la settimana, dato che è la prima volta che commette un reato.»

«Non otterrà comunque il lavoro se non supera il test antidroga e sull'alcol che quell'azienda impone» disse Gavin, con un sorriso sul volto. «Idiota. Abbiamo pensato di lasciarlo lì a rimuginare per un po' prima di far venire qualcuno a mostrargli l'uscita.»

«Nessuna ulteriore informazione su questo risentimento che Damien Brancourt provava?»

«Non è tanto un risentimento» disse Parker, girando una pagina del suo taccuino e scrutando i suoi appunti. «A quanto pare John Brancourt ha sempre sperato che Damien prendesse in mano l'attività e Damien non voleva. Pensava fosse al di sotto delle sue capacità.»

«Le famiglie, eh?» disse Kay. «Va bene, andategli a fare la ramanzina per la cannabis e poi ci vediamo di sopra. Briefing tra mezz'ora.»

«Capo.»

Kay spazzolò le briciole dai suoi pantaloni eleganti e accartocciò il sacchetto di carta mentre leccava gli ultimi residui di burro dalle dita.

Afferrando un fazzoletto di carta dalla scatola che condivideva con Barnes, si pulì le mani, poi gettò i rifiuti nel cestino sotto la sua scrivania e bloccò lo schermo del computer.

«Bene, tutti qui davanti» disse a voce alta, spingendo indietro la sedia. «Carys, puoi darci una panoramica degli altri interrogatori condotti oggi?»

La detective si fece strada verso la parte anteriore della stanza prima di rivolgersi ai colleghi.

«Abbiamo interrogato otto testimoni da stamattina, e a parte Julie Rowe e Shaun Browning, nessuno ha una parola negativa su Damien Brancourt. Tre di loro non erano rimasti in contatto con lui dopo l'università, uno aveva lavorato brevemente con lui al distributore di benzina sull'A20 quando frequentavano il sesto anno, e gli altri quattro erano all'università con lui fino all'anno scorso. Nessuno di loro gli era particolarmente vicino, si seguivano sui social media, ma niente di più. Su questo punto, li abbiamo interrogati per sapere se avessero visto post di Damien mentre si trovava in Nepal, ma non ne avevano visti... tutti hanno dichiarato di credere che la ragione fosse che non ha una connessione internet lassù.»

«Ha senso. Grazie.» Kay attese finché Carys non ebbe raggiunto il suo posto prima di aggiornare la squadra sugli interrogatori di Julie Rowe e Shaun Browning. Batté il dito sulle loro foto appuntate sulla lavagna. «Va bene, che ne pensate? Qualcuno?»

«E se la minaccia di Damien verso Jeff Donovan fosse stata presa sul serio da Mark Sutton, che ha deciso di somministrare la sua personale forma di punizione?» disse Gavin.

«Una specie di vendetta finita male, intendi?» disse Barnes.

«Sì. Magari volevano solo dargli una lezione, ma la situazione è degenerata.»

Kay aggrottò la fronte e si allontanò dalla lavagna, facendo roteare la penna tra le dita. «Potrebbe essere, ma sappiamo da Lucas che Damien, presumendo sia lui, è stato folgorato prima di subire la ferita alla testa. Portate Donovan per un interrogatorio domattina presto. Sono curiosa di sentire cosa ha da dire su Damien e il loro alterco.»

«Pensa che sia stato torturato, capo?» disse Carys. «Con le scosse elettriche, intendo.»

Un silenzio scioccato sostituì le conversazioni smorzate che si svolgevano nella sala delle indagini mentre le sue parole si sedimentavano.

«Porca miseria» disse Barnes.

Lo sguardo di Kay cadde sul tappeto per un momento mentre rifletteva sulla risposta. «Carys, puoi metterti in contatto con Lucas subito dopo questo briefing e chiedergli di rivedere il suo rapporto dell'autopsia alla luce della tua teoria? Vedi se riesce a trovare qualcosa per confermarla.»

«Lo farò, capo.»

«Se la nostra vittima è stata torturata, allora Mark Sutton è molto più pericoloso di quanto abbiamo pensato.

D'ora in poi, voglio che lavoriate in coppia al di fuori di questa stanza, è chiaro?»

«Capo.»

«Sì, capo.»

«E nessuno, ripeto *nessuno* si avvicini a Mark Sutton a meno che io o Barnes non siamo con voi. È un ordine.»

CAPITOLO 28

Kay si fermò alle spalle di Gavin e fissò attraverso il vetro oscurato l'uomo seduto nella sala interrogatori uno, socchiudendo gli occhi.

«Si aspetta il peggio se ha Brian Sutherland come avvocato», mormorò.

«È bravo?» chiese Gavin, facendo scivolare un taccuino pulito sulla scrivania verso Barnes.

«Paziente. Deve esserlo, con il tipo di persone che frequenta. Sei pronto, Ian?»

«Capo.» Barnes afferrò il taccuino, si mise una penna in tasca e poi li guidò fuori dalla porta verso la sala interrogatori.

Avviò la registrazione, fornì l'avvertimento necessario a Jeffrey Donovan e presentò i presenti, prima di fare cenno a Kay.

«Cominciamo con il suo impiego alla Sutton Site Security, signor Donovan», disse Kay, ignorando l'avvocato che alzò gli occhi al cielo e tolse il cappuccio alla sua penna stilografica.

«Cosa vuole sapere?»

«Da quanto tempo lavora per Mark Sutton?»

«Da quando sono uscito di prigione quattro anni fa.»

«E come ha fatto domanda?»

«Domanda?»

«Come ha ottenuto il lavoro?»

«Conosco Mark da qualche anno», disse Donovan. «Prima facevo il tassista. Quando ho smesso, lui mi ha offerto un lavoro.»

«Perché ha smesso di guidare il taxi?»

«Cosa c'entra questo con la vostra indagine, detective?» disse Sutherland, alzando un sopracciglio.

«Contesto», disse, poi si rivolse di nuovo al cliente. «Risponda alla domanda, Jeffrey.»

Donovan guardò il suo avvocato, che fece un leggero cenno con le spalle.

«Mi hanno tolto la patente.»

«Perché?»

«Mi hanno beccato a guidare ubriaco.» Sogghignò. «Mi hanno sospeso la patente per dodici mesi», quindi avevo bisogno di soldi «perché non potevo lavorare. Mark mi ha dato un lavoro e quando ho riavuto la patente ho deciso che non avevo più voglia di guidare il taxi, così sono rimasto con lui.»

Kay aprì il fascicolo che Barnes le porse. «Ha qualche qualifica formale in ambito sicurezza?»

«No. Non ne ho bisogno. Non lavoro in locali autorizzati, e non è che stia facendo la guardia a dei bambini, no?»

«Quindi cosa la qualifica per lavorare per l'azienda di sicurezza di Mark Sutton?»

Il suo labbro superiore si arricciò. «L'esperienza.»

«Mi parli di Damien Brancourt.»

«Cosa vuole sapere?»

«Perché l'ha colpita?»

«Dovrà chiederlo a lui. Io non lo so.»

«Un testimone con cui abbiamo parlato dice che Damien Brancourt ha detto a lei e a Mark Sutton di lasciare in pace suo padre.»

Donovan batté le palpebre, ma rimase in silenzio.

«Inoltre, il nostro testimone afferma che Damien ha lasciato intendere che ci sarebbero state conseguenze se non aveste dato ascolto al suo avvertimento.» Kay incrociò le mani e fissò Donovan. «Qual è il suo coinvolgimento con John Brancourt?»

Donovan incrociò le braccia sul petto, e poi si appoggiò allo schienale della sedia. «Ho lavorato in uno dei suoi cantieri. Tramite Mark. Sicurezza e cose così. Solo che lui ha deciso che non avrebbe pagato in tempo.»

«Cosa ha fatto lei?»

«Io? Non ho fatto niente. Mark mi paga indipendentemente da quello che succede tra lui e i suoi clienti. Non fa nessuna differenza per me se Brancourt non paga le sue fatture.»

«Cosa ha fatto Mark?»

Donovan alzò le mani. «E io che ne so? La prima cosa che ho saputo è quando suo figlio mi ha visto, ha lasciato cadere il cartello che stava agitando in aria e mi è venuto dietro».

Kay si voltò sentendo bussare alla porta. «Avanti».

Apparve Carys, con un biglietto tra le dita. Lo

consegnò a Kay prima di girarsi sui tacchi e chiudere la porta dietro di sé.

Kay guardò Donovan. «Interessante. Sembra che tu non sia più impiegato da Mark Sutton. Da quando?»

«Da maggio circa. Sì, maggio. Prima che facesse caldo».

«Perché?»

«Non lo so. Suppongo che il lavoro sia diminuito».

«Dove lavora adesso?»

«Qua e là. Faccio un paio di giorni a spillare birre in uno dei pub in città».

«Perché non ha sporto denuncia contro Damien Brancourt?» Kay sfogliò le pagine del fascicolo. «Non ha nemmeno risposto alle telefonate dei miei colleghi che la invitavano a venire a rilasciare una dichiarazione sull'aggressione».

«Non ce n'era bisogno, no? Cioè, il ragazzo era un idiota, ma nessun danno fatto. Credo che i vostri abbiano ingigantito la cosa più di quanto fosse, onestamente. Per me era più fastidioso che utile essere coinvolto».

Kay fece scivolare sul tavolo verso Donovan una fotografia del corpo mummificato sulla scena del crimine. «Abbiamo ragione di credere che questi siano i resti di Damien Brancourt. La vittima è stata trovata nella cavità del soffitto di un altro edificio sorvegliato dalla Sutton Site Security. Quel contratto era stato assegnato a Mark Sutton da John Brancourt in circostanze dubbie».

Donovan distolse lo sguardo dalla fotografia. «E quindi?»

«Hai ucciso tu Damien Brancourt e nascosto il suo corpo?»

«No!» Della saliva coprì le labbra dell'uomo. «Non ho mai ucciso nessuno. L'ha detto anche lei, non lavoro per Mark da maggio, quindi non potrei averlo fatto, giusto?»

Brian Sutherland mise una mano sul braccio del suo cliente per calmarlo, poi fissò Kay con uno sguardo severo. «Si spieghi, detective Hunter. Il mio cliente è offeso per tali accuse».

Kay attese che Donovan si fosse calmato. «Allora spiegami perché Damien ti ha minacciato solo mesi prima della sua morte. E perché sembri sapere che Damien è scomparso a giugno».

«Gliel'ho detto, non ho idea del motivo della minaccia. Sembrava venuta dal nulla. Probabilmente mi ha preso di mira solo perché poteva vedere il logo sulla mia maglietta. Sarebbe potuto succedere a chiunque di noi». Strinse le spalle. «E dev'essere stato qualcun altro che lavora per Mark a dirmi che Damien non c'era a giugno. Stava andando in vacanza o qualcosa del genere, no?»

«In realtà stava lavorando per un'associazione benefica in Nepal».

Il volto di Donovan si aprì in un sorriso maligno. «Lavoro di beneficenza, col cavolo. Il piccolo moccioso stava scappando dalle sue responsabilità, no? Non voleva lavorare per suo padre. Che senso ha rilevare un'azienda che sta morendo?»

CAPITOLO 29

Kay represse la familiare sensazione di impazienza mentre osservava la squadra di detective e agenti in uniforme riunirsi nella sala operativa la mattina seguente.

Finalmente, dopo giorni di speculazioni e ripensamenti sulle sue decisioni, sembrava che avessero avuto una svolta che avrebbe permesso loro di concentrare l'attenzione sul restringimento del campo dei sospettati.

Il più giovane agente di polizia della squadra si era appena seduto in mezzo alla piccola folla quando Kay iniziò.

«Gavin, magari potresti aggiornare i nostri colleghi su ciò che abbiamo appreso questa mattina».

«Capo». Gavin si alzò dalla sedia e fece un cenno a due membri del personale amministrativo che si spostarono per lasciarlo passare, posizionandosi infine sul lato della stanza accanto alla finestra. Attese che il mormorio di voci si fosse dissipato, poi chiuse il suo taccuino.

«Ho ricevuto un'email durante la notte dal Consolato Britannico a Katmandu. Non risulta alcuna segnalazione di contatto da parte di Damien Brancourt per situazioni di emergenza, né hanno annotato un suo arrivo nel paese».

Il brusio di voci riprese, l'eccitazione era palpabile.

Gavin alzò la mano per zittire i colleghi. «Abbiamo anche ricevuto una telefonata questa mattina dall'Agenzia delle Frontiere del Regno Unito. Damien Brancourt non ha usato il suo passaporto da quando ha fatto un viaggio di una settimana a Magaluf due anni e mezzo fa».

La sala operativa esplose in un chiacchiericcio.

«Grazie, Gavin». Kay alzò la voce sopra quella dei colleghi. «Va bene, silenzio tutti. Barnes, sei il prossimo».

«Capo.» Barnes si staccò dal muro contro cui era appoggiato. «Ho parlato con Andy Grey, e conferma che la sua squadra ha concluso la visione dei filmati delle telecamere di sorveglianza delle principali stazioni ferroviarie di Londra e dell'aeroporto di Heathrow, tutti e cinque i terminal. Non c'è stato alcun avvistamento di Damien Brancourt in nessuna delle immagini, né all'interno né all'esterno. Andy ha confermato di aver fatto controllare dodici ore prima e dopo il volo di Damien per esserne sicuro. Non si è mai presentato.»

«Va bene,» disse Kay. «Prossimi passi. Amanda, mi chiedo se è possibile attingere alla tua competenza per scoprire se Damien ha usato il suo bancomat in qualche luogo nelle ventiquattro ore precedenti alla sua morte? Voglio aspettare i risultati del test del DNA che Lucas sta eseguendo sul campione fornitoci da John Brancourt prima di tornare dai genitori con la notizia; quindi, usiamo questo tempo per tracciare gli ultimi movimenti di Damien a livello locale. È abbastanza chiaro che non è mai arrivato a Heathrow; quindi, in qualche momento dopo aver cenato a casa dei suoi genitori quella sera e dopo che John lo ha accompagnato alla stazione di Maidstone East, Damien è andato all'edificio Petersham, dove è successivamente morto.»

«Lo farò,» disse Amanda. «Risalirò anche a una settimana prima nella cronologia, così da farmi un'idea dei suoi movimenti nei giorni precedenti alla sua morte.»

Barnes tirò fuori il suo taccuino. «E Mark Sutton?»

«Lasciamolo da parte per un momento. Voglio scoprire cosa è successo a Damien prima di parlare di nuovo con lui. Non mi va di interrogarlo quando ho solo metà delle informazioni che ci servono.»

Barnes annuì, poi abbassò la testa e aggiornò i suoi appunti.

Kay si rivolse agli agenti in uniforme che componevano più della metà della sua squadra investigativa. «Ci riuniremo tra sei ore. Voglio un quadro completo di dove si trovava Damien Brancourt il giorno in cui sarebbe dovuto partire verso l'aeroporto. Lavorate su ogni angolazione possibile, parlate con i vostri colleghi che pattugliano regolarmente il centro città e occupatevi dei filmati delle telecamere di sorveglianza locali. Qualcuno là fuori sa cosa gli è successo.»

La sala riunioni si riempì del rumore di sedie che strisciavano sul tappeto mentre la squadra si disperdeva, e Kay espirò.

Ad un certo punto, avrebbe dovuto parlare di nuovo con i genitori di Damien Brancourt, ma fino a quando non avesse avuto prove conclusive che era effettivamente il loro figlio quello scoperto nella cavità del soffitto dell'edificio Petersham, doveva attendere i risultati di Lucas Anderson a sostegno della sua convinzione.

Per tutto il tempo necessario.

———

Kay prese il vassoio di cartone dall'assistente dietro il bancone del bar e si fece strada fuori dalla porta con il gomito, mentre una raffica gelida di vento dal fiume soffiava lungo Earl Street facendola sussultare.

Bilanciò i due bicchieri di caffè da asporto in una mano e infilò l'altra nella tasca del suo cappotto di lana, rimpiangendo di non aver ricordato di indossare la sciarpa che attualmente era ripiegata nel cassetto della sua scrivania.

Accelerando il passo, raggiunse la fine della strada e girò a sinistra verso il Palazzo Arcivescovile.

Mentre la squadra si era alternata per uscire di corsa e trovare qualcosa da mangiare per pranzo, Barnes si era avvicinato furtivamente alla sua scrivania chiedendole se lo avrebbe incontrato nel loro solito posto per fare due chiacchiere.

Lei aveva acconsentito prontamente, notando la reticenza del collega e tenendo a mente il consiglio che aveva dato alla sua squadra di prendere un po' d'aria fresca.

Semplicemente non aveva previsto che quell'aria fosse così fresca.

Un brivido la scosse mentre sostava al passaggio pedonale aspettando che la luce sul lato opposto diventasse verde, poi si affrettò ad attraversare, dando un'occhiata al traffico congestionato che si snodava tra College Road e Fairmeadow.

Trovò Barnes sulla panchina dietro il Palazzo Arcivescovile, rannicchiato nel suo spesso cappotto mentre fissava il fiume come se fosse l'unico responsabile dell'ondata di freddo che attanagliava la città della contea.

«Ecco. Due bustine di zucchero.»

«Grazie.»

Si spostò lungo la panchina per farle posto, avvolgendo le dita attorno al bicchiere di caffè da asporto.

Dopo qualche minuto di silenzio mentre osservavano un battello turistico allontanarsi dagli ormeggi prima che il pilota lo guidasse a valle, Kay si voltò verso il collega.

«D'accordo. Cos'hai? Non sei così silenzioso di solito.»

Un'espressione ironica gli increspò l'angolo della bocca. «Approfittane finché puoi.»

Kay rimase in silenzio, aspettando che mettesse insieme i suoi pensieri.

Alla fine, Barnes parlò. «Temo di non avere il sostegno della squadra, Kay.»

«Cosa?»

«Intendo, quando tu non ci sei. Mi chiedo se si fidano di me come si fidano di te.» La sua voce si incrinò, e distolse lo sguardo da lei. «Mi chiedo se mi rispettano, e poi mi preoccupo che non lo facciano, e che questo influenzerà questa indagine, e altre.»

Kay si appoggiò indietro sulla panchina, stupita. «Barnes, ti posso assicurare che tutti nella sala operativa ti sostengono. Lo faccio io e lo fa Sharp. La settimana scorsa mi stava proprio dicendo quanto fosse contento che tu abbia accettato il ruolo di sergente investigativo. Non riesco a immaginare di lavorare con qualcun altro.»

«È solo che... sto iniziando a mettere in dubbio le mie capacità, capisci? Avevo dimenticato quanto devi destreggiarti in questo ruolo. Ho paura di deluderti, Kay.»

Lei tirò su col naso, poi si alzò dalla panchina, si spolverò il retro del cappotto e gettò il bicchiere vuoto nel cestino lì accanto prima di voltarsi verso Barnes.

«Non mi hai mai deluso, Ian. E non credo che inizierai a farlo ora. So che assumere questo ruolo è stata una decisione importante per te, ma credimi, non c'è nessun altro che vorrei al mio fianco. Sei come la colla che tiene insieme questa squadra.»

Barnes abbassò lo sguardo. «Grazie.»

«Avrai giorni come questo in cui metterai in discussione ogni decisione che prendi, e ti chiederai se è fuori dalla tua portata, ma è proprio allora che devi guardarti intorno. Vedi chi nella squadra ha le competenze e i punti di forza di cui senti di aver bisogno, e deleghi.» Sorrise. «Ed è un lavoro maledettamente difficile, destreggiarsi tra tutto questo.»

Lui sospirò, poi si raddrizzò. «Grazie. A volte ti osservo, e fai sembrare tutto così facile che dimentico quello che hai passato per arrivare dove sei.»

«Non potrei farlo senza di te.» Si sporse e gli diede un finto pugno sulla spalla. «Dai, torniamo in sella.»

Barnes si alzò, spolverandosi il retro del cappotto di lana e buttando il suo bicchiere di caffè da asporto nel cestino accanto alla panchina prima di seguirla sul sentiero tortuoso accanto al Palazzo Arcivescovile.

Kay sorrise mentre lui si affrettava per raggiungerla e per poi camminare al suo fianco.

«Beh, questo discorso motivazionale sembra averti messo delle rotelle sotto i piedi.»

«Non prenderla nel modo sbagliato, capo. Non è per il tuo stile di gestione. Non vedo l'ora di tornare al coperto, fa un freddo cane qui fuori.»

CAPITOLO 30

«Damien Brancourt è stato ripreso dalle telecamere di sorveglianza il pomeriggio in cui avrebbe dovuto partire per il Nepal», disse Gavin.

Kay lasciò cadere il cappotto sullo schienale della sedia e si affrettò verso dove lui era seduto con due agenti in uniforme, gli occhi fissi sugli schermi dei computer davanti a loro.

«E abbiamo uno schema di utilizzo del bancomat», disse Amanda. Attraversò la stanza e porse un fascio di documenti a Kay, dandone una copia a Gavin. «Piccole somme, venti sterline la maggior parte delle volte, ma poi duecento sterline la mattina della sua morte.»

«Soldi per le vacanze?» disse Kay. Girò la pagina, percorrendo con lo sguardo l'elenco delle transazioni.

«È quello che penso anch'io», disse Amanda. «Ma quell'ultima transazione è stata fatta alle dieci e trentadue del mattino.»

«E l'edificio Petersham era pieno di operai in quel momento, quindi deve essere tornato lì in serata.»

«È questo che stiamo esaminando qui, capo», disse Gavin.

Uno degli agenti in uniforme balzò dalla sedia e fece cenno a Kay di prendere il suo posto.

«Grazie», disse lei. «Vediamolo, allora.»

L'agente accanto a lei azionò i comandi e premette il pulsante "pausa" quando una figura in ombra entrò nel campo visivo.

«Questo è il bancomat all'angolo dove Rose Yard sbocca su High Street. È quello che ha usato quella mattina. Stavolta ci passa davanti senza fermarsi.»

«E non porta bagagli. Un po' strano per qualcuno che dovrebbe prendere un volo quella sera», disse Kay.

«Sembra abbastanza felice», disse Barnes. «Non come se stesse per fuggire a mezzanotte o stesse scappando da qualcosa o qualcuno.»

«Lo perdiamo qui quando svolta in Wyke Manor Road», disse l'agente.

«Non c'è copertura di telecamere di sorveglianza in quella strada?»

«Non allora, ma dato che l'attenzione del consiglio comunale era concentrata sui lavori di riqualificazione, sostituirla potrebbe essere stato in fondo alla loro lista di "cose da fare"», disse Gavin. «Ho verificato stamattina con loro, la telecamera era operativa dalla fine di luglio.»

«E forse nessuna delle società di sviluppo appaltate dal consiglio era preoccupata, dato che molte di loro avevano le proprie misure di sicurezza in atto», disse Barnes. Si sporse sopra la spalla di Kay e toccò lo schermo. «Damien avrebbe potuto passare dietro questi edifici da questa strada e raggiungere l'edificio Petersham in quel modo. Se vogliamo parlare di nuovo con Mark Sutton, possiamo dirgli che Damien Brancourt è stato visto nelle vicinanze dell'area che era stato incaricato di mettere in sicurezza e vedere quale sarà la sua reazione».

Kay spinse indietro la sedia e ringraziò i due agenti prima di condurre Barnes e Gavin verso la lavagna. Esaminò le fotografie che erano state raccolte dall'inizio dell'indagine e resistette all'impulso di sospirare.

Invece, fece cenno a Carys di unirsi a loro. «Okay, Julie Rowe sostiene di aver sentito Damien minacciare uno degli uomini di Sutton durante la protesta e ne è seguita una colluttazione, che ha portato all'arresto di Damien. Il dipendente di Sutton non ha sporto denuncia, quindi è stato successivamente rilasciato con un avvertimento formale. Qualche mese dopo, Damien è a poche ore dalla partenza per un viaggio programmato in Nepal, ma decide di deviare verso Maidstone quella notte. Avete visto l'orario sulla ripresa della telecamera? È dopo che Annabelle Brancourt ha detto che avevano cenato insieme, e John lo aveva già portato alla stazione ferroviaria a quel punto. Quindi, dov'è la valigia di Damien, o una borsa?»

Tre volti perplessi la fissarono.

«John non ha mai menzionato che Damien abbia fatto una deviazione nel centro città quando abbiamo parlato con lui», disse Barnes dopo un momento.

«Forse perché non ne sapeva nulla», disse Carys. «Se Damien gli avesse chiesto di essere lasciato per sbrigare una commissione o qualcosa del genere, magari non sarebbe sembrato fuori dal comune per suo padre».

Kay si passò una mano tra i capelli mentre guardava la fotografia di Damien. «Che diavolo stavi facendo?»

Un telefono squillò su una scrivania nell'angolo più lontano della stanza, e ci vollero alcuni secondi prima che si rendesse conto che era il suo cellulare, tale era la sua frustrazione per la mancanza di informazioni che stava osservando.

«Capo?» disse Carys. «Il telefono?»

«Cristo, qualcuno risponda!»

Kay corse tra le scrivanie mentre Philip Parker teneva il suo telefono in alto.

«È Lucas Anderson, capo».

«Grazie». Kay prese il telefono e lo mise in vivavoce mentre gli altri detective si univano a lei. «Cosa hai per noi, Lucas?»

«Abbiamo una corrispondenza», disse il patologo. «Il DNA di John Brancourt è risultato positivo. Il corpo che era nel soffitto appartiene a Damien Brancourt, senza alcun dubbio».

CAPITOLO 31

Barnes premette il campanello, poi fece un passo indietro e guardò verso la grande finestra incorniciata in ferro battuto sopra il portico della casa dei Brancourt.

«Non ci si abitua mai a queste visite a domicilio», mormorò. «Specialmente quando l'abbiamo già fatto una volta».

Kay non rispose, i suoi pensieri simili alle parole del collega.

Si voltò e lanciò uno sguardo al giardino ornato della facciata, le piante appassite nell'aria fredda. Oltre una fontanella per uccelli coperta di muschio, un merlo maschio beccava il prato alla ricerca di qualche forma di sostentamento.

Lucas aveva concluso la sua chiamata un'ora prima con la notizia secondo cui la folgorazione di Damien Brancourt non indicava che fosse stato torturato, con grande sollievo di tutta la squadra.

Tuttavia, questo non eliminava Mark Sutton dalle sue

indagini, e Kay aveva ribadito il suo avvertimento ai colleghi di non avvicinarsi all'uomo da soli.

La sua attenzione tornò alla casa quando un chiavistello scattò dalla porta un secondo prima che si aprisse.

Annabelle Brancourt aggrottò la fronte quando li vide. «Ancora voi?»

«Possiamo scambiare due parole, per favore?» disse Barnes. «Suo marito è in casa?»

La donna si fece da parte e fece cenno di entrare. «È in cucina. Andate pure, sapete dov'è».

Kay guidò il cammino lungo il corridoio, questa volta concentrandosi sul pavimento piuttosto che sull'ambiente lussuoso. Sapeva che i Brancourt non si sarebbero mai ripresi dalla notizia che stava per condividere con loro, e la casa non sarebbe più sembrata la stessa.

Una tristezza la travolse, cogliendola di sorpresa. Si morse il labbro per reprimere l'emozione e spinse la porta che dava sulla cucina, mentre un aroma di aglio ed erbe aromatiche le arrivava addosso.

John Brancourt si voltò dal lavandino, con un canovaccio e un bicchiere di vino in mano. «C'è qualche problema, detective Hunter? Stavamo per cenare.»

Kay attese che Annabelle avesse seguito Barnes e poi si avvicinò al tavolo, osservando i due posti apparecchiati e la bottiglia di Merlot che sembrava essere stata aperta pochi istanti prima. «Aspettate qualcun altro?»

«No, questa sera siamo solo noi. Christopher e Bethany, i gemelli, sono fuori», disse Annabelle.

«Oh? Quanti anni hanno?» chiese Kay.

«Sedici», disse Annabelle. «Senta, dovrei servire la cena tra quindici minuti. Cosa volete?»

Barnes rivolse la sua attenzione a John. «Quando abbiamo parlato con lei la prima volta, ha dichiarato di aver accompagnato suo figlio alla stazione ferroviaria per andare a Heathrow e prendere il volo per il Nepal lo scorso giugno. C'è qualcos'altro che vorrebbe aggiungere a questa dichiarazione?»

John abbassò lo sguardo prima di posare il bicchiere di vino sul piano di lavoro e si sedette al tavolo, torcendosi il canovaccio tra le dita. «Avevo intenzione di accompagnare Damien alla stazione, ma quando ci siamo avvicinati alla città mi ha chiesto di farlo scendere nelle vicinanze piuttosto che alla stazione stessa. Ha detto che aveva appuntamento con un amico e che sarebbero andati insieme all'aeroporto.»

Kay tirò fuori una sedia di fronte a lui e si sporse in avanti, il suo interesse risvegliato. «Dove lo ha lasciato?»

«A una fermata dell'autobus su Sittingbourne Road, vicino al pub sulla rotonda.»

«Perché non me l'hai detto?» Annabelle lanciò un'occhiataccia al marito. «Hai detto che lo avevi portato alla stazione. Hai detto che non c'erano stati problemi.»

«Non c'era nessun problema.» John sospirò e alzò le mani. «Ascolta, mi dispiace. Ma era così entusiasta del viaggio, e poi quando mi ha parlato di questo amico che voleva incontrare, ho capito che sarei stato d'intralcio. A quanto pare dovevano bere qualcosa insieme e poi andare in città per prendere il treno.»

«Le ha detto il nome dell'amico?» chiese Barnes.

«No. E non gliel'ho nemmeno chiesto. Non ci vedevo niente di male.»

Kay sospirò e si rivolse ad Annabelle. «Vuole sedersi?»

«Sto bene qui.» La donna incrociò le braccia sul petto.

«Va bene. Mi dispiace dovervi dare questa notizia. Abbiamo ricevuto una telefonata dal nostro patologo circa un'ora fa. I risultati del DNA sono positivi. Abbiamo verificato tutto, anche con il Consolato Britannico a Kathmandu. Mi dispiace molto Annabelle, John. Il corpo scoperto nell'edificio Petersham è stato confermato essere quello di Damien. Non ha mai preso il suo volo per il Nepal.»

«Cosa? No.» Il labbro inferiore della donna tremò, e poi fece un passo indietro mentre emanava un gemito, l'agonia della notizia chiara nei suoi occhi rigati di lacrime. Annaspò come se facesse fatica a respirare.

John Brancourt crollò sulla sedia, con la testa tra le mani. «Cosa facciamo adesso? Damien...»

Kay si allontanò dalla sua sedia e attraversò la cucina fino a dove una caraffa con filtro per l'acqua era posizionata accanto a un bollitore e riempì due bicchieri, ritornando al tavolo per passarne uno a John prima di portare l'altro ad Annabelle.

«Ecco», disse. «Piccoli sorsi.»

Rimase sospesa accanto a lei, osservandola attentamente mentre cercava di controllare il respiro.

Alla fine, Annabelle le restituì il bicchiere dopo un sorso e lo allontanò con un gesto della mano. «Ne ho abbastanza.»

Kay prese l'acqua. «Si sieda. Per favore.»

Attese che Annabelle raggiungesse il marito al tavolo, notando che non si sedette accanto a lui ma scelse invece di appollaiarsi sull'angolo della panca della finestra.

«Abbiamo analizzato le riprese delle telecamere di sorveglianza di tutte le stazioni ferroviarie di Londra e dei terminal di Heathrow», disse Barnes. «Damien non appare in nessuna di esse, quindi in base a quanto ci ha detto, John, estenderemo la ricerca per includere anche le telecamere lungo Sittingbourne Road per vedere se riusciamo a tracciare i movimenti di Damien e scoprire chi fosse questo suo amico.»

«Non capisco perché sia rimasto qui», disse John. «Perché non è andato a Heathrow? Perché non mi ha telefonato? Avevo il cellulare in vivavoce. Avrei potuto tornare indietro a prenderlo se era preoccupato per qualcosa.»

Il cuore di Kay si strinse per l'angoscia nella voce di Brancourt.

«Non lo sappiamo ancora, ma le do la mia parola che troveremo le risposte», disse.

CAPITOLO 32

La mattina seguente, Kay affrontò i suoi colleghi per aggiornarli sull'interrogatorio che lei e Barnes avevano condotto con i genitori di Damien Brancourt.

«Gavin, puoi dare un'occhiata alle telecamere di sorveglianza lungo Sittingbourne Road e nelle zone circostanti? Dobbiamo trovare questo cosiddetto "amico" che Damien doveva incontrare, e scoprire chi è e cosa sa della sua morte. Fai di questo la tua priorità questa mattina».

«Lo farò, capo».

«Carys, mentre lui fa questo, mettiti in contatto con gli agenti in uniforme e chiedi aiuto per interrogare i gestori e il personale di tutti i pub nel raggio di un chilometro e mezzo dal punto in cui Damien è stato lasciato. Anche in questo caso, dobbiamo ottenere queste informazioni il più rapidamente possibile, quindi fai il possibile per accelerare».

«Capo».

Kay scorse con lo sguardo il rapporto HOLMES che

Debbie aveva stampato per lei, controllando i compiti che il database aveva assegnato e delegandoli alla sua squadra. Infine, quando l'ultimo ordine fu impartito, raccolse una pila di fogli e la sollevò.

«Questi sono i risultati iniziali di Amanda sulla Sutton Security Services. Sono stati salvati in HOLMES, quindi leggeteli quando tornate alle vostre scrivanie. Amanda, puoi fornire una panoramica a tutti?»

L'investigatrice finanziaria spinse indietro la sedia e si unì a Kay davanti alla stanza. «Da quello che siamo riusciti a raccogliere da ELMER, pare che Mark Sutton stia gestendo tutto con precisione. Non c'è nessuno dei segnali evidenti che solitamente cerchiamo, grandi depositi o accrediti inspiegabili sui conti aziendali, nessun controllo fiscale effettuato sull'azienda negli otto anni in cui ha operato».

Barnes si appoggiò con i gomiti sulle ginocchia ed emise un lungo sospiro. «Quindi, non abbiamo niente su di lui, è questo che stai dicendo?»

Amanda sorrise. «No, proprio il contrario. Abbiamo semplicemente dovuto scavare un po' più a fondo nel sistema. Detective Hunter, posso usare il proiettore un momento?»

«Certamente». Kay fece un cenno a Parker e si fece da parte mentre lui trascinava un piccolo tavolo sul tappeto e poi vi posizionava sopra il proiettore, puntandolo verso la parete vuota sopra un archivio. «Grazie».

Dopo aver effettuato l'accesso, Amanda eseguì una serie di comandi prima che apparisse una fotografia che mostrava un autolavaggio.

«Conosco quel posto», disse Gavin.

«Giusto, e ce ne sono diversi in zona, ma questo è uno di quelli che teniamo d'occhio, per il fatto che la maggior parte del personale è pagata in contanti. Il problema con questi autolavaggi a bordo strada è che sono popolari tra le bande di trafficanti di esseri umani in tutto il paese», disse Amanda. Si avvicinò all'immagine e toccò con il dito una figura che si nascondeva sullo sfondo, con il viso in ombra. «Questo è Barry Esher, uno stretto collaboratore di Mark Sutton. Il signor Esher è una persona di interesse per il mio team perché ha precedentemente trascorso del tempo a spese dello Stato per frode ed estorsione».

«Quando è stato rilasciato dal carcere?» disse Kay, il suo interesse stimolato.

«Un paio d'anni fa. Da allora, e in modo simile a Gary Hudson, ha agito come esecutore per Mark Sutton. Sutton non ama sporcarsi le mani, questo è evidente».

«In che modo questo ci aiuta?» disse Carys. «Nessuna delle persone con cui abbiamo parlato di Damien Brancourt ha mai menzionato che lui frequentasse questo posto».

«Perché Barry Esher è anche conosciuto come Adrian Sutton. È il cugino di Mark Sutton». Nel silenzio attonito che riempì la sala operativa, Amanda estrasse una pagina dal suo fascicolo, consegnandola a Kay. «Ha cambiato il suo nome con atto notarile dodici anni fa dopo un alterco a Bromley che si è concluso con la morte di un uomo. Adrian l'ha fatta franca, ma è scomparso per alcuni anni. Quando è tornato con il suo nuovo nome, sembrava che non avesse imparato la lezione perché ha picchiato il cliente di un pub a Chatham così violentemente che l'uomo ha perso un rene. Ha scontato anche una pena per quello.

Inoltre, Adrian Sutton ha firmato il registro di sicurezza per entrare nell'edificio Petersham il giorno in cui Damien Brancourt avrebbe dovuto volare in Nepal. Ha scarabocchiato la sua firma sulla pagina in modo che fosse difficile riconoscerla, ma l'ho vista prima. È lui».

Barnes emise un fischio sommesso. «Porca miseria, Amanda. Ottimo lavoro».

«Mi associo», disse Kay, incapace di nascondere il senso di meraviglia nella sua voce mentre scorreva velocemente il rapporto. «Grazie».

Attese che Amanda avesse ripreso posto, poi si spostò verso la lavagna, con la penna in mano.

«Ok, prossimi passi. Voglio che Barry Esher, noto anche come Adrian Sutton, e Gary Hudson vengano portati qui per un interrogatorio il prima possibile. Li stiamo trattando come sospettati, quindi comportatevi di conseguenza. Gavin, puoi coordinarti con la divisione in uniforme per organizzare questo?»

«Capo».

«Poi, Carys, puoi prendere Debbie e Hughes con te e interrogare i lavoratori dell'autolavaggio questa mattina? Mi rendo conto che potresti non ottenere molto da loro se sono effettivamente qui illegalmente, ma fai del tuo meglio.

«Infine, Ian e Amanda, voglio che oggi stesso vengano emesse ordinanze del tribunale per sequestrare immediatamente i registri e i computer della Sutton Site Security per un esame forense. In particolare, stiamo cercando prove documentali su come stessero rimuovendo l'attrezzatura rubata dal cantiere di John Brancourt e qualsiasi altro racket estorsivo che potrebbe aver portato alla morte di Damien».

Il sergente Hughes alzò la mano. «Vuole che organizzi una squadra per recarsi nella sede quando avrà le ordinanze, capo?»

«Per favore», disse Kay. Sollevò il rapporto. «Qualcuno nell'azienda di Mark Sutton sa cosa sta succedendo, e scommetto che se premiamo abbastanza forte, troveremo le risposte. Mettiamoci in moto».

CAPITOLO 33

Sei ore più tardi, Kay seguì Carys fino al tavolo dove Gary Hudson era seduto accanto al suo avvocato.

Aveva perso parte della spavalderia che aveva mostrato l'ultima volta che l'aveva visto, con una profonda ruga apparsa tra le sopracciglia quando vide il pesante fascicolo che Carys posò davanti a Kay prima di aprire il suo taccuino e allungare la mano verso l'apparecchiatura di registrazione.

Kay ascoltò mentre la sua collega leggeva l'avvertimento formale e poi assaporò il silenzio che seguì.

Hudson si agitò sulla sedia, poi prese fiato.

«Potrebbe spiegare al mio cliente perché si trova qui?» disse l'avvocato. «È un uomo impegnato, ispettrice Hunter, e il suo tempo è prezioso. Ha già parlato con lei per aiutare nelle indagini e non ha altre informazioni da offrire».

Kay aprì il fascicolo e poi fece scivolare una fotografia di Adrian Sutton. «Quando ha iniziato quest'uomo a lavorare per la Sutton Site Security?»

Hudson sbatté le palpebre. «Barry? Circa due anni fa».

«Qual è il suo cognome?»

«Esher».

«Da dove viene?»

«Non ne ho idea».

«Lo chiama con qualche altro nome?»

«No».

«Mark Sutton lo chiama con qualche altro nome?»

Hudson alzò le spalle. «Non credo».

«Davvero?» Kay sorrise a Hudson, poi estrasse un certificato fotocopiato dal fascicolo e lo posò sul tavolo accanto alla fotografia. «Vede, sappiamo che Barry Esher è nato come Adrian Sutton. È il cugino di Mark, non è vero?»

La mascella di Hudson lavorò, ma rimase in silenzio.

«Sapeva che Barry Esher era imparentato con Mark Sutton?» disse Carys.

«Potrebbe averlo menzionato».

«Ha una reputazione terribile, vero?»

«Cosa intende?»

Carys sfogliò il suo taccuino fino a una pagina diversa. «Lesioni personali, intimidazione, è davvero il tipo di persona che vorrebbe far lavorare per una società di sicurezza rispettabile?»

«Non sta a me dirlo».

«Di chi è stata l'idea di assumerlo?»

«Di Mark, suppongo. Non lo so. È semplicemente apparso un giorno e Mark ha detto che poteva aiutarci con un lavoro che avevamo in quel momento».

«Dove?»

«Cristo, non lo so, è stato due anni fa. Dovrebbe

chiedere a Mark. Probabilmente l'avrà scritto da qualche parte».

«Lo faremo», disse Kay. «Chi ha l'ultima parola sui nuovi dipendenti?»

«Mark, ovviamente. È lui il capo».

«Barry ha lavorato al progetto dell'edificio Petersham durante l'estate?»

«Non credo, no. Stava gestendo un lavoro da qualche parte a Thanet».

Kay spinse un documento diverso verso di lui. «Allora mi spieghi perché ha firmato all'edificio Petersham il ventisette giugno, il giorno in cui Damien Brancourt è scomparso».

Hudson si sporse in avanti per scorrere il documento con gli occhi, ma tenne le mani in tasca. Infine, alzò lo sguardo. «Non lo so».

«Ma non era lei a gestire quel cantiere?»

«Non significa che fossi lì tutto il tempo. È per questo che abbiamo il personale». Un sorriso compiaciuto gli increspò il viso.

«Quindi, mi sta dicendo che non ha mai visto Adrian Sutton, Barry Esher, all'edificio Petersham quel giorno?»

«Esatto».

Il cuore di Kay sussultò, ma mantenne un'espressione impassibile mentre estraeva una fotografia dalla cartella e gliela sbatteva davanti.

«Allora magari può spiegare perché abbiamo questa immagine della telecamera di sorveglianza di lei e Adrian accanto al monumento della Regina Vittoria su High Street alle tre-trenta di quel pomeriggio».

Il pomo d'Adamo di Hudson sobbalzò mentre un'espressione di panico attraversava il suo viso.

Il suo avvocato gli posò una mano sul braccio.

«Vorrei prendermi un momento con il mio cliente, per favore, detective Hunter».

«Lo immaginavo».

Kay raccolse i documenti e la fotografia nella cartella, terminò la registrazione dell'interrogatorio e seguì Carys fuori dalla stanza.

«Che ne pensi?» disse Carys dopo aver chiuso la porta ed essersi allontanata lungo il corridoio dalla sala interrogatori.

«Cercherà di prendere le distanze da qualsiasi cosa stessero combinando i Sutton», disse Kay. «Hudson ha già scontato una pena, e non vorrà tornare in prigione tanto presto».

«Forse sa che hanno ucciso Damien».

«Forse». Kay si voltò quando l'avvocato apparve nel corridoio e le fece cenno. «Ok, scopriamolo».

Attese finché Carys non riavviò la registrazione e pronunciò la data e l'ora, poi incrociò le mani sul tavolo. «Va bene, Gary. Cosa vuole dirci?»

«Mark Sutton mi ha detto di incontrare Barry, Adrian, a Maidstone quel pomeriggio. Tutto quello che ho fatto è stato consegnargli un telefono cellulare e dirgli che avrebbe ricevuto una chiamata da Mark più tardi quel giorno».

«Questo telefono cellulare era diverso dal solito telefono di Adrian?»

«Sì».

«Perché Mark avrebbe fatto questo?»

«Non lo so. Giuro, non lo so. Gli ho dato il telefono, poi sono tornato in ufficio in macchina. È tutto. È tutto quello che ho fatto».

«Hai visto Adrian entrare nell'edificio Petersham?»

«No».

«In quale direzione è andato quando vi siete separati?»

«Non lo so. Mi ha fatto andare via per primo. Ha detto che non aveva bisogno che restassi nei paraggi».

«Ti sei guardato indietro?»

«No. So quando seguire gli ordini». Si sedette più dritto. «Mark gestisce una struttura rigorosa, chiaro? Forse è stato un po' scapestrato in gioventù, ma sa quello che fa. Ha brave persone che lavorano per lui».

Kay tamburellò con le dita sulla scrivania e aggrottò la fronte. «Allora perché Mark avrebbe assunto Adrian sapendo che aveva precedenti per lesioni personali?»

Hudson allargò le mani. «Tutti meritano una seconda possibilità, detective Hunter».

CAPITOLO 34

Capitolo Trentaquattro

L'uomo seduto dall'altra parte del tavolo di fronte a Kay e Carys nella sala interrogatori quattro aveva l'aspetto e la presenza di qualcuno che aveva scontato la pena e si compiaceva della propria fama.

Adrian Sutton non possedeva nessuno degli aspetti o del fascino di suo cugino. Il suo naso era stato rotto in diversi punti nel corso degli anni, e confermò il suo nome con una voce intrisa di odio.

Kay sollevò la copertina del fascicolo davanti a lei. «Bene, bene, sei stato un uomo occupato, non è vero?»

La sua mascella si contrasse. «Non ho infranto la legge».

«Le immagini della telecamera di sorveglianza da High Street di Maidstone mostrano che hai incontrato Gary Hudson e hai preso un cellulare da lui», disse Kay e girò la fotografia per mostrargliela. «Perché?»

«Era rotto e doveva essere riparato».

«Stai dicendo che lui non poteva organizzare questo da solo?»

«Io sono responsabile di cose come queste».

«Allora, perché incontrarsi nel centro di Maidstone? Perché Mark gli avrebbe detto di fare questo?»

«Non lo so. Dovrai chiedere a Mark. Lui è il capo».

«Hai minacciato John Brancourt per ottenere il lavoro all'edificio Petersham?» disse Kay.

«Cosa?»

«Mi hai sentito».

«Non dire sciocchezze. Questo è illegale, e te l'ho detto, non ho infranto la legge».

«Ma l'hai fatto in passato, vero? Prima di lavorare per la Sutton Site Security. Che lavoro fai per tuo cugino?»

Adrian rispose con un ghigno, ma rimase in silenzio.

Carys sorrise e sollevò l'atto notarile. «Questi valgono davvero quanto la carta su cui sono scritti, Adrian. Il tuo nome originale appare ancora nei registri. Puoi dire alla gente di chiamarti Barry Esher, ma non ti porterà più lontano di così. Non puoi cambiare le tue impronte digitali con altrettanta facilità, no? Quindi, in cosa consiste il tuo ruolo presso la Sutton Site Security?»

«Nulla di che.»

«Davvero? Beh, per qualcuno che non fa molto sei ben pagato, non è vero?» Kay estrasse un fascio di estratti conto bancari dalla cartella e li mostrò. «Immagino che questi non mostrino tutto quello che Mark ti paga. Solo quanto basta per far sembrare tutto legittimo, giusto? Il resto in contanti?»

Spinse il registro di accesso per la sicurezza attraverso

il tavolo. «Perché sei andato all'edificio Petersham dopo aver incontrato Gary Hudson?»

«Non ricordo. È passato del tempo. Probabilmente stavo controllando i progressi.»

«Perché?»

«Mark voleva sapere come procedeva il programma. Aveva alcune offerte pronte per nuovi lavori.»

«Perché non poteva controllare lui stesso? Partecipava alle riunioni di progetto, no?»

«La maggior parte delle volte.»

«Allora, perché mandare te?»

Guardò Kay con malevolenza non mascherata. «È un uomo impegnato, detective. Qual è il senso di assumere qualcuno e poi fare il lavoro da soli?»

«Con chi ti sei incontrato?»

«Un gruppo di persone, diversi appaltatori.»

«E di cosa avete discusso?»

Sbatté le palpebre. «Non ricordo esattamente. Come stavano andando le cose, se il progetto si sarebbe concluso in tempo, cose del genere.»

«Hai incontrato John Brancourt mentre eri lì?»

«Non ho mai visto il tizio.»

«E suo figlio, Damien?»

«Eh?»

«Damien Brancourt. Ti sei incontrato con lui all'edificio Petersham quel giorno?»

«No.»

Kay sollevò una fotografia scattata sulla scena del crimine da uno dei membri della squadra di Harriet, e l'avvocato di Adrian si ritrasse, con gli occhi spalancati.

«Perché hai ucciso Damien Brancourt?»

L'avvocato si riprese dallo shock e batté la mano sul suo taccuino. «Detective, questo è...»

«Io non ho ucciso Damien Brancourt», disse Adrian. «Non l'ho mai visto all'edificio Petersham. L'unica volta che l'ho visto è stato mentre accompagnava suo padre per consegnare le chiavi del posto una volta che abbiamo vinto l'appalto.»

«Vinto l'appalto? Avete minacciato John Brancourt e rimosso attrezzature dai suoi locali per ricattarlo finché non ha assegnato il lavoro alla Sutton Site Security.»

«Non ne so nulla. Dovresti parlare con Mark.»

«Come hai rubato le attrezzature di John Brancourt dal suo cantiere?»

«Non l'ho fatto.»

Kay si rivolse a Carys. «Mostri al signor Sutton le fotografie che abbiamo ottenuto.»

La detective prese da una cartella un set di immagini della telecamera di sorveglianza che Gavin le aveva consegnato poco prima di entrare nella sala interrogatori. «La mattina precedente il furto di ogni macchina da cantiere, sono stati effettuati prelievi di contante presso diversi sportelli bancomat della città», disse. «E abbiamo attrezzature di carico riprese dalle telecamere qui alle due e quarantacinque del mattino sulla strada fuori dal cantiere di Brancourt.»

«John Brancourt potrebbe essere troppo spaventato per denunciare te e tuo cugino», disse Kay. «Ma questo non ci impedisce di indagare sul furto.»

«Non sono stato io.»

«Ma sai chi è il responsabile, vero?»

CAPITOLO 35

Kay osservò Mark Sutton mentre Barnes leggeva l'avvertimento formale per l'interrogatorio, notando che gli occhi incavati dell'uomo sembravano più annoiati che preoccupati per la piega che stavano prendendo gli eventi.

Accanto a lui, un avvocato snello e ben vestito premeva la penna sulla carta, con le labbra serrate mentre scriveva appunti.

Lo sguardo di Kay cadde sul biglietto da visita che l'uomo le aveva consegnato entrando nella sala interrogatori.

Andrew Faircroft.

Non era del posto, questo era certo. Il numero di telefono impresso sotto il suo nome mostrava un prefisso dell'area esterna di Londra.

Si chiese fugacemente cosa ci facesse un appaltatore di sicurezza del Kent con un rappresentante legale con sede a Londra, poi si riconcentrò sull'interrogatorio in corso e aprì la cartella davanti a sé mentre Barnes finiva di parlare.

«Quante persone lavorano per lei, signor Sutton?» disse.

«Non me lo ricordo così su due piedi» disse Sutton, con un sorrisetto malizioso all'angolo della bocca.

«Ci provi.»

Lui si gonfiò le guance. «Forse trenta, quaranta persone.»

«A tempo pieno? Parziale?»

«Una decina a tempo pieno. Agiscono come miei responsabili nei vari contratti sui nostri cantieri. Gli altri vanno e vengono secondo le nostre necessità.»

«E come paga questi dipendenti?»

Lui fece una smorfia. «La mia attività è completamente regolare. Pago le tasse.»

Ora fu il turno di Kay di sorridere. «Lei paga le tasse per il personale che effettivamente registra nei suoi libri contabili, signor Sutton. Tuttavia, abbiamo fatto esaminare le sue abitudini finanziarie e sembra che la sua attività stia andando meglio di quanto il suo reddito imponibile faccia supporre.» Prese due pagine dalla cartella e le posizionò davanti a Sutton e Faircroft. Batté l'unghia su quella di sinistra. «Questi sono rapporti di sorveglianza degli ultimi due giovedì mattina. È il giorno di paga per il suo personale occasionale, vero? In contanti, per giunta? Devo dire che ci sono molti uomini che si presentano nei suoi uffici tra le sette e le dieci del mattino e se ne vanno con buste gonfie in mano. Come lo spiega?»

Sutton appoggiò gli avambracci sul tavolo. «Ora, mi ascolti. Quelli sono pagamenti legittimi a lavoratori occasionali.»

«Potrebbero anche esserlo» disse Kay, indicando i

numeri mostrati sulle pagine davanti a lui. «Ma non compaiono nelle sue dichiarazioni fiscali, vero?»

Non aspettò che lui rispondesse. Invece, estrasse un altro documento dalla cartella e cominciò a sfogliarlo. «Il nostro investigatore forense mi ha fornito questo rapporto stamattina» disse. «È una lettura estremamente interessante. Anche Barnes qui ne è rimasto colpito, vero?»

«Sarà un bestseller, credo» disse il sergente detective. Prese il rapporto da Kay e mostrò l'ultima pagina a Sutton. «Riciclaggio di denaro, Mark. Non molto intelligente di questi tempi.»

Le sopracciglia dell'avvocato si sollevarono di colpo. «Il mio cliente…»

«Ha molte spiegazioni da dare» disse Kay. «Ora, perché non cominciamo con la morte di Damien Brancourt?»

«Non ho avuto niente a che fare con quello!» Sutton spinse indietro la sedia e puntò il dito verso Kay. «Non potete addossarmi la colpa.»

«Si sieda,» urlò Barnes.

La porta si spalancò e due agenti in uniforme irruppero, con i volti allarmati.

Sutton si lasciò cadere sulla sedia e incrociò le braccia sul petto. «Contenti ora?»

Kay fece un cenno ai due agenti. «Grazie. Va tutto bene.»

«Se per voi va bene, capo, resterò fuori dalla porta nel caso abbiate bisogno di me» disse l'agente più anziano.

Barnes attese che la porta si chiudesse, poi si rivolse nuovamente a Sutton. «Molti degli uomini assunti da lei hanno precedenti penali, compreso suo cugino Adrian. Come si sentirebbero i suoi clienti sapendo che lei ha falsificato i controlli di sicurezza e ha fatto passare questi uomini come personale di sicurezza legittimo?»

La mascella di Sutton si serrò.

«Ha usato quegli uomini per rubare le attrezzature edili di John Brancourt?» disse Kay. «Sappiamo che ha pagato in contanti il camion per portarle via. Ha deliberatamente preso di mira John Brancourt perché voleva avvicinarsi a Damien?»

«No. Non è andata così.»

«Allora forse potrebbe illuminarci?»

«Sentite» disse Sutton, e posò le braccia sul tavolo. «Io non mi occupo del reclutamento, va bene? Lascio fare ad Adrian. Lui conosce persone, il tipo di persone che possono fare il tipo di lavoro di cui abbiamo bisogno. Io non faccio domande.»

«Dovrebbe» disse Kay. «In qualità di datore di lavoro, la responsabilità è sua. E Adrian ci dice che lei ha l'ultima parola su tutto ciò che riguarda l'azienda. Lei è il proprietario, dopotutto. Quando ha dato istruzioni ai suoi uomini di rubare le attrezzature?»

«Non sono state rubate. Sono state prese in prestito.»

Barnes rise, e Kay fece uno sforzo per mantenere un'espressione seria.

«Prese in prestito?» disse. «Non mi prenda in giro. Lei le ha rubate per costringere John Brancourt ad affidarle il contratto. Ha continuato a rubare attrezzature finché lui non ha ceduto.»

«No, si sbaglia. Deve esserselo dimenticato. Mi ha

detto che potevamo prenderle in prestito per alcuni giorni, tutto qui.»

«Dov'è l'accordo per il prestito, allora?»

Il labbro superiore di Sutton si arricciò. «Non c'erano documenti. Era un accordo tra gentiluomini. Una stretta di mano. Probabilmente gli è sfuggito di mente con tutto quello che ha dovuto affrontare quest'anno.»

Kay alzò lo sguardo dai suoi appunti. «Cosa intende?»

«Gli chieda degli ufficiali giudiziari. E dei piccoli appaltatori che sono quasi falliti perché lui deve loro dei soldi. Penso che abbia gente che lo insegue per soldi ogni giorno. Non c'è da stupirsi che si dimentichi di avermi prestato dell'attrezzatura nove mesi fa. Credo che abbia problemi più grossi di cui preoccuparsi al momento.»

«Come ha fatto Damien ad entrare nell'edificio se i suoi uomini avrebbero dovuto sorvegliarlo?»

«Non lo so.»

«Stava facendo pagare a Brancourt servizi che non forniva? C'era davvero qualcuno a sorvegliare l'edificio di notte?»

Lui strinse le spalle.

«Quali sono stati i suoi spostamenti il ventisette giugno?»

«Ero bloccato in ufficio. Dovevo andare al cantiere per controllare i progressi, ma non sono riuscito a liberarmi quindi ho mandato Adrian. Gli ho detto di tenere le orecchie aperte. Se John Brancourt aveva difficoltà a pagare i piccoli appaltatori, non volevo che cercasse di evitare di pagare me.»

«Altrimenti ci sarebbero state conseguenze?» disse

Kay. «Il tipo di conseguenze che hanno portato alla morte di Damien Brancourt?»

«Non ho ucciso nessuno. Non lo farei mai,» disse Sutton. «Non è buono per gli affari, capisce?»

«A proposito,» disse Kay chiudendo il fascicolo, «indagheremo più a fondo sulla sua attività, signor Sutton, questo posso assicurarglielo. Lei ed io passeremo parecchio tempo insieme.»

CAPITOLO 36

Kay gettò il fascicolo sulla sua scrivania, non riuscì a reprimere uno sbadiglio e poi fece segno a Carys e Gavin di raggiungerla.

Spinse la porta dell'ex ufficio dell'ispettore capo investigativo Sharp e si passò una mano tra i capelli mentre il suo sguardo cadeva sul cielo scuro oltre la finestra. Si voltò quando Gavin chiuse la porta.

«Mark Sutton potrebbe essere colpevole di ricatto, furto e qualsiasi altra cosa Amanda Miller e il suo team possano imputargli dal punto di vista della regolamentazione finanziaria, ma credo che ci stia dicendo la verità su Damien Brancourt. Non penso sia responsabile della sua morte.»

«Ne sei sicura, capo?» disse Carys. «Voglio dire, ha delle persone piuttosto losche che lavorano per lui.»

«Nessuna delle quali ha fretta di tornare in prigione.»

«Ho esaminato le dichiarazioni che gli agenti in uniforme hanno raccolto da altre imprese edili che hanno utilizzato la Sutton Site Securities,» disse Gavin, «e sebbene nessuna di loro ammetta di essere stata ricattata, dicono che una volta che la sua gente era in cantiere, non ci sono stati problemi. In effetti, i casi di furto in cantiere sono diminuiti drasticamente.»

«Probabilmente a causa della reputazione di Sutton,» disse Kay. «Chiunque conoscesse lui e i suoi uomini probabilmente era troppo spaventato per rubare qualcosa.»

«Quindi lo lasciamo andare?» disse Carys.

«Per ora. Penso che ci sia qualcosa di più di quello che stiamo vedendo al momento,» disse Kay. «Voglio che tu dia un'occhiata più attenta agli altri appaltatori che lavoravano in cantiere e che erano stati ingaggiati direttamente da John Brancourt. Puoi ignorare chiunque sia stato assunto da Alexander Hill.»

Smise di parlare al suono di un grattare alla porta e la aprì.

Barnes si affrettò a entrare, con tre scatole di pizza in equilibrio in una mano mentre con l'altra si sbottonava il cappotto.

Kay prese le scatole, gli consegnò i contanti per il cibo e poi fece cenno ai suoi colleghi di servirsi mentre lei camminava avanti e indietro sul tappeto.

«Mangia questa prima che si raffreddi, capo,» disse Gavin.

Lei sospirò, poi si unì a loro e prese una grande fetta di pasta coperta di peperoni.

«Perché l'angolazione su John Brancourt, capo?» disse Carys. «Perché non Hill?»

«Sutton dice che Brancourt doveva, e forse deve ancora, molti soldi a parecchie persone. Piccoli appaltatori, artigiani, quel genere di cose. Se una di queste persone aveva problemi a farsi pagare da lui e aveva provato i soliti canali ufficiali, magari ha preso in mano la situazione e ha usato Damien come leva.»

«Vale la pena parlare di nuovo con John Brancourt?» disse Barnes.

«Ci arriveremo, ma non ancora. Sei riuscito a tracciare gli ultimi movimenti di Damien?»

«Nessuna traccia di lui in nessuna immagine delle telecamere di sorveglianza, le angolazioni delle telecamere sugli edifici vicini non ci offrono un campo visivo sufficiente», disse Gavin. «Abbiamo un'immagine dell'auto di John Brancourt che passa sotto una telecamera presso la concessionaria di veicoli sulla A20, ma questo è dopo che ha lasciato Damien, non c'è nessun passeggero in auto. Nessuno dei titolari o del personale dei pub nella zona di Sittingbourne Road con cui la pattuglia ha parlato ha riconosciuto la foto di Damien».

«Beh, lui e il suo amico devono essere andati da qualche parte dopo che John lo ha lasciato», disse Kay. «E i taxi?»

«Abbiamo contattato tutte le compagnie di taxi locali, capo», disse Carys. «Due autisti sembravano promettere bene, ma entrambi sono risultati estranei, un passeggero era un uomo d'affari a Loose, e l'altro era un tizio arrivato dagli Stati Uniti che stava visitando dei parenti ad Allington. Nessuna traccia di Damien».

«Dannazione,» disse Kay. «È ridicolo. Qualcuno di queste persone sa qualcosa».

«Vale la pena interrogare suo fratello e sua sorella?» disse Barnes. «Magari ha detto qualcosa a loro su dove stava realmente andando?»

«Possiamo provare, ma voglio che si faccia a casa loro. Non voglio portare due ragazzi in centrale, sarebbe troppo traumatico per loro, considerato quello che è successo al fratello».

«Prenderò nota di parlare con loro durante il fine settimana. Porterò Debbie con me, è brava con gli adolescenti».

«Va bene, grazie». Si fermò, poi si avvicinò a una lavagna libera contro il muro e prese una penna. «Penso sia il momento di organizzare un'altra conferenza stampa e usarla per chiedere l'aiuto del pubblico nel tracciare i movimenti di Damien».

«Intendi fare una ricostruzione?» disse Carys.

«Esattamente. Puoi contattare la squadra dei media domattina? Non ci sarà tempo per organizzare nulla stasera. Voglio che tutto ciò che sappiamo sull'ultimo giorno di Damien venga presentato al pubblico, inclusa la cena a casa dei suoi genitori. Abbiamo bisogno che il pubblico si interessi a Damien. Era amato dalla sua famiglia, ha avuto qualche problema con noi ma l'ha superato e aveva una carriera promettente davanti a sé dopo aver ottenuto la laurea». Kay scrisse la parte delle riprese sulla lavagna mentre parlava. «Voglio mostrare John che accompagna Damien a Maidstone e lo lascia a quella fermata dell'autobus».

Gavin alzò lo sguardo dal suo taccuino. «Come presentiamo le circostanze della sua morte?»

Kay richiuse il cappuccio della penna. «Con cautela. Non spettacolizzarlo, Gav. Potrebbe semplicemente essere un intervento del presentatore che parla direttamente alla telecamera, o posso farlo io. Fare appello al pubblico perché si faccia avanti se sa qualcosa che potrebbe aiutare. Parlerò con il quartier generale domattina per ottenere del personale che risponda ai telefoni una volta che il comunicato stampa sarà diramato e la ricostruzione sarà trasmessa in televisione».

Alzò lo sguardo a un colpo alla porta, e poi sorrise al volto familiare che fece capolino.

«Ce l'hai fatta».

«Non mi perderei una pizza per nulla al mondo», disse Sharp.

Salutò gli altri detective, si servì una fetta di pizza e poi alzò il bicchiere di bibita analcolica per brindare con loro. «Bene, che succede, allora?»

Kay lo aggiornò tra un boccone di pizza e l'altro. «E oggi abbiamo perso il nostro principale sospettato», concluse.

«Non pensi che Mark Sutton sia coinvolto?»

«Non nel modo in cui pensavamo, no. Non credo che sia stato responsabile della morte di Damien. Potrebbe avere un'idea di ciò che sta succedendo, ma mantiene il silenzio».

«Protegge il suo sedere», ringhiò Barnes.

«Purtroppo, persone come Mark Sutton penseranno sempre a sé stesse prima che a chiunque altro». La bocca di Sharp si contrasse. «È per questo che lui e quelli come lui hanno tanto successo».

«Ha mai avuto problemi con lui prima, capo?» disse Gavin.

«No, il che dimostra quanto sia stato abile a rimanere fuori dal nostro radar. Qualunque cosa accada con questa indagine, voglio che perseguiamo un'inchiesta separata sulla sua attività. È ovvio che stia conducendo un'attività di sicurezza corrotta, ma abbiamo bisogno di qualcosa per incriminarlo».

«Beh, Amanda Miller ha molte prove documentali che porterà al quartier generale lunedì», disse Kay. «Questo dovrebbe rendergli scomoda la vita per un po', specialmente quando le passerà all'Agenzia delle Entrate e Dogane».

«È un inizio», disse Sharp.

«Però non risolve chi sia stato responsabile di spingere Damien in quella cavità», disse Barnes.

«Due passi avanti, uno indietro», disse Carys.

«È come la versione investigativa di un maledetto tango», disse Barnes. Afferrò un tovagliolo e si tamponò il mento. «Quindi, cosa facciamo ora?»

«Spero che qualcuno si faccia avanti per raccontare gli spostamenti di Damien Brancourt e soprattutto cosa diavolo stesse facendo tornando a Maidstone, quando tutti quelli con cui abbiamo parlato ci hanno assicurato che era diretto a Heathrow per prendere quel volo per il Nepal», disse Kay. «E speriamo che la ricostruzione televisiva aiuti a risvegliare la memoria delle persone. Qualcuno là fuori deve sapere qualcosa».

«E se nessuno si facesse avanti, capo?» disse Carys, con una voce appena più alta di un sussurro.

«Non lo so», disse Kay. «Davvero non lo so».

CAPITOLO 37

Kay alzò lo sguardo dal suo schermo del computer mentre Barnes lasciava cadere il suo zaino sulla sedia la mattina seguente e si passava una mano tra i capelli fradici.

«Maledetta pioggia. Ecco cosa succede se esco tardi da casa: poi tocca parcheggiare al supermercato».

Lei sorrise e aprì il cassetto inferiore della sua scrivania prima di lanciargli un asciugamano pulito. «Usa questo. Mi sono trovata in situazioni simili in passato».

«Grazie».

Si tolse la giacca, poi si asciugò i capelli mentre camminava verso il punto in cui era seduta lei. «È arrivato qualcosa?»

«Niente di nuovo che ci possa aiutare. Debbie sta lavorando con Hughes e Parker per raccogliere tutto ciò che sappiamo finora su questo caso, così possiamo fare un bilancio durante il weekend. E lunedì perderemo quattro agenti in uniforme, Sharp ha cercato di discutere la questione con la direzione, ma non ci sono abbastanza persone a disposizione a causa dei tagli al budget».

«Dannazione. È l'ultima cosa di cui abbiamo bisogno in questo momento».

«Lo so». Sospirò. «Non c'è molto che possiamo fare al riguardo, però».

La porta si aprì e Carys entrò di corsa, infilando un ombrello fradicio in un sacchetto di plastica.

«Spero che Damien Brancourt apprezzi tutto questo», brontolò. «Se mai ci fosse stata una giornata per restare sotto le coperte...»

Kay rise. «Non raccontarmela. Non te lo perderesti per niente al mondo».

Un sorrisetto iniziò a formarsi all'angolo della bocca di Carys. «È vero. Dov'è Gavin?»

«Sta comprando la colazione. Ho pensato che nessuno avrebbe notato la differenza nei suoi capelli se fosse stato sorpreso dalla pioggia. Dovrebbe tornare presto. Ho immaginato che entrambi volevate dei panini con la pancetta».

Lo stomaco di Barnes brontolò rumorosamente in risposta. «Sei una leggenda, capo».

«Non riesco a concentrarmi se ho fame, quindi credimi, non è stata una decisione caritatevole».

Come se fosse un segnale, apparve Gavin, con le braccia cariche di sacchetti di carta che procedette a distribuire tra i colleghi prima di sedersi e affondare i denti in uno dei panini.

Masticarono in silenzio per un momento, e la mente di Kay vagò verso i prossimi passi dell'indagine.

Se Damien avesse incontrato qualcuno prima del suo volo per il Nepal e si fosse trovato in pericolo, perché non aveva tentato di chiamare i suoi genitori per far sapere loro che qualcosa non andava? Nessuno dei suoi amici o conoscenti che erano stati formalmente interrogati aveva dato alcuna indicazione che Damien avesse cercato di contattarli, quindi chi aveva incontrato?

«Carys, tu e Gavin potete passare questa mattina a rivedere le dichiarazioni dei testimoni che abbiamo raccolto all'inizio della settimana e contattare tutti quelli con cui abbiamo parlato? Chiedete loro specificamente se Damien ha menzionato a qualcuno che stava pianificando di viaggiare in Nepal, vi va?»

«Perché non avrebbe detto ai suoi genitori con chi stava andando?»

«Magari si trattava di una nuova fidanzata, o qualcuno che loro non avrebbero approvato, qualcosa del genere. Vedete cosa riuscite a scoprire. John Brancourt dice che non c'era nessun altro alla fermata dell'autobus quando ha lasciato suo figlio; quindi, forse Damien ha incontrato il suo amico da qualche altra parte e poi sono andati a piedi in un pub».

«Lo farò».

«Pensi che troveremo un altro corpo?» disse Barnes, con gli occhi preoccupati. «Pensi che chiunque abbia ucciso Damien abbia ucciso anche il suo amico?»

«Spero di no», disse Kay. «Sto lavorando sulla base del fatto che lui o lei potrebbe sapere come Damien sia finito in quella cavità del soffitto. Dobbiamo considerare il fatto che chiunque abbia incontrato è anche responsabile di aver taciuto sulla sua morte. Inoltre, la squadra di Harriet non ha trovato prove che suggeriscano che qualcun altro fosse stato messo nella cavità».

«Capo!»

Lei allungò il collo per guardare oltre il suo monitor del computer in tempo per vedere Debbie che si precipitava verso di lei. «Che succede?»

L'agente di polizia le porse alcune pagine che aveva raccolto dalla stampante. «Un'occhiata a questo, capo. Mi sono imbattuta in questo mentre stavo esaminando alcuni vecchi articoli di giornale su Hillavon Developments».

Kay aggrottò la fronte e scorse il rapporto con gli occhi. «Maledizione».

«Che cosa c'è?» disse Gavin, appoggiandosi all'estremità della scrivania di Barnes.

«Alexander Hill, Hillavon Developments, aveva una partecipazione minoritaria in un'altra società di sviluppo con interessi a Bromley,» disse Debbie. «Tre anni fa, un operaio è morto in cantiere a seguito della caduta di una muratura, e l'azienda è stata multata per una somma considerevole per pratiche di salute e sicurezza sospette. E se la morte di Damien Brancourt fosse stata un incidente, e Alexander Hill l'avesse insabbiata piuttosto che rischiare di essere denunciato di nuovo? Voglio dire, Lucas ha detto che è stato folgorato, giusto?»

Kay strinse le labbra mentre finiva di leggere l'articolo di giornale e lo passò a Barnes. «Sono d'accordo, vale la pena indagare. Soprattutto considerando che Hill non ha risposto alle chiamate di Gavin per diversi giorni all'inizio delle nostre indagini. Forse è Hill la persona che ha incontrato Damien.»

«Pensi che ci abbia evitato di proposito, allora?» disse Carys. «Per mettersi d'accordo sulla versione da raccontare, per così dire?»

«Potrebbe essere, e potrebbe essere stato un errore

distogliere la nostra attenzione da lui in questi ultimi giorni. Barnes, puoi trovare la lista del personale presente che Hughes ha raccolto dai registri della Sutton Site Security? Dobbiamo scoprire quante volte Hill è andato al cantiere per controllare i progressi.»

«Hill avrebbe avuto anche una chiave, dato che è il proprietario del posto,» disse Barnes, scrivendo sul suo taccuino. «Debbie, puoi contattare John Brancourt e chiedergli una copia di tutti i verbali delle riunioni se non li abbiamo già? Potrebbe esserci un indizio tra quelli se ci fossero state preoccupazioni per la sicurezza in cantiere.»

Debbie tornò alla sua scrivania, e Kay si girò quando squillò il telefono della sua scrivania.

«È Andy Grey della sede centrale,» disse una voce. «Pensavo che saresti arrivata presto.»

«Non sono sola,» disse lei. «C'è tutta la squadra. Che cosa stai facendo?»

«Abbiamo lavorato sul telefono cellulare di Damien Brancourt con uno dei vostri colleghi in uniforme qui,» disse l'esperto di informatica forense. «I registri delle chiamate sono finalmente arrivati dal suo provider, e c'è un vecchio messaggio di testo che abbiamo recuperato che potrebbe interessarti. Risulta che Damien aveva un incontro programmato con Alexander Hill una settimana prima del suo presunto volo per il Nepal.»

Kay spinse indietro la sedia. «Come avete trovato il messaggio se Damien l'aveva cancellato?»

Grey ridacchiò. «Abbiamo i nostri metodi. Ti invierò via email quello che abbiamo e metterò in copia Debbie così potrà aggiornare HOLMES.»

«È l'unico messaggio che menziona Hill?»

«Sì. Ho ricontrollato tutto, e questo è tutto quello che ho trovato.»

«È ottimo, grazie.»

Kay terminò la chiamata e aggiornò la sua squadra. «Alexander Hill è ora una persona di notevole interesse. Voglio tutte le informazioni che potete trovare su di lui entro la fine della giornata. Barnes, vieni con me. Scoprirò cosa sa John Brancourt dell'incontro di suo figlio con Hill.»

CAPITOLO 38

John Brancourt aprì la porta a Kay e Barnes, con un'espressione guardinga.

«Cosa volete?»

«Una parola, per favore, signor Brancourt.»

Fece un passo di lato e indicò la cucina. «Passate. Annabelle si sta riposando. È ancora sotto shock.»

Kay lasciò che Barnes andasse avanti e poi mise la mano sul braccio di Brancourt. «Abbiamo un agente di coordinamento con la famiglia che può venire da voi questo pomeriggio se avete bisogno di supporto.»

Lui scosse la testa. «Preferiamo tenere il nostro dolore per noi, detective. Grazie comunque.»

Le passò accanto e seguì Barnes, indicando loro di accomodarsi al tavolo della cucina mentre lui si appoggiava al lavello.

Kay attese che Barnes avesse recuperato il suo taccuino dalla tasca della giacca e poi rivolse nuovamente l'attenzione a Brancourt.

«Come hanno reagito i gemelli?»

«Abbastanza bene, suppongo.» Scrollò le spalle. «Sono adolescenti, non parlano molto nemmeno nei momenti migliori, quindi è difficile dirlo.»

«Com'è il suo rapporto con Alexander Hill?»

«Rapporto? Io presento offerte per lavorare su alcuni dei suoi progetti, e questo è tutto. Perché?»

«Per quanti dei suoi progetti ha presentato offerte?»

«Probabilmente una decina nel corso degli anni.»

«E quanti ne ha vinti? Su quanti ha lavorato?»

«Tre. Quello all'edificio Petersham, un progetto abitativo vicino ad Aylesford e un altro complesso di uffici a West Malling.»

«Ha mai socializzato con lui al di fuori del lavoro?»

«No. Non è il tipo di persona con cui vado d'accordo, se devo essere sincero.»

«Ah sì? In che senso?»

«Un po' troppo spietato per i miei gusti.» Brancourt si staccò dal lavello. «Gestisco un'azienda che è stata nella mia famiglia per tre generazioni. Ci prendiamo cura dei nostri lavoratori, paghiamo le tasse e sosteniamo associazioni benefiche e imprese locali. Alex è, come posso dirlo, senza scrupoli. Per lui conta solo il denaro.»

Kay lasciò vagare lo sguardo sugli elettrodomestici all'avanguardia e le superfici lucide della cucina, poi si voltò verso Brancourt. «Sembra che ve la stiate cavando piuttosto bene, a giudicare dall'apparenza.»

«Sì, è così.»

«Com'è la liquidità dell'azienda di questi tempi?»

«Prego?»

«Abbiamo parlato con dei testimoni che ci hanno

riferito che alcuni dei suoi appaltatori potrebbero non essere pagati puntualmente.»

John sbuffò. «Sono solo voci. Mi creda, detective. Mi prendo cura dei miei fornitori. Non avrei un'attività senza di loro.»

«Ma ha avuto difficoltà in passato?»

«Come tutti gli altri durante la recessione, sì. Ma ho ridotto le spese generali, risparmiato dove potevo e mi sono assicurato che tutti venissero pagati.»

«Perché suo figlio avrebbe dovuto programmare un incontro con Alexander Hill una settimana prima di scomparire?»

«Cosa?»

«La nostra squadra di informatica forense è riuscita a recuperare un messaggio cancellato dal cellulare di Damien. Una settimana prima di morire, aveva organizzato un incontro con Hill. Sa di cosa hanno discusso?»

«N-non ne ho idea.» John si spostò verso il tavolo e si lasciò cadere sulla sedia accanto a Barnes. «Perché l'avrebbe fatto senza dirmelo?»

«È proprio quello che stiamo cercando di capire prima di parlare con il signor Hill», disse Kay. «Ha qualche idea del perché suo figlio dovesse incontrarlo?»

«No. Non l'ha mai menzionato.»

«Ne avrebbe parlato con sua moglie?»

«Se l'avesse fatto, me l'avrebbe detto.» Brancourt girò la fede nuziale che aveva al dito. «Non abbiamo segreti in questa casa, detective.»

«Eppure non sapeva di questo incontro tra suo figlio e Alexander Hill.»

Brancourt sospirò. «Damien a volte era un po' troppo

riservato. Avete trovato l'amico che diceva di dover incontrare?»

«Ci stiamo lavorando», disse Kay. «I nostri colleghi hanno interrogato i gestori dei pub della zona e stanno controllando ulteriori filmati delle telecamere di sorveglianza...»

Si interruppe quando Annabelle Brancourt entrò in cucina, con un cardigan di lana spesso sulle spalle e i capelli raccolti.

Il volto della donna mostrava i segni del dolore; i suoi occhi spenti. «Cosa ci fate qui? Avete trovato chi ha ucciso mio figlio?»

Kay provò compassione per la donna, ma mantenne un'espressione impassibile. «Non ancora, signora Brancourt. Io e la mia squadra stiamo lavorando giorno e notte per trovare le risposte di cui avete bisogno.»

Annabelle tirò su col naso, poi si trascinò fino al piano di lavoro e accese il bollitore. «Ho deciso di evitare che Bethany e Christopher tornassero a scuola alla fine della scorsa settimana. È quasi la fine del trimestre, comunque, e non sopportavo l'idea che dovessero ascoltare tutti i pettegolezzi che sicuramente circoleranno mentre cercano di studiare per le simulazioni d'esame. I ragazzi a volte sono davvero crudeli tra di loro.»

«È vero», disse Barnes, spingendo indietro la sedia e avvicinandosi al bollitore che ora borbottava sul supporto, con una nuvola di vapore che saliva dal beccuccio. Spense l'interruttore, poi si voltò verso Annabelle. «Ho una figlia, ormai fuori dall'adolescenza, ma era terribile a scuola. Dove tiene le tazze?»

«Sul lato sinistro di quella credenza.»

«Si sieda. Lo preparo io.»

Kay incrociò lo sguardo del collega mentre raggiungeva i Brancourt, e annuì in segno di tacito ringraziamento prima di frugare nella sua borsa alla ricerca del taccuino.

«Dove sono adesso?» disse.

«Di sopra, nelle loro camere. Probabilmente stanno giocando ai videogiochi,» disse Annabelle. Si scostò un ciuffo ribelle dalla fronte. «Perché?»

«Vorrei parlare con loro, se non le dispiace, per vedere se Damien ha menzionato qualcosa riguardo a questo suo amico, o quali fossero i suoi piani per il viaggio in Nepal».

«Non erano molto vicini a lui. C'è una differenza di otto anni tra loro e Damien».

«Comunque...»

«Preferirei di no. Non ancora. Date loro qualche altro giorno per elaborare il lutto in pace, per favore.» Annabelle alzò lo sguardo quando Barnes posò una tazza di tè davanti a lei, e mormorò un ringraziamento. Si asciugò gli occhi, poi sollevò la tazza e soffiò sulla superficie calda prima di fissare il liquido come se si stesse chiedendo cosa farne.

Kay frugò nella borsa ed estrasse un fascicolo, prese un foglio e lo fece scivolare sul tavolo verso John. «Abbiamo trovato prove a sostegno della sua affermazione secondo cui Mark Sutton ha noleggiato veicoli per portare via i due generatori dal suo cantiere l'anno scorso», disse.

Brancourt si sporse in avanti e allungò una mano tremante per avvicinare il documento. «Che cos'è questo?»

«Tutto ciò di cui abbiamo bisogno è una tua dichiarazione che confermi che Sutton la stava ricattando, e possiamo avviare un'indagine separata sul furto».

Lui sbatté le palpebre, poi spinse il foglio verso di lei. «Non credo sia il caso, detective Hunter. Dopotutto, non è successo nulla di grave. L'attrezzatura è stata restituita in buone condizioni».

«Mark Sutton l'ha minacciata in passato?»

«Cosa glielo fa pensare?»

«Quando Damien è stato arrestato durante la protesta, un testimone ha dichiarato che lui ha detto all'uomo che ha aggredito di lasciare lei in pace. Di cosa si trattava?»

«Non riesco a ricordare».

«John, Mark Sutton ti ha ricattato perché gli assegnassi il lavoro. Non puoi permettergli di farla franca».

Le spalle dell'uomo si sollevarono, per poi ricadere nuovamente. «Probabilmente è meglio se non lo faccio. Potete andare verso l'uscita da soli? Dovrei davvero andare avanti. Ho molte pratiche da sbrigare e telefonate da fare».

Kay represse la frustrazione che ribolliva dentro di lei, ma raccolse le sue cose prima di fare un cenno a Barnes. «Se Christopher o Bethany accennano a qualcosa sul viaggio di Damien o su qualsiasi piano di incontrarsi con qualcuno a Maidstone prima di partire per andare a prendere il volo, per favore, mi contatti immediatamente. Il mio numero di cellulare personale è sul biglietto che le ho lasciato. Non importa a che ora del giorno o della notte sia. Potrebbero ricordare qualcosa di importante che ci aiuterebbe».

Annabelle si alzò dalla sedia e indicò la porta. «Vi accompagno all'uscita».

Kay notò che John non si mosse mentre la seguivano, e quando si voltò a guardare alle sue spalle, vide che l'uomo era ora rivolto verso la finestra accanto al tavolo della cucina, con lo sguardo perso nel vuoto mentre fissava attraverso il vetro.

Barnes si fermò alla porta d'ingresso, con la mano sulla maniglia. «Signora Brancourt, ricorda se Damien stava facendo domande di lavoro al momento della sua scomparsa, o quali fossero i suoi progetti futuri una volta tornato dal Nepal?»

La donna aggrottò le sopracciglia. «Perché avrebbe dovuto cercare lavoro? Lui doveva prendere in mano l'azienda di famiglia dopo John tra un paio d'anni. Ne abbiamo parlato prima che partisse, l'anno prossimo avrebbe iniziato un master in amministrazione aziendale part-time e sarebbe andato a lavorare per John per conoscere meglio le dinamiche. Sa, per introdurlo gradualmente alla gestione del personale in modo che non fosse uno shock per loro quando alla fine avrebbe preso il comando». Un sorriso triste le attraversò il volto. «John non vedeva l'ora di andare in pensione sapendo che lui avrebbe fatto crescere l'azienda, partendo da quanto aveva già costruito. Ne aveva tutte le capacità».

«Va bene, signora Brancourt, ce ne andremo. Come ho detto, se dicono qualcosa, qualsiasi cosa che possa aiutare la nostra indagine, mi chiami», disse Kay.

Mentre la porta d'ingresso si chiudeva dietro di lei e tornava alla macchina con Barnes, un peso gravoso le si posò sul petto.

«Il dolore è una brutta bestia», disse Barnes.

Si allacciò la cintura di sicurezza e alzò gli occhi per

vedere due volti a una finestra del piano superiore, con espressioni emaciate.

«Lo è, Ian. Lo è davvero».

CAPITOLO 39

Alexander Hill lanciò un'occhiataccia a Kay da sopra i suoi occhiali con montatura metallica.

«Non apprezzo essere interrotto durante un incontro sociale la domenica a pranzo da due dei vostri agenti in uniforme e portato di forza alla loro auto, detective».

«Pazienza», disse lei, e aprì la cartella davanti a sé. Si prese un momento per raccogliere i pensieri, ignorando lo sguardo penetrante dell'avvocato di Hill.

Aveva già incontrato l'uomo prima, un pilastro degli istituti legali del Kent, che aveva la poco invidiabile reputazione di essere sia il più costoso, che il più ripugnante.

Infine, Kay strappò una pagina dalla cartella e la spinse verso Hill.

«Questo è il registro delle chiamate del telefono cellulare di Damien Brancourt. In particolare, un messaggio di testo che gli ha inviato una settimana prima della sua morte.»

Le sopracciglia di Hill schizzarono verso l'alto prima

che potesse riprendersi. «Mi aveva detto che l'aveva cancellato.»

«L'aveva fatto. La nostra squadra di informatica forense è però molto competente in quello che fa. Perché aveva organizzato un incontro con lui?»

Hill lanciò un'occhiata di sbieco al suo avvocato, poi si agitò sulla sedia.

«Va bene,» disse. «Guardi, volevo solo parlargli di un'opportunità che avevo per lui. Non volevo che John lo scoprisse.»

«Che tipo di opportunità?»

«Una di quelle che non poteva essere discussa al telefono.»

Kay lo fulminò con lo sguardo. «Non ho né il tempo né la voglia di giocare, signor Hill. Sputi il rospo. Di cosa ha discusso con Damien Brancourt la settimana prima della sua morte?»

Lui scrollò le spalle. «È una persona intelligente. Mi era capitato un ruolo che pensavo fosse adatto a lui.»

«Che tipo di ruolo?»

«Sviluppo commerciale. Damien era una persona molto dotata, detective Hunter. Avrebbe potuto fare strada in qualsiasi carriera avesse scelto.»

«Avevamo capito che avrebbe preso in mano l'azienda di famiglia dei Brancourt entro pochi anni.»

Hill sbuffò. «Sarebbe stato sprecato lì. È per questo che non abbiamo detto a John del nostro incontro. Avrebbe iniziato a mettersi sulla difensiva, sostenendo che l'azienda doveva rimanere in famiglia. Damien aveva capito che non c'è spazio per i sentimentalismi al giorno d'oggi. Vedeva il futuro, e lo vedeva con la Hillavon Developments.»

«Perché ha evitato le chiamate della mia squadra dopo il ritrovamento del corpo di Damien?»

«Non potevo farci niente, ero occupato.»

«Stava giocando a golf.»

Un leggero rossore apparve sulle guance di Hill e abbassò lo sguardo sulle sue mani. «Si trattava di una riunione d'affari.»

«Le ha anche dato il tempo di creare un alibi per i suoi spostamenti intorno al momento della scomparsa di Damien.»

«Non ho avuto niente a che fare con quella storia!»

Kay sfilò dalla cartella un fascio di fogli spillati, girò alla quarta pagina e poi la voltò verso Hill, prima di puntare l'indice a metà pagina.

«Questi sono i registri di sicurezza del cantiere tenuti dalla Sutton Site Security. Lei è andato all'edificio Petersham due giorni prima della scomparsa di Damien Brancourt. Perché ci è andato?»

«Dovevo andarci, avevamo una riunione in cantiere.»

«Non ci sono altri documenti a supporto di questa dichiarazione, signor Hill. Ogni riunione in cantiere è stata verbalizzata, non è vero?»

La sua faccia si rabbuiò. «Sì.»

«Quindi, è stata una visita non programmata?»

«Sì.»

«Perché?»

«Guardi, avevo alcune preoccupazioni riguardo ai lavori, tutto qui. Volevo vedere di persona. Va benissimo avere riunioni programmate in cantiere per discutere l'avanzamento di un progetto, ma a volte gli appaltatori discutono i problemi quando non sono presente e trovano un modo per mascherare quello che sta realmente accadendo, non volevo scoprire qualcosa per caso. Stavamo lavorando con un programma molto serrato.»

«Ha incoraggiato i suoi appaltatori ad affrettare il lavoro per rispettare quella scadenza?»

«Se sta insinuando che il mio cliente ha tagliato i costi dal punto di vista della salute e sicurezza, detective...»

Kay fulminò l'avvocato con lo sguardo. «Strano che lei menzioni proprio questo, visto il precedente curriculum del suo cliente in quell'ambito.»

Hill alzò la mano prima che l'avvocato potesse ribattere. «Un momento. Non c'erano problemi di salute e sicurezza riguardo all'edificio Petersham per quanto ne sapevo. Avete ovviamente sentito parlare del progetto in cui ero coinvolto tre anni fa, quello fu causato da un'inefficace formazione di un apprendista da parte di un mio appaltatore, e ho pagato una pesante multa per questo. È stato tragico.»

«Per l'apprendista o per il suo portafoglio?» disse Barnes.

«Quali erano le sue preoccupazioni sul cantiere dell'edificio Petersham?» disse Kay. «Perché ci è andato senza preavviso?»

«Avevo sentito una voce secondo cui alcune attrezzature stavano scomparendo,» disse Hill. «E poi circa un mese dopo, è scomparso un carico di cavi in fibra ottica per il cablaggio delle comunicazioni che stavano installando.»

«Qual era il valore di quel materiale?»

«Migliaia di sterline,» disse Hill. «E nessuno sapeva dirmi dove fossero finiti o cosa fosse successo.»

«Cosa aveva da dire Mark Sutton al riguardo? Non erano i suoi uomini a occuparsi della sicurezza dell'edificio?»

«Chiunque abbia preso i cavi l'ha fatto tra un venerdì e un sabato notte, Sutton mi ha già detto che aveva solo un uomo di servizio quel fine settimana a causa di un evento musicale rock per cui aveva un contratto. A quanto pare, l'hanno pagato più di quanto facessi io; quindi, il mio progetto non meritava la protezione che gli spettava.»

«Quando ha scoperto del furto?»

Hill indicò con il dito il registro delle presenze della sicurezza del cantiere. «Quella mattina quando sono arrivato. Mi chiedevo perché tutti mi evitassero. È stato solo quando ho preteso di sapere cosa stesse succedendo che l'ho scoperto. Dopo di che, è scoppiato il finimondo, mi sono ritrovato nel bel mezzo di una lite furiosa tra John Brancourt e Mark Sutton due giorni dopo, quando li ho fatti venire nel mio ufficio quel pomeriggio per spiegarsi.»

«Ha scoperto chi l'ha preso?» disse Barnes.

«No.»

«Perché il furto non è stato denunciato alla polizia?» disse Kay. «Non abbiamo registrazioni di furti da parte di quel cantiere.»

«John ha detto che se ne sarebbe occupato lui. Un giorno dopo, è riuscito a trovare dei cavi sostitutivi con breve preavviso. Ha spronato tutti in cantiere e è riuscito a far tornare in carreggiata la tabella di marcia.»

«Damien ha accettato il lavoro che gli ha offerto?»

«Cosa?»

«Il ruolo di sviluppo commerciale che ha detto di aver discusso con Damien. L'ha accettato?»

«Mi ha detto che sarebbe tornato da me per farmelo sapere. Non l'ho più sentito.» Hill girò uno dei suoi gemelli, e sbatté le palpebre. «E questo è qualcosa di cui mi pentirò sempre.»

«La partita di golf che ha detto di aver giocato, scusi, l'incontro d'affari, è andato via prima. Perché?»

«Io non...»

«Faccia attenzione a quello che dice, signor Hill. Abbiamo dichiarazioni di due dei suoi soci che affermano che ha giocato solo nove buche, non diciotto. Perché è andato via prima?»

Hill guardò rapidamente il suo avvocato, poi tornò a lei. «Ho incontrato il signor Caplan qui, nel suo ufficio. Q- quando ho sentito della morte di Damien, sono andato nel panico, tutto qui.»

«Interessante.» Kay tirò la documentazione attraverso il tavolo e chiuse la cartella prima di spingere indietro la sedia. «Con me, Barnes.»

Si mosse verso la porta, poi si fermò quando Hill la chiamò.

«Detective Hunter?»

Kay guardò oltre la sua spalla e vide Hill in piedi, con il volto straziato. «Cosa?»

«Non ho ucciso Damien Brancourt. Deve credermi. Era come un figlio per me.»

CAPITOLO 40

Kay si accasciò sulla sedia e fissò le email evidenziate sullo schermo del computer, contando il numero di messaggi che erano apparsi da quando aveva iniziato a parlare con Alexander Hill e chiedendosi quanti ne avrebbe potuti delegare ai suoi colleghi.

«Com'è andata, capo?» disse Carys. Tirò una sedia e incrociò le gambe, con la penna pronta sul suo taccuino.

«Non ne sono sicura.» Kay tenne premuti tre tasti per bloccare lo schermo del computer, poi si girò verso di lei. «Penso che sia rimasto scioccato per il fatto che abbiamo trovato il messaggio, lui e Damien stavano decisamente nascondendo il fatto che si fossero incontrati, e non volevano che John Brancourt lo scoprisse.»

«Perché John voleva che Damien prendesse in mano la sua attività.»

«Esattamente, e sembra che Hill fosse più vicino a Damien di quanto potesse essere stato John, specialmente...»

237

Si interruppe quando l'ispettore capo investigativo Sharp entrò nella stanza e si affrettò verso di lei.

«Capo?»

«Mi dispiace, Kay, ho appena sentito il Commissario. Non abbiamo prove sufficienti contro Alexander Hill per trattenerlo più a lungo. Dobbiamo lasciarlo andare se non intendiamo incriminarlo.»

«Ma è qui solo da sei ore,» disse Barnes. «Non abbiamo ancora bisogno dell'approvazione di un magistrato.»

«È una questione politica,» disse Sharp. «Hill ha delle conoscenze, e ne sta approfittando.»

«Maledizione.» Kay si girò e colpì con la mano il fianco dell'archivio.

«Hai qualcosa che suggerisca che fosse direttamente coinvolto nella morte di Damien?»

«No, capo.»

«Allora mi dispiace, Kay. Ci assicureremo che consegni il passaporto per sicurezza, ma dobbiamo rilasciarlo.» Sharp si girò verso Gavin. «Piper, potresti andare a organizzare questo quando avremo finito qui?»

«Agli ordini.»

Sharp si spostò verso la lavagna e incrociò le braccia mentre esaminava le note che Kay aveva aggiunto nel corso dell'indagine. Infine, fece un leggero cenno con la testa.

«So che è frustrante, Hunter. Ma continua a scavare. Qualcuno in quel cantiere sta mentendo. Semplicemente non abbiamo ancora scoperto chi.»

«Capo.»

«Sarò al quartier generale domattina presto. Tienimi informata su qualsiasi sviluppo.»

Fece un breve cenno col capo, mormorò i suoi ringraziamenti alla squadra e se ne andò.

Kay si girò verso la squadra in uniforme, i loro volti tirati sotto la pallida luce gialla proveniente dai vecchi impianti fluorescenti. «Va bene, ragazzi. Per oggi basta così. Ci vediamo domani alle otto. Piper, è meglio che tu vada di sotto e prepari la documentazione per rilasciare Hill e sistemare la questione della consegna del passaporto.»

Attese che iniziassero a uscire dalla porta, poi si sporse in avanti e mosse il mouse finché lo schermo del computer non si illuminò mostrando i file del caso, passando lo sguardo su ogni voce prima di scartarla, frustrata perché non riusciva a trovare ciò che cercava. Alzò lo sguardo quando Barnes si appoggiò alla sua scrivania e sorrise.

«Che c'è?»

«Conosco quello sguardo, capo», disse lui. «Cosa stai facendo?»

«Non posso nasconderti nulla, vero?»

«No, quindi sputa il rospo.»

«Hai il numero di telefono di Marcus Weston, il responsabile operativo della società di software?»

Barnes sfogliò il suo taccuino. «Sì. Eccolo qui.»

Kay digitò con forza il numero sul telefono della scrivania, e poi sospirò frustrata mentre ascoltava il messaggio della segreteria telefonica. «È in Canada fino alla prossima settimana.»

«Cosa volevi chiedergli?»

«Volevo dare un'altra occhiata alla cavità dove è stato

trovato Damien. Abbiamo ancora una chiave per l'edificio Petersham o è stata restituita a Weston dopo che la squadra di Harriet ha finito con la scena del crimine?»

«Credo che Debbie ne avesse una che doveva portare lì per far sapere che possono usare la stanza ora che la Scientifica ha finito. Non so però se ha avuto modo di farlo.»

«Sai dove l'ha messa?»

Kay si alzò dalla sedia e attraversò la stanza fino alla scrivania dell'agente di polizia.

I residui amministrativi associati a un'indagine importante in pieno svolgimento coprivano gran parte dell'area di lavoro di Debbie, nonostante i suoi tentativi di tenere i fascicoli e i documenti in pile separate per facilitarne la consultazione.

«A cosa stai pensando?» disse Barnes mentre la raggiungeva.

«La cavità da cui è caduto il corpo di Damien, perché metterlo lì in primo luogo? Era buio, non c'erano telecamere di sorveglianza rivolte verso il retro dell'edificio, quindi perché non portarlo fuori da lì e nascondere il suo corpo da qualche altra parte? Voglio dare un'altra occhiata adesso, prima che quella stanza venga riconsegnata.»

«Ok, ho un'idea.» Agitò la mano verso i documenti. «Più facile che passare attraverso tutta questa roba per cercare di trovare una chiave, comunque.»

«Ah sì, quale?»

Sorrise. «Gemma Tyson.»

«La receptionist?»

«L'ho sentita parlare sulla scena il giorno in cui è stato

scoperto il corpo di Damien. È una ragazza sveglia, e ha i codici di sicurezza dell'edificio, di cui avrai bisogno oltre alla chiave. Ha anche affittato un appartamento in Wheeler Street, quindi, è proprio dietro l'angolo.»

Kay inspirò profondamente. «Avremo bisogno che Gavin trattenga Alexander Hill nel caso pensasse di andare lì stasera. So che non potrebbe entrare nell'edificio ma non voglio che ci veda se passa in macchina.»

«Me ne occupo», esclamò Carys e prese il telefono.

«Per quanto tempo pensi che possiamo trattenerlo?» disse Barnes.

«Un'ora, non di più», disse Kay. «Il suo avvocato è esperto in questo genere di cose. Purché Gav non abbia ancora parlato con loro...»

«Non l'ha fatto.» Carys posò il telefono. «È stato trattenuto da Hughes all'ingresso per occuparsi di un giornalista, quindi gli ho detto di aspettare altri venti minuti prima di dare la buona notizia a Hill e al suo avvocato. Ritiene che gli ci vorranno dai quaranta ai cinquanta minuti per completare la documentazione dopo, perché si è appena fatto male alla mano e la sua scrittura sarà lenta.»

Kay sorrise in risposta al sorriso malizioso che il detective aveva sul viso, poi controllò il telefono. «Contatta Gemma, Barnes. Dille di incontrarci fuori dall'edificio Petersham tra quindici minuti.»

CAPITOLO 41

Un quarto d'ora dopo, Kay attese che un taxi si allontanasse dal marciapiede con i suoi occupanti ubriachi e poi annuì a Gemma Tyson.

«Adesso.»

Pochi pedoni rimanevano su High Street, un vento freddo e una pioggia orizzontale tenevano la maggior parte delle persone al chiuso.

Kay incrociò lo sguardo di Barnes e lui le fece l'occhiolino mentre un leggero *bip* raggiunse le loro orecchie.

«Ci siamo, capo.»

Gemma tenne aperta una delle porte doppie per far entrare Kay e Barnes, poi la chiuse a chiave dietro di loro. «Dovrete aspettare qui mentre disattivo l'allarme per il resto dell'edificio.»

Scomparve dietro il bancone della reception, accese una lampada da scrivania accanto al computer e digitò una sequenza di numeri prima di raddrizzarsi. «Okay, seguitemi.»

«Non così in fretta,» disse Kay. «Da qui proseguiamo noi.»

Il viso della receptionist si rabbuiò.

«Ecco il mio numero di cellulare,» disse Barnes. «Può chiamarmi se arriva qualcun altro?»

«Lo farò.»

Lui condusse il cammino verso l'interno dell'ufficio principale, accese le luci e poi attraversò l'ampio spazio salendo una scala, con le scarpe che echeggiavano sui gradini metallici nel silenzio dell'edificio.

Kay lo seguì, la sua eccitazione alla prospettiva di ciò che avrebbero potuto scoprire era temperata dall'ansia che potesse essere un compito infruttuoso.

Le opzioni stavano finendo.

Barnes raggiunse la cima delle scale e spinse la porta per entrare nell'ufficio sopra l'area relax. Fece cenno a Kay di entrare.

«Almeno non dobbiamo cercare di rimuovere la moquette e il sottostrato, non sono stati ancora rimessi.»

«Bene. Non avevo voglia di provare a tirare su tutto. Diamo un'occhiata, d'accordo?»

Estrasse dalla tasca una fotografia scattata dalla squadra di Harriet quando erano stati chiamati sulla scena, e camminò avanti e indietro sul pavimento scoperto, esaminando i segni che erano stati evidenziati dagli investigatori della scena del crimine.

«Ci sono segni di trascinamento qui, guarda. Si vede dove le assi sono state segnate.»

«Ma vanno verso l'intercapedine, non verso la porta.»

«Quindi spostarlo fuori non è mai stata un'opzione.»

Kay aggrottò la fronte. «Ciò significa che l'intercapedine era aperta prima che Damien morisse. Perché?»

Si lasciò cadere sul pavimento accanto alle assi allentate che rimanevano dall'intrusione della Scientifica, poi fece cenno a Barnes di aiutarla. «Dobbiamo guardare qui dentro.»

Estraendo una torcia sottile dalla tasca della giacca mentre Barnes spostava la prima delle assi del pavimento, diresse il fascio di luce nel vuoto. «Puoi spostarne un'altra?»

Kay abbassò il viso finché la guancia non si appoggiò sul pavimento, e fece oscillare il raggio di luce verso sinistra. Si spostò fino a quando non riuscì a vedere meglio nell'intercapedine, e poi si raddrizzò e si sedette sui talloni.

«Beh, questo è interessante.»

«Cosa c'è?» disse Barnes.

In risposta, Kay tirò fuori il suo cellulare e premette la chiamata rapida. «Gavin? Alexander Hill è ancora in centrale? Scendi al parcheggio e riportalo dentro, subito. Ha qualcosa da spiegare.»

———

Kay consegnò la sua giacca inzuppata di pioggia all'agente in uniforme fuori dalla sala interrogatori, poi aprì la porta e si avvicinò al tavolo dove Alexander Hill sedeva con il suo avvocato.

«Che significa tutto questo?» disse l'avvocato. «Esigo una spiegazione.»

«Un momento,» disse Kay, poi indicò a Barnes di leggere l'avvertimento formale una volta avviata l'apparecchiatura di registrazione. Fatto ciò, si voltò verso Hill.

«Cosa sa degli appaltatori responsabili del cablaggio nell'edificio Petersham?»

«Solo che John Brancourt ha portato una squadra da Brighton per farlo, non erano economici, ma erano accurati. Hanno vinto gli appalti sia per il cablaggio in fibra ottica per i server informatici della società di software sia per tutte le apparecchiature di telecomunicazione. Perché?»

«Mi parli del cablaggio in rame nell'intercapedine del soffitto. Abbiamo dato un'occhiata e nessuno dei vecchi cablaggi è stato rimosso. Tutti i nuovi cablaggi sono stati installati sopra.»

«E allora?»

«Cosa ci fa lì? Abbiamo intere squadre che lavorano con la Polizia dei Trasporti Britannici sui furti di metallo a causa del valore del rame. Quel materiale viene rubato dai bordi delle ferrovie e dalle vecchie centraline telefoniche in tutto il paese. Se stava ristrutturando un edificio, perché non ha rimosso il cablaggio in rame per rivenderlo?»

Hill intrecciò le mani sul tavolo. «Avevamo intenzione di farlo, ma come le ho detto prima, eravamo in ritardo sulla tabella di marcia. Se avessi insistito per pagare l'appaltatore elettrico per rimuovere il cablaggio in rame prima di installare i nuovi cavi in fibra ottica e altri cablaggi, avrebbe aggiunto altre quattro settimane al progetto, per non parlare dei costi. Semplicemente non potevo permettere che la data di completamento venisse posticipata. Aveva più senso lasciare il cablaggio in rame al suo posto.» Scrollò le spalle. «La società di software ha un contratto di affitto per dieci anni. Posso sempre far venire qualcuno a rimuovere il cablaggio in rame alla fine del loro contratto se decido di venderlo prima che entri un nuovo inquilino.»

Kay prese il suo telefono cellulare e selezionò l'app delle foto prima di passarlo a Hill. «Questo è ciò che pensavo. Ma ho appena dato un'occhiata a quella cavità dove è stato trovato il corpo di Damien Brancourt, e ho visto questo.»

Hill aggrottò le sopracciglia, ma prese il telefono da lei e guardò lo schermo. Un secondo dopo, la sua bocca si spalancò. «Questo non ha senso.»

«È quello che ho pensato io», disse Kay. «I cavi di rame sono stati tagliati. E sembra che siano stati strappati dal loro posto, non lasciati in situ come ha appena descritto. Ora, so che nel tempo il peso corporeo di Damian avrebbe spostato i cavi mentre si faceva strada attraverso la cavità, ma non in questo modo.»

Hill le restituì il telefono. «Nessuno degli appaltatori avrebbe toccato quei cavi. Abbiamo chiarito molto bene alla riunione di progetto all'inizio di giugno che quei cavi di rame sarebbero rimasti al loro posto. Comunque, nessuno di loro li avrebbe tagliati, erano ancora sotto tensione. Alimentano le vecchie linee telefoniche che la banca aveva installato. Se qualcuno avesse provato a tagliarli, sarebbe stato…»

«Fulminato», disse Kay. «Esatto. Damian Brancourt stava rubando i cavi di rame dall'edificio Petersham quando è stato ucciso.»

CAPITOLO 42

«Avanti, prendete posto. Muoviamoci.»

Kay si rivolse alla squadra investigativa riunita il mattino seguente, il rumore dell'ultima sedia che strisciava sul tappeto la raggiunse mentre si girava verso la lavagna e indicava la fotografia di Damien Brancourt.

«Per quelli di voi che sono appena arrivati, ora siamo certi che Damien è rimasto folgorato mentre cercava di rubare cavi di rame dall'edificio Petersham. Alexander Hill ha omesso di informarci, quando abbiamo parlato con lui la prima volta, che il cavo di rame era ancora sotto tensione al momento delle ristrutturazioni ed era stato lasciato in loco per un recupero futuro. Damien Brancourt aveva evidentemente altre idee.»

«Quando vuoi informare i suoi genitori?» chiese Barnes.

«Non ancora. Voglio più risposte prima di dare loro la notizia, soprattutto considerando la dichiarazione di Alexander Hill secondo cui Damien non era interessato a lavorare per l'azienda di famiglia. Voglio scoprire attraverso gli amici di Damien perché si sentiva così. E il furto di rame, cosa ha motivato Damien e il suo complice? Perché avevano bisogno di soldi?»

Fece cenno a Debbie di iniziare a distribuire copie del rapporto del giorno estratto da HOLMES. «Hughes, Parker, voglio che lavoriate con Gavin per scoprire chi acquista rame recuperato in questa zona. Se nessuna delle aziende con cui parlate ha avuto a che fare con Damien, allora ampliate la ricerca. L' Autorità Garante della Concorrenza e del Mercato avrà un elenco di riciclatori di metalli, quindi iniziate da quelli. Fate anche due chiacchiere con i nostri colleghi dell'unità antifurto. Ricordate, il furto di rame è una fonte importante di reddito per i membri della criminalità organizzata. Andiamo cauti con queste informazioni e con le persone che interrogheremo. Voglio sapere se Damien Brancourt e il suo complice avevano intenzione di trattare con una o più società di recupero per ridurre il rischio di essere scoperti.»

Barnes alzò la mano. «Ci sono anche associazioni di categoria che si occupano di recupero metalli, capo. Farò alcune telefonate e scoprirò se ci sono state denunce contro i loro membri.»

«Grazie, Ian.» Kay fece un passo indietro dalla lavagna in modo da poter rivedere le sue note sul caso. «Ci siamo persi qualcosa lungo il percorso. Rubare rame da un edificio con una società di sicurezza privata presente richiede coraggio, per non parlare di una buona dose di stupidità.»

«Potrebbe essere stato costretto a rubare il metallo, capo?» disse Carys.

«Voglio sicuramente parlare di nuovo con Mark Sutton prima di escluderlo», disse Kay. «Puoi farlo venire per un interrogatorio stamattina?»

«Dovremmo reinterrogare le sue conoscenze universitarie?» disse Gavin. «Forse partivano dall'idea che, vendendolo, avrebbero potuto estinguere rapidamente eventuali debiti universitari.»

«È un punto valido e da considerare. Voglio parlare con Julie Rowe. Sembra avere il talento di inventare idee ma costringere gli altri a realizzarle. Caso in questione: Damien che finisce nei guai durante quella protesta mentre lei se ne stava semplicemente a guardare. Non le dispiaceva prendersi il merito sui giornali locali per la protesta, ma ha lasciato che Damien cadesse al posto suo quando le cose si sono messe male.»

«Diventerà un'ottima politica», disse Barnes.

«Infatti.» Kay allungò il collo per vedere oltre la squadra riunita. «C'è Amanda qui?»

«Sì, capo.» L'investigatrice finanziaria si fece strada tra le scrivanie verso di lei.

«Puoi eseguire un controllo su ELMER per Damien Brancourt, Julie Rowe, Shaun Browning e gli altri per vedere in che stato sono le loro finanze? Carte di credito, fido bancario, tutto quanto. Voglio sapere se qualcuno di loro ha avuto difficoltà a pagare i debiti, o al contrario, se ci sono stati ingenti versamenti in contanti nei dodici mesi precedenti la morte di Damien.»

«Lo farò. Mi ci vorrà il resto della giornata per mettere insieme tutto, ma posso farlo arrivare sulla sua scrivania prima di andare via oggi.»

«Grazie. Meglio che inizi mentre noi finiamo qui.»

Kay prese i suoi appunti. «Hughes, voglio che tu collabori con la sezione locale della Polizia dei Trasporti Britannica. Sono particolarmente interessata a sapere chiunque sia stato sorpreso a rubare metallo di qualsiasi tipo nell'ultimo anno, o sospettato di farlo. Scopri se hanno contatti con cui possiamo parlare in modo confidenziale riguardo a Damien Brancourt, qualcuno là fuori deve sapere qualcosa. Anche se fosse stata la prima volta che Damien partecipava a un furto di metallo, la persona che era con lui è stata evidentemente abbastanza lucida da rimuovere il filo di rame che era stato tagliato per venderlo. Questo indica che quella persona ha esperienza.»

«Sì, capo.»

«Tornando a Mark Sutton, voglio un controllo immediato dei suoi registri finanziari per scoprire se ci sono collegamenti tra il suo lavoro nella sicurezza e i depositi di rottami. Quando parlate con le aziende locali, chiedete da chi comprano, inclusi gli acquisti in contanti. Siate cauti quando lo fate, perché non voglio mettere in allarme Sutton prima che abbiamo avuto la possibilità di indagare a fondo su questa pista.»

«Preso nota, capo», disse Gavin.

«Bene, è tutto, congedati. Barnes, mettiti in contatto con Julie Rowe, e fammi sapere quando è qui.»

CAPITOLO 43

Kay si abbottonò la giacca e poi diede una forte spinta alla porta della sala interrogatori numero quattro.

Il gesto ebbe l'effetto desiderato, con Julie Rowe e il suo avvocato che sussultarono sulle loro sedie al rumore.

L'avvocato si riprese più rapidamente, girando la pagina del suo taccuino e sistemandosi la cravatta con uno sbuffo udibile mentre Kay si sedeva di fronte alla sua cliente.

Julie Rowe appariva più pallida di quanto Kay ricordasse dal loro ultimo incontro e mentre Barnes recitava l'avvertimento formale, si chiese quanto la venticinquenne stesse rimpiangendo la sua avventura con Damien Brancourt.

«La mia cliente ha già fornito una dichiarazione completa sulla sua interazione con il signor Brancourt», disse l'avvocato. «Ritiene che questa ulteriore intrusione nella sua vita sia inutile.»

Kay lo ignorò, e mantenne lo sguardo su Julie. «Quanto debito hai sulla carta di credito?»

«N-non lo so a memoria.» Gli occhi di Julie si spalancarono in preda al panico mentre guardava il suo avvocato, poi tornò a guardare Kay. «Qualche migliaio di sterline, forse.»

«Lascia che ti rinfreschi la memoria», disse Kay, e prese la cartella che Barnes le porgeva. «Al trenta del mese scorso, il saldo dovuto è di dodicimila, seicento quaranta-due sterline. Più gli interessi al tredici per cento.»

Barnes fischiò tra i denti. «Quanto di questo è stato speso per i regali di Natale?»

Julie sollevò il mento. «Non sono affari vostri. Voglio che sappiate che lavoro sodo per guadagnarmi da vivere. Maledettamente sodo. Se state cercando di arrivare a qualcosa, detective Hunter, gradirei sentirlo.»

«Quanto tempo pensi di impiegare per ripagare questo debito?» disse Kay. «Quattro anni? Sei? Non stai lavorando a tempo pieno al momento, vero?»

«Non capisco davvero cosa c'entrino le questioni finanziarie della mia cliente con la vostra indagine, detective...»

«Allora stia zitto e ascolti», sbottò Kay. Lanciò un'occhiataccia a Julie. «Damien Brancourt è morto perché stava rubando fili di rame dall'edificio Petersham. Lui e il suo complice non sapevano che il cablaggio era ancora sotto tensione, quindi quando Damien l'ha tagliato, è rimasto fulminato.»

Attese mentre Barnes faceva scivolare sul tavolo verso Julie una fotografia del corpo di Damien scattata sul posto, sul pavimento dell'area relax.

Gli occhi della giovane donna si spalancarono per lo

shock, e poi portò una mano tremante alla bocca mentre gridava.

«Sto perdendo la pazienza», disse Kay. «Ho parlato con ogni singola persona con cui Damien è entrato in contatto nei giorni e nelle settimane precedenti alla sua scomparsa. Uno di voi sta mentendo.»

Julie scosse la testa, con gli occhi umidi. «Non sono io. Vi ho detto la verità.»

«Ma mi hai detto tutto?» Kay recuperò la fotografia e la coprì con la mano. «Julie, credo che Damien Brancourt ti abbia spaventata. Pensavi di poterti servire di lui per attirare l'attenzione sulla tua causa con le proteste contro i lavori di sviluppo in città, non è vero? Ma non sei riuscita a controllare il suo temperamento.»

«Non voleva farlo.»

L'avvocato di Julie allungò la mano per prendere un fazzoletto di carta dalla scatola accanto all'apparecchiatura di registrazione e lo passò alla sua cliente, con la mascella serrata.

«Fare cosa?» chiese Kay una volta che la donna ebbe ripreso un po' di compostezza.

Julie si tamponò gli occhi, poi abbassò le mani tremanti in grembo. «Mi ha aggredita.»

«Quando?»

«Alcuni giorni dopo la protesta. Dopo che la polizia ha ritirato le accuse.»

«Che cosa è successo, Julie?» Kay addolcì la voce, desiderosa di guadagnarsi la fiducia della donna. «Perché Damien ti ha aggredita?»

«Ha detto che era colpa mia se aveva aggredito

quell'uomo. Ha detto che l'avevo usato.» Scrollò le spalle. «Suppongo avesse ragione, l'ho fatto.»

«Questo non gli dava il diritto di aggredirti.»

«Era fatto così. Un minuto potevi avere una conversazione normale con lui, quello dopo ti urlava in faccia.»

«È sempre stato così?»

«No, non lo era. Quando l'ho conosciuto all'università era molto divertente. Era sempre lui a far ridere tutti noi.»

«Hai idea del perché sia cambiato?»

«Credo fosse sotto molta pressione. Doveva dei soldi e non credo che l'attività di suo padre andasse molto bene, e c'era tutta questa tensione. Non sapeva cosa fare. Non sapeva come affrontare la situazione.»

———

Kay sfogliò il rapporto sulla sua scrivania, con il mento poggiato sulla mano mentre scorreva con il dito le pagine ancora calde che erano state stampate e messe sotto il suo naso da Amanda Miller cinque minuti dopo aver finito di interrogare Julie Rowe.

Il rumore nella sala operativa si era attenuato fino a diventare un ronzio costante, mentre lo spazio si svuotava gradualmente con i colleghi che terminavano i loro turni per la giornata, esausti per la frustrazione e un'opprimente sensazione di impotenza mentre il caso si trascinava nella sua terza settimana senza una pista significativa.

«Come facevi a saperlo, capo?» disse Barnes. «Del temperamento di Damien, intendo.»

Kay sospirò. «Non lo sapevo, era solo un'intuizione.

Ma il modo in cui Julie ha detto che si era scagliato contro la guardia di sicurezza di Mark Sutton mi ha fatto pensare che Damien avesse un problema nel controllare la sua rabbia. Non è da lui rispetto a quanto abbiamo sentito su di lui sia dai suoi genitori che da Alexander Hill.»

«Almeno ora abbiamo un'idea migliore delle sue finanze grazie a Julie. Mi chiedo come sia riuscito a nasconderlo a suo padre, per non parlare degli estratti conto bancari. Niente di tutto ciò è emerso nella ricerca di Amanda.»

«In tutta onestà, Amanda ha avuto solo poche ore per fare qualche ricerca. Almeno ora sappiamo perché Damien cercava lavoro con Alexander Hill, aveva bisogno di uscire dai debiti, e lavorare per l'azienda di suo padre non gli avrebbe dato abbastanza soldi.»

«Cosa vuoi fare adesso?»

«Voglio...»

«Capo!»

Kay s'interruppe al grido di Carys dall'altra estremità della sala operativa e guardò oltre la spalla per vedere la detective che si affrettava verso di lei.

«Che c'è?»

«Guarda questo, è di dieci anni fa.»

Spinse una stampa di un foglio d'accusa verso Kay e rimase in piedi con le braccia incrociate mentre lei leggeva.

«E non è tutto, capo. Un'occhiata a questo.»

Il cuore di Kay accelerò mentre esaminava le informazioni. «John Brancourt è stato arrestato in un pub a Sutton Valence per aver preso a pugni uno dei clienti abituali,» disse, poi alzò lo sguardo verso Carys. «Sembra che anche il padre di Damien abbia un problema nel controllare la sua ira.»

Un'idea cominciò a formarsi mentre osservava Barnes leggere le nuove informazioni, e alzò un dito per impedirgli di interrompere i suoi pensieri.

«Aspetta. Abbiamo guardato la cosa nel modo sbagliato, vero? E se non fosse stato Damien a rubare il filo di rame per pagare i suoi debiti?»

Barnes lasciò cadere il foglio sulle ginocchia mentre la sua mascella si spalancava. «Sei seria?»

«Sì. Vieni con me, Ian, facciamo un'altra visita a John Brancourt. Adesso.»

CAPITOLO 44

Kay non aspettò che Barnes togliesse la chiave dal cruscotto quando parcheggiò la loro auto di servizio davanti alla porta d'ingresso della proprietà dei Brancourt.

Invece, slacciò la cintura di sicurezza e balzò fuori dal veicolo, martellando sulla porta d'ingresso mentre il suo collega la raggiungeva, senza fiato.

«Dannazione, capo. Non sta per scappare, rallenta.»

Lei digrignò i denti, imprecando ad alta voce mentre il campanello non restituiva alcuna risposta, e poi sbirciò attraverso la buca delle lettere.

Nessuno si muoveva all'interno; poteva vedere il piolo della ringhiera delle scale sulla destra e il camino ancora fumante, ma non c'era traccia di John o Annabelle Brancourt, o dei due adolescenti.

«Capo?»

«Facciamo il giro. Forse sono in giardino.»

Barnes alzò lo sguardo verso il cielo nuvoloso, la sua espressione non lasciava dubbi sui suoi pensieri riguardo alle probabilità di trovare i Brancourt all'aperto in pieno inverno, ma guidò il cammino verso destra attraverso un arco che era stato ricavato in un muro di pietra.

Oltre l'arco, un aroma di legna bruciata aleggiava nell'aria e Kay represse il senso di nausea che le attanagliava lo stomaco. Dopo un'orribile indagine dell'estate precedente non era più riuscita a sopportare quell'odore e gettò lo sguardo intorno al vasto terreno nel tentativo di trovare un nuovo punto focale.

Un rumore di raschiamento le giunse alle orecchie e, mentre girava l'angolo della casa seguendo Barnes, notò Annabelle che usava un rastrello per raccogliere i ramoscelli sparsi attorno al tronco di un grande ippocastano che era stato potato.

La donna indossava un cappello di lana, le mani guantate la proteggevano dal peggio delle intemperie e mentre Kay cercava di riattivare un po' la circolazione nelle proprie dita, si pentì di non avere avuto la stessa previdenza.

Un grido eccitato preannunciò l'emergere del primo dei gemelli da un piccolo boschetto di alberi sul retro del giardino, seguito da vicino da suo fratello, un attimo prima che si allontanasse e si dirigesse su per una scala traballante verso una casa sull'albero. La ragazza diede un'occhiata al fratello e poi vagò verso un'altalena sotto un altro albero.

Annabelle alzò lo sguardo dal suo lavoro e poi appoggiò il rastrello contro l'albero prima di mettere le mani sui fianchi. «Detective Hunter. Cosa vuole? Sto cercando di dare ai miei figli un senso di normalità dopo tutte queste intrusioni e stress.»

Kay attese di aver raggiunto la donna, e mantenne la voce bassa. «Dov'è suo marito, Annabelle?»

La donna usò il palmo della mano per aggiustarsi il cappello. «Al lavoro.»

«Pensavo che avrebbe preferito essere qui per sostenere lei e i ragazzi in un momento così stressante.»

«Sì, be', sono sicura che se avesse un lavoro ordinario l'avrebbe fatto. Ma non ce l'ha; possiede un'azienda ed è responsabile di quella e dei suoi dipendenti.»

«Quando dovrebbe tornare?»

Annabelle sospirò. «Non lo so. Le sei e mezza, forse. Dipende da cosa succede, in realtà, è sempre a disposizione di qualche cliente.»

Barnes indicò con un cenno del mento la casa sull'albero mentre il ragazzo riappariva in cima alla scala. «Come stanno reagendo?»

«Come ci si può aspettare.»

«Sono sorpreso che ci stiano ancora là dentro.»

«Christopher è l'unico che la usa oggigiorno. Bethany l'ha abbandonata da un po'. Dice che è piena di ragni.» Un sorriso le increspò le labbra. «Damien era uguale all'età di Christopher. Determinato a rimanere nella casa sull'albero per sempre.»

«Penso che l'altezza mi scoraggerebbe dal salire lassù,» disse Kay.

Annabelle alzò gli occhi al cielo. «Ho detto a John e Damien che l'avevano costruita troppo in alto.»

«Come era il rapporto di Damien con suo padre?»

«Damien?» Annabelle allungò una mano verso il rastrello e riprese a spazzare i detriti. «Buono, suppongo. Quanto possono andare d'accordo un padre e un figlio.

Avevano i loro disaccordi di tanto in tanto, ma è normale. Damien è cresciuto in fretta e aveva le sue ambizioni.»

«Litigavano molto?»

«Cosa intende?»

«Sono mai stati in disaccordo riguardo all'attività, o alle ambizioni di Damien?»

Kay osservò l'espressione dell'altra donna rabbuiarsi un momento prima che scuotesse leggermente la testa e forzasse un sorriso.

«Non saprei. Non discutevano di affari davanti a me. Ho sempre insistito che tenessero quelle cose lontano dalla tavola quando ci sedevamo tutti per cena. Onestamente, erano entrambi terribili, non staccavano mai.»

«Come ha gestito John lo stress di dirigere un'azienda durante la recessione?»

Annabelle lasciò cadere il rastrello contro il lato di un piccolo capanno di legno. «Cosa vorrebbe dire con questo?»

«La rissa al pub di Sutton Valence dieci anni fa. Di cosa si trattava?»

«Non riesco proprio a ricordare.»

«Ci provi.»

«Senta, va bene. John ha perso la pazienza con qualcuno, tutto qui.»

«È stato arrestato, Annabelle. È un po' più che perdere semplicemente la pazienza, non crede?»

«È stato provocato. L'uomo l'ha accusato di dovergli dei soldi e ha cominciato a dire che John stava mandando in rovina le attività degli appaltatori locali perché non li pagava. Molti dei collaboratori di John frequentavano quel pub. Doveva fare qualcosa, non poteva lasciare che continuasse così, rovinando la sua reputazione davanti a tutti.»

«Era vero? John doveva dei soldi?»

«Certo che no. Non più di chiunque altro in questo settore. Alla fine si paga tutto.»

«Che mi dice dei piani di John di cedere l'attività a Damien?» disse Barnes.

Il mento di Annabelle si sporse in avanti. «Cosa intende?»

«John si sta preparando a cedere un'attività che va bene di questi tempi, o ha ancora debiti in sospeso?»

«È-è a posto.»

«Quali sono i suoi piani per l'attività ora?» disse Kay.

«Non lo so proprio. Come ho detto, non discute di questioni d'affari con me. Non voglio nemmeno sentirne parlare. Devo già occuparmi dei gemelli.»

A conferma di ciò, i due adolescenti arrivarono di corsa attraverso il giardino verso la madre, poi rallentarono mentre si avvicinavano, con espressioni caute.

«Ciao, voi due», disse Barnes, sorridendo.

La ragazza fece un timido sorriso prima di correre verso casa, con il fratello al seguito.

«Vorranno qualcosa da mangiare», disse Annabelle. «C'è altro, o abbiamo finito qui?»

«Per favore, faccia sapere a suo marito che dobbiamo parlargli con urgenza», disse Kay. «E questo significa oggi.»

CAPITOLO 45

«Cosa intendi dire che non è al lavoro?»

Kay girò la sedia e si diresse a grandi passi verso l'ufficio di Sharp, lanciando uno sguardo torvo ai vari avvisi e promemoria della sede centrale che tappezzavano una parete prima di spostarsi verso la finestra, con il telefono all'orecchio.

La voce di Carys crepitò mentre il segnale del cellulare usciva dalla portata, poi tornò con una chiarezza tale che Kay dovette abbassare il volume.

«Dicono che è arrivato di prima mattina ma non lo vedono da quasi cinque ore, capo.»

«Dov'è?»

«Non lo sanno. Ha detto che aveva un incontro vicino a Tunbridge Wells ma non c'è nulla nella sua agenda. Doveva vedere un cliente più di un'ora fa a Staplehurst, ma non si è presentato. Non risponde nemmeno al telefono.»

«Merda.» Kay corse fuori dall'ufficio e chiamò Barnes dall'altra parte della sala operativa. «Dirama un avviso di ricerca per John Brancourt e la sua auto. Autostrade, aeroporti locali, tutto. Carys, sei ancora lì?»

«Capo.»

«Manderò una pattuglia in uniforme. Resta lì nel caso Brancourt torni nel frattempo. Ne manderemo un'altra a casa sua.»

Terminò la chiamata e gettò il telefono sulla scrivania.

«Capo? Malcolm Hodges è di sotto, vuole vederti», disse Gavin, infilandosi la giacca sulle spalle.

«Chi?»

«Il tizio che John Brancourt ha preso a pugni dieci anni fa. Gli ho parlato oggi e gli ho chiesto di venire. Vediamo se può fare luce sugli affari di Brancourt, di allora e di adesso.»

«Ottimo lavoro.»

Kay afferrò la giacca e seguì Gavin fuori dalla stanza, tenendo facilmente il passo con l'alto detective mentre scendeva le scale velocemente.

Malcolm Hodges si alzò dalla sedia di plastica nella reception mentre entravano, i suoi occhi azzurro chiaro erano accentuati da occhiali con montatura metallica. Sbottonò un pesante cappotto di lana prima di stringere loro la mano.

«Grazie per essere venuto», disse Gavin, conducendo l'uomo verso una sala interrogatori e presentandoli formalmente tutti per registrare la conversazione. «Potrebbe dichiarare il suo nome completo e la sua occupazione?»

«Malcolm Henry Hodges. Possiedo un'azienda di installazione di impianti di illuminazione registrata ad Ashford.»

«Come conosce John Brancourt?»

Il labbro superiore di Hodges si arricciò. «Ho avuto la sfortuna di essere stato ingaggiato da lui alcuni anni fa. Conoscete l'esito di quell'accordo.»

«Sappiamo cosa c'è nei rapporti», disse Kay. «Potrebbe raccontarci l'accaduto con le sue parole?»

«Abbiamo vinto l'appalto per fornire alcuni fari a elevate caratteristiche tecniche per l'allestimento di un negozio che Brancourt stava gestendo a Thanet. All'epoca, le attrezzature dovevano essere spedite dagli Stati Uniti. Il cliente era irremovibile sul fatto che volesse il meglio, era una boutique di musica, altoparlanti, amplificatori, tutto ciò che potresti desiderare per un sistema di intrattenimento domestico. Il denaro non era un problema per il cliente. Con Brancourt era tutta un'altra storia. Ho tentato di ottenere un acconto, ma lui non ne voleva sapere. Disse che chiederlo sarebbe stato un insulto al cliente. Ad essere sincero, ero nervoso. Sa com'era la situazione dieci anni fa, aziende che chiudevano senza preavviso.»

«Cosa ha fatto?»

«Ho corso il rischio». Hodges alzò le spalle. «Non c'era molto altro che potessimo fare. Se non avessimo fornito noi l'attrezzatura, l'avrebbe fatto uno dei nostri concorrenti.»

«Quindi avete fatto il lavoro e installato l'illuminazione. Poi cosa è successo?» disse Gavin.

«Brancourt non ha pagato nei tempi previsti. Questo settore è notoriamente lento nei pagamenti, motivo per cui il contratto ci dava protezione con un periodo di sessanta giorni per effettuare i pagamenti. Dopo tre mesi di solleciti standard da parte della mia squadra contabile e accenni leggeri ogni volta che incontravo Brancourt di passaggio, ho perso la pazienza. Ho scoperto che era stato pagato dal cliente ma non mi aveva girato i soldi, e sapevo dove andava a bere la sera, quindi, sono andato al pub per parlargli. Sa cosa è successo dopo.»

«Cosa le ha detto John quella sera?»

«Mi disse che l'avrei pagata cara se avessi portato la questione in tribunale, e che si sarebbe assicurato che la mia azienda non lavorasse mai più nella zona. Quando non ho ceduto, mi ha dato un pugno.»

«Ha mai ricevuto i suoi soldi?» disse Kay.

«Alla fine sì. Ho dovuto ricorrere al mio avvocato, e persino allora ho dovuto minacciare di ritirare il mio personale e le attrezzature da un altro cantiere su cui stavamo lavorando per Brancourt prima che succedesse qualcosa». Hodges si tirò il lobo dell'orecchio. «Ho sentito dire che Brancourt avrebbe rimosso lui stesso l'attrezzatura prima che ne avessi l'opportunità, ma credo che qualcuno gli abbia parlato perché non si è mai arrivati a tanto.»

«Ha mai lavorato con John Brancourt in seguito?»

«No, e non sono l'unico. John Brancourt ha l'abitudine di bruciare i ponti, detective Hunter. Mi sorprende che sia ancora in attività.»

———

Carys apparve in cima alle scale mentre Kay e Gavin ritornavano dall'interrogatorio con il fornitore di illuminazione, con un'espressione cupa sul volto.

«Ancora nessuna traccia di John Brancourt», disse,

adeguandosi al loro passo mentre entravano nella sala operativa. Indicò con il pollice verso la finestra il cielo che si oscurava. «E là fuori fa sempre più freddo.»

«Hai esaminato le sue finanze con Amanda?»

Carys sollevò una pila di documenti. «Al momento sta reggendo, ma abbiamo trovato una serie di sentenze storiche del Tribunale di Contea contro la sua attività di dieci anni fa. Alla fine potrebbe aver pagato tutti, ma hanno dovuto trascinarlo davanti ai magistrati per ottenere qualcosa. Non credo che avrebbero visto i loro soldi altrimenti.»

«Lavoriamo su quello che abbiamo mentre aspettiamo notizie su dove si trovi», disse Kay. «La squadra in uniforme sta aiutando con le ricerche?»

«Ci sono circa cinque pattuglie locali che perlustrano i suoi luoghi abituali, capo. Ho parlato con sua moglie e ci ha dato un elenco di posti dove potrebbe essere. È ovviamente preoccupata. Ha detto che non è proprio da lui scomparire così.»

Kay riempì un bicchiere d'acqua dal distributore accanto alla finestra e si avviò verso la lavagna, il rumore della squadra diminuiva mentre si radunavano intorno a lei, un'aria di attesa riempiva lo spazio. Si voltò per affrontarli.

«Parlando con il fornitore che Brancourt ha aggredito dieci anni fa, sembra che il padre di Damien abbia una storia di mancati pagamenti ai fornitori e di appropriazione delle attrezzature altrui se non riesce a mettere insieme il denaro in tempo, per impedire che le recuperino. Questo mi fa pensare che non sia stata un'idea di Damien rubare il filo di rame dall'edificio Petersham, ma di John.»

Gavin aggrottò la fronte. «Mi chiedo come l'abbia convinto a farlo? Damien non aveva interesse nell'attività del padre, è quello che ci ha detto Alexander Hill, giusto? Allora, perché avrebbe dovuto aiutarlo?»

«Non lo so. Un senso di lealtà familiare, magari?»

«Non riesco a immaginarlo, capo», disse Barnes. «Non riesco a immaginare John che porta Damien verso Maidstone per prendere il treno e poi dice "oh, a proposito, figliolo, ti dispiace se ci fermiamo a rubare un po' di filo di rame prima che tu vada in vacanza".»

Una risata sommessa seguì il suo suggerimento, e Kay alzò la mano per zittire la squadra.

«Messa così sembra davvero inverosimile, ma se Damien avesse avuto un motivo per accettare?»

Carys abbassò lo sguardo mentre il suo cellulare iniziava a squillare.

«Rispondi», disse Kay.

Attese mentre la detective parlava a voce bassa prima di fare il segno di vittoria a Kay.

«Abbiamo trovato John Brancourt», disse. «È stato avvistato vicino alla diga di Lee Road a Yalding».

Barnes diede un'occhiata alla pioggia che batteva contro i vetri, poi si voltò verso Kay. «Con questo tempo, dovranno considerare l'apertura delle paratoie per evitare che il bacino straripi».

Kay si stava già dirigendo verso la sua giacca appesa allo schienale della sedia. «Dobbiamo andare. Non possiamo permettere che John faccia qualche stupidaggine».

«Pensi che potrebbe?» disse Barnes, afferrando le

chiavi dell'auto che Carys gli lanciò e seguendo Kay fuori dalla porta.

«È disperato», disse lei. «E colpevole. Non so cosa gli passi per la testa in questo momento, ma sicuramente non è niente di buono».

Iniziarono a correre.

CAPITOLO 46

Le luci blu di due auto di pattuglia si stagliavano nel cielo notturno quando Kay e Barnes attraversarono velocemente il villaggio per raggiungere il ponte di pietra sul fiume Medway.

Una delle auto di pattuglia era stata guidata dall'altro lato del ponte e parcheggiata davanti al pub sulla sponda opposta per bloccare il traffico proveniente dalla stazione ferroviaria.

Nonostante fosse passata la mezzanotte, c'erano ancora cinque auto bloccate dagli agenti e la frustrazione degli automobilisti desiderosi di tornare a casa era palpabile anche da lontano, dove Kay si trovava, mentre uno dopo l'altro venivano istruiti a fare retromarcia e trovare un percorso alternativo.

Si diresse a passo deciso verso l'agente più vicino e mostrò il suo distintivo sotto la luce della sua torcia. «Dov'è?»

«Appena oltre i cancelli di sicurezza, capo. Una donna

del cottage laggiù ha chiamato. L'ho riconosciuto quando siamo arrivati. Il pub ha chiuso un'ora fa, grazie al cielo».

«Grazie». Kay concordava con il suo sentimento. Non avevano bisogno di un gruppo di clienti ubriachi a osservare la scena. Si sporse oltre il parapetto. «C'è un modo per scendere laggiù?»

L'agente si voltò e illuminò il sentiero con la torcia. «Quella è l'unica via per scendere alla riva del fiume, attraverso il parcheggio. L'altro lato è a strapiombo ed è stato recintato qualche anno fa».

Kay si sforzò di vedere nell'oscurità oltre, poi indicò il ponte più piccolo sopra le paratoie della diga dove John Brancourt se ne stava come ipnotizzato dall'acqua. «E quello porta a Teapot Island, giusto?»

«Sì, capo. C'è una terza pattuglia là che tiene i residenti del porticciolo lontani dal ponte».

«Come diavolo ha fatto a passare attraverso i cancelli di sicurezza e a salire sul ponte?»

«Tronchesi, immagino, capo. Il suo furgone da lavoro è parcheggiato là. Sono stato qui a pranzo al pub durante l'estate e all'epoca c'erano dei lucchetti enormi sui cancelli».

«Okay, ottimo lavoro. Barnes, andiamo a fare un giro laggiù e vediamo se possiamo far ragionare Brancourt. Per ora evitiamo il cancello nel caso dovesse farsi prendere dal panico vedendoci troppo vicini».

Ci volle più tempo del previsto per raggiungere la riva, con l'erba scivolosa sotto i piedi a causa della pioggia che aveva inzuppato il paesaggio. Una volta sicura di non cadere in acqua, Kay si protesse gli occhi e scrutò il ponte in lontananza.

«Cosa sta combinando?» disse. Si portò le mani alla bocca e gridò. «John. Perché non torni sul sentiero e parliamo un po'? Ti sembra una buona idea?»

In risposta, Brancourt appoggiò le mani sulla barriera metallica e si sporse in avanti, fissando l'acqua.

Barnes accennò con il mento all'acqua scura. «Si spezzerebbe il collo se saltasse lì dentro. È troppo bassa. Nel migliore dei casi, si romperebbe le gambe».

«E ci sono correnti nascoste. Guarda, si vede che l'acqua forma dei mulinelli».

Osservò il vortice d'acqua mentre fluiva oltre la loro posizione prima di scomparire sotto gli archi del ponte, lambendo i pilastri di pietra per poi schizzare fuori dall'altro lato.

Un fragore improvviso squarciò l'aria, Kay si girò di scatto e vide le paratoie della diga che cominciavano ad alzarsi, rilasciando l'acqua dal bacino superiore in una cascata scrosciante che rimbombava nella notte mentre precipitava nelle acque basse.

«Indietro!» disse Barnes, afferrando la sua mano e trascinandola via dal bordo dell'acqua.

I loro piedi scivolarono nel fango molle della riva mentre cercavano di allontanarsi in fretta dalla corrente, con la schiuma bianca che spruzzava dalle dighe di cemento e acciaio.

Kay strinse la presa su Barnes mentre i suoi stivali affondavano nel terreno, facendole perdere l'equilibrio mentre lottava contro un'ondata crescente di panico che la travolgeva.

Il livello dell'acqua le lambiva già i talloni.

«Dammi l'altra mano.»

Lei tese la mano alla cieca, le sue dita sfiorarono quelle di lui prima di incontrare il vuoto, e poi un attimo dopo lui l'aveva afferrata, trascinandola fuori dal fango centimetro dopo centimetro.

«Merda», disse Kay mentre Barnes la tirava sul sentiero asfaltato sopra il fiume. Guardò giù verso l'acqua vorticosa e furiosa. «Chi diavolo ha fatto questo?»

«Sono automatiche. Appena il bacino qui sopra raggiunge un certo livello, le dighe si aprono. È per questo che l'estate scorsa ci sono stati alcuni annegamenti sventati di ragazzi colti di sorpresa. Nessuno fa caso a tutti quei maledetti cartelli qui sopra.»

«Dov'è John?»

«Laggiù.»

Guardò dove lui indicava e trattenne il respiro quando vide l'uomo iniziare a scavalcare la ringhiera di sicurezza sopra le chiuse della diga.

Camminando il più velocemente possibile, si spostò dalla riva erbosa al ponte, si avvicinò al cancello di sicurezza e poi si fermò. Tolse un elastico dal polso e si legò i capelli, poi socchiuse gli occhi verso Barnes attraverso la pioggia orizzontale che sferzava il ponte.

La sua espressione era incredula.

«Non starai seriamente pensando di saltare per salvarlo se cade, capo?» Si sporse oltre il parapetto verso il torrente impetuoso sottostante. «L'acqua passa di lì a circa dieci tonnellate al secondo.»

«Non possiamo permettere che si faccia del male.»

«Capo, se salta morirà in pochi secondi. E anche lei.»

Kay serrò i denti.

Oltre la loro posizione, poteva vedere la sagoma di

John Brancourt che vacillava sul bordo della ringhiera come ipnotizzato dall'acqua turbinante.

«Devo provare a fare qualcosa. Resta qui. Non lasciare passare nessuno da questo cancello a meno che non chiami aiuto, o cadiamo in acqua.»

Senza attendere risposta, scivolò attraverso il varco, si ficcò le mani in tasca e si diresse verso Brancourt sperando di trasmettere un'aria di noncuranza.

Il suo cuore sussultò.

In tutta la sua carriera di poliziotta aveva dovuto affrontare un solo caso di suicidio, e il ricordo minacciava di riaffiorare, fin troppo vivo nella sua mente.

Scosse la testa per schiarirsi le idee, inspirò l'aria fredda e limpida della notte e raddrizzò le spalle.

Si fermò a pochi passi da John, consapevole che lui l'aveva vista ma non si era mosso.

Questo le diede speranza.

«Santo cielo, John. Fa un freddo terribile qui sopra». Kay osservò il ripido strapiombo, poi si voltò verso Brancourt. «Cosa stai facendo? Annabelle è preoccupata a morte per te.»

«Lo portavo a pescare qui quando era piccolo», disse. «Gli piaceva tanto. Certo, questo era prima che mettessero tutte queste barriere di sicurezza. Non ce n'era bisogno allora. Ci prendevamo cura l'uno dell'altro.»

Kay cercò di ignorare il vento pungente che le mordeva i vestiti bagnati. «Cosa è successo, John?»

In risposta, lui scosse la testa.

«Avete litigato?»

Lui spostò il peso, e Kay represse la bile che le saliva alla gola.

«John, per favore, per il bene dei gemelli e di Annabelle.»

Lui abbassò il mento, con gocce di pioggia che gli scorrevano sul viso e gocciolavano dalla punta del naso.

Tale era la ferocia del diluvio che ci volle un attimo prima che Kay si rendesse conto che l'uomo stava piangendo. In due passi, fu al suo fianco, con la mano sul suo braccio.

«John, qualunque cosa tu abbia fatto, questo non aiuterà. Questo non darà alla tua famiglia le risposte di cui ha bisogno. Non farlo. Ti prego.»

Lui cedette contro il suo peso, e lei tese la mano per portarlo in salvo, rabbrividendo mentre lo convinceva a superare la barriera metallica, poi fece segno a Barnes e a un agente in uniforme di aiutarla prima di tornare verso Brancourt.

«Vieni. Andiamo in un posto caldo e asciutto. È ora che facciamo una chiacchierata.»

CAPITOLO 47

Barnes si assicurò che il riscaldamento fosse al massimo mentre seguivano le luci rosse posteriori della volante che sfrecciava verso Maidstone con John Brancourt all'interno, il vapore dei loro vestiti bagnati appannava il parabrezza.

Kay insistette che andasse a casa ad asciugarsi non appena l'avesse lasciata alla stazione, e poi trovò Gavin e Carys che l'aspettavano nella sala riunioni, armati di una bottiglia di brandy avanzata dalla festa di Natale che avevano trovato nascosta sul fondo di un archivio.

«Stai bene?»

Kay si voltò sentendo la voce di Sharp, la sua preoccupazione palpabile mentre osservava i capelli bagnati e i vestiti fradici di lei.

Annuì in risposta, non ancora sicura che i denti non le battessero se avesse provato a rispondere, nonostante il sorso di brandy che aveva bevuto, e poi si rannicchiò con le spalle più profondamente nella spessa coperta di lana che Hughes aveva trovato nella cassetta di pronto soccorso.

Ignorò il tè dolce che Gavin le aveva messo accanto, troppo impaurita di bruciarsi le dita intorpidite sulla tazza calda di porcellana. Accanto a lei, gli stivaletti alla caviglia lasciavano pozze d'acqua sul tappeto, e la carta di giornale appallottolata che era stata messa dentro ciascuno non aveva ancora fatto effetto.

Le spalle di Sharp si rilassarono e le porse una busta di tela. «Mi sono preso la libertà di passare da casa tua e chiedere a Adam di prepararti dei vestiti asciutti. Vai a farti una doccia calda di sotto e fai in modo di essere pronta tra venti minuti per interrogare John Brancourt. Immagino che tu voglia essere presente?»

«Sì. Grazie, capo.»

«Nessun problema.» Le strizzò l'occhio. «Anche se devo avvertirti, dovrai dare delle spiegazioni quando tornerai a casa.»

«Me lo immagino.»

«Vai, prima che ti prendi una polmonite o qualcosa del genere.»

Kay non se lo fece ripetere due volte. Bevve un sorso di tè prima di scendere nello spogliatoio femminile, attenta a non starnutire finché la porta non fu ben chiusa dietro di lei, per timore di allarmare ulteriormente i colleghi.

Togliendo i vestiti bagnati, estrasse un paio di pantaloni eleganti, un maglione di cachemire e una maglietta a maniche lunghe dalla borsa di tela e li appese sul radiatore per scaldarli, poi aprì la trousse che Adam aveva preparato e tirò fuori shampoo e sapone.

Non era una fan delle docce al lavoro e spesso le trovava piene di spifferi e bisognose di nuove piastrelle, ma trenta secondi dopo essersi messa sotto l'acqua fumante sospirò di piacere.

Una sensazione di formicolio iniziò dalle dita dei piedi e risalì per tutto il corpo mentre la circolazione cominciava a riscaldarle le estremità e sospirò di sollievo mentre si asciugava e si vestiva.

Infilandosi il maglione sulla testa, si legò i capelli e si applicò un po' di trucco, poi si prese un momento per sedersi sulla panca e raccogliere i suoi pensieri.

«Maledette famiglie,» mormorò.

———

Sharp finì di dare istruzioni a Carys e Gavin nella sala di osservazione e poi si voltò verso Kay e inarcò un sopracciglio.

«Andiamo?»

Lei annuì in risposta e lo seguì lungo il corridoio fino alla sala interrogatori.

Kay aveva visto molti uomini distrutti nella sua carriera, ma nessuno le aveva instillato lo stesso senso di malinconia che provò mentre si sedeva di fronte all'avvocato e guardava il suo cliente.

Il sergente Hughes si era assicurato che John Brancourt beneficiasse di una doccia calda e di un cambio di vestiti mentre la squadra aveva atteso l'arrivo del suo avvocato, e ora l'accusato sedeva da un lato del tavolo metallico con le mani avvolte intorno a una tazza fumante di caffè, lo sguardo basso.

Lei recitò l'avvertimento formale, ma non perse tempo in convenevoli.

«Sono stanca di essere presa in giro, John. Ogni volta che abbiamo parlato nelle ultime tre settimane mi hai riservato un'altra sorpresa. Trattieni informazioni nell'illusione che questo ti possa proteggere.»

«Sto cercando di proteggere la mia attività. Devo pensare alla mia famiglia.»

Lei girò lo schermo del portatile verso Brancourt. «Questo è il filmato delle telecamere di sorveglianza di Sittingbourne Road della notte in cui Damien è scomparso,» disse. «Oltre a questo, ho fatto esaminare a una squadra di agenti i filmati di Heathrow delle ventiquattro ore precedenti al volo di Damien. Sono cinque terminal, i parcheggi, i punti di discesa e le sale d'attesa dell'aeroporto, ma non c'è traccia di Damien. Non è mai arrivato a Heathrow. Non ha mai preso un treno da Maidstone East.»

Sbatté il portatile, e Brancourt sobbalzò all'indietro.

«Cosa è successo, John?»

Brancourt continuò a fissare il tavolo.

Kay represse la sua impazienza. «Dev'essere stato un bello shock quando hai scoperto che stava parlando con Hill di un'offerta di lavoro.»

«Non lo sapevo fino a quando me l'hai detto tu. L'ha tenuto segreto.»

«Pensavo che tu e Damien non aveste segreti.»

Brancourt si agitò sulla sedia e poi fissò il caffè che si stava raffreddando nella tazza che teneva in mano, ma non disse nulla.

«Perché Damien ha cambiato idea riguardo al fatto di rilevare l'azienda di famiglia?»

Questa volta, gli occhi di Brancourt incontrarono il suo

sguardo e lei poté vedere la profondità del dolore che lo tormentava.

«Mi ha detto, quando l'ho accompagnato quella sera, che non avrebbe mai più lavorato per me.»

«Perché?»

«Devo molti favori.»

«Abbiamo avuto questa impressione. L'azienda non sta andando così bene come ci hai fatto credere, vero?»

Brancourt emise una risata amara. «Non sa neanche la metà.»

«Dimmelo.»

«Non posso.»

«John, se non ci dici chi ti sta minacciando, non possiamo aiutarti.»

«Lo so.» Allontanò la tazza di caffè e si accasciò sulla sedia. «È colpa mia. Ho preso in giro le persone, non le ho pagate quando avrei dovuto farlo. Alla fine, nessuno degli appaltatori legittimi voleva più lavorare con me. Mi sono ritrovato con gli scarti.»

«Avevi comunque delle scelte, John. Non eri obbligato ad assumere criminali.»

«Ho altri due figli da mandare all'università. Non posso aiutarli con la loro istruzione se l'azienda fallisce, no?»

«Puoi incolpare solo te stesso per lo stato della tua azienda», disse Sharp. «Nessun altro.»

«Hai rubato i cavi in fibra ottica che sono scomparsi?» disse Kay.

Lui scrollò le spalle. «Sì.»

«Ma hai procurato dei nuovi cavi quando Alex Hill ha scoperto che erano spariti e il programma era a rischio.

Come hai tratto vantaggio dal furto se alla fine hai dovuto sostituirli?»

«Perché li ho ottenuti a un prezzo stracciato. Ci ho guadagnato.» Sbatté le palpebre. «Tutto ha aiutato. Qualsiasi cosa riuscissi a risparmiare, mi serviva per pagare i miei debiti.»

«Non hai risparmiato, John. Hai derubato persone oneste e laboriose.» Kay girò una pagina nella cartella. «È per questo che sei tornato a rubare anche il filo di rame?»

Brancourt aggrottò le sopracciglia. «Non ho mai rubato alcun cavo di rame. Non potevo, anche se avessi voluto. Era ancora sotto tensione.»

«Sul ponte stasera, hai ricordato i momenti passati con Damien da bambino. Ho avuto l'impressione che ti importasse davvero della tua famiglia. Non erano lacrime di dolore quelle, vero, John? Era la consapevolezza di essere stato scoperto. Era la consapevolezza che era tutto finito. Era paura.»

«Non ho avuto nulla a che fare con la morte di Damien.»

«Dove l'hai portato?»

«Guardi. Forse non vi ho raccontato tutta la storia.» I suoi occhi si spostarono a sinistra, poi tornarono indietro. «Abbiamo cenato presto a casa. Tutti insieme. Dovevo accompagnare Damien alla stazione, e poi Christopher ha chiesto se poteva venire anche lui. Gli piace andare alla sala giochi nel centro città.»

«È minorenne.»

«È alto per la sua età.»

«Quindi, li hai lasciati entrambi...»

«Dietro l'edificio Petersham. Era più vicino alla sala giochi, capisce?»

«Christopher era l'"amico" che hai menzionato?»

«Sì.»

«Perché mentirci?»

«Sapevo che stava giocando d'azzardo. Non volevo che finisse nei guai. È solo un po' di divertimento per lui, capisce?»

«Poi cosa è successo?»

«Niente. Li ho lasciati lì, e poi sono tornato a casa.»

«Come è tornato a casa Christopher?»

«In autobus, suppongo.»

«Supponi? A che ora è rientrato?»

«Non lo so. Verso le undici, credo. Non ne sono sicuro.»

Esasperato, Sharp estrasse dalla cartella la fotografia del corpo mummificato di Damien e la mise davanti a Brancourt. «Stiamo cercando di trovare le risposte sul perché tuo figlio è rimasto folgorato mentre rubava del filo di rame, John. Stiamo cercando di scoprire chi ha ficcato il suo corpo in un'intercapedine del soffitto e poi ha nascosto la sua borsa.»

Brancourt passò una mano tremante sulla fotografia. «No. No...»

Allarmata, Kay guardò Sharp e poi di nuovo Brancourt. «John? John, che c'è?»

«Christopher», sussurrò. «Cosa hai fatto?»

CAPITOLO 48

«Non capisco».

Annabelle Brancourt stracciò il fazzoletto di carta tra le dita e scosse la testa. «Non può essere vero».

«Dobbiamo parlare con Christopher, signora Brancourt. Adesso».

Kay posò lo sguardo sulla rivista lucida aperta sul tavolo della cucina, le cui fotografie artefatte rappresentavano una vita perfetta impossibile per molti.

Ignorò i due agenti in uniforme che stazionavano sulla porta con le radio gracchianti e prese una sedia accanto alla donna. «Abbiamo parlato con John alla stazione di polizia, Annabelle. Ha confermato di aver portato con sé Christopher quando ha accompagnato Damien alla stazione lo scorso giugno».

«Questo non significa nulla».

«Magari no, ma dobbiamo escludere Christopher dalle nostre indagini».

«No, non è possibile. Lui idealizzava Damien».

«Pensiamo che sia proprio per questo che è andato con

282

lui all'edificio Petersham», disse Kay. «Damien non ha mai avuto intenzione di andare in Nepal, Annabelle. È stata tutta una messinscena fin dall'inizio. Voleva tagliare i ponti e aveva bisogno di denaro come capitale».

«Vuole dire che non voleva stare con noi?»

«Non voleva la responsabilità di rilevare l'azienda. Non dopo quello che John aveva fatto. Non credeva ci fosse un futuro per lui, e stava cercando di prendere le distanze dal nome di famiglia. È per questo che aveva parlato con Alexander Hill di un lavoro. Probabilmente era uno dei tanti piani che stava contemplando per iniziare per conto suo».

Annabelle si tamponò gli occhi striati di mascara, poi allungò la mano e avvolse le dita attorno allo stelo del bicchiere di vino mezzo vuoto.

«È sempre stato un ingrato», disse.

Bevve tutto d'un sorso il vino rosso rimanente e posò il bicchiere sul tavolo con tanta forza che lo stelo si ruppe tra le sue dita.

Kay diede un'occhiata al sangue che sgorgava dai tagli e spinse all'indietro la sedia. «Carys, un asciugamano. È appeso davanti al forno».

Afferrò la mano di Annabelle, girandola delicatamente per valutare il danno.

«È fortunata. Sono tagli superficiali». Prendendo l'asciugamano che Carys le porgeva, lo avvolse attorno alla mano della donna. «Tenga la mano sollevata per un po' per arrestare il flusso. Non credo che avrà bisogno di punti».

«Grazie».

«Dov'è Christopher adesso?»

«Di sopra, nella sua camera naturalmente».

«Deve mostrarmela».

Annabelle strinse l'asciugamano attorno alla mano e spinse indietro la sedia. «Venga, allora».

Li condusse fuori nell'ingresso e poi su per le scale fino a un ampio pianerottolo.

Mentre Kay raggiungeva l'ultimo gradino, una porta sul retro della casa si aprì e Bethany si affacciò, con gli occhi spalancati.

«Che succede, mamma?»

«Niente. Torna a letto».

«Dov'è papà?»

«Occupato».

Bethany esitò un momento, poi si voltò, lasciando la porta socchiusa.

«Qual è la stanza di Christopher?»

«Questa. In fondo».

Annabelle attraversò il folto tappeto e bussò alla porta. «Christopher? La polizia è qui».

Carys alzò un sopracciglio verso Kay nel silenzio che seguì.

«Christopher?»

Annabelle bussò ancora una volta, poi girò la maniglia e accese l'interruttore della luce.

Kay diede un'occhiata all'espressione sorpresa della donna e si girò sui talloni.

Mentre attraversava velocemente il pianerottolo, apparve Bethany, con una spessa vestaglia sopra il pigiama.

«È fuori», disse.

«Fuori?»

La risposta stridula di sua madre fece sussultare l'adolescente.

«L'ho visto».

«Dove è andato, Bethany?» Kay mantenne la voce bassa, non volendo allarmare ulteriormente la ragazza.

«In giardino. L'ho visto dalla finestra».

«Carys, con me».

Scese le scale di corsa, girò attorno al piolo della ringhiera senza fermarsi e fece cenno ai due agenti.

«Datemi una torcia. Restate qui nel caso tornasse. Noi andiamo in giardino».

Sentì un soffocato «signora» mentre spalancava la porta d'ingresso, e poi corse lungo il sentiero di ghiaia verso il giardino sul retro, il paesaggio era irriconoscibile nel buio.

«Dove pensi che sia andato?» disse Carys.

Kay percorse il confine della proprietà, seguendo con lo sguardo la grande siepe che correva dalla casa lungo il lato destro fino a svanire vicino al boschetto di alberi.

Iniziò a camminare verso l'area boschiva, poi si fermò ai piedi della grande quercia e alzò il mento.

Sopra di lei, in cima a una scala che sembrava potesse crollare da un momento all'altro, c'era la casa sull'albero.

«È lassù», mormorò Kay.

Carys allungò il collo per seguire il suo sguardo, poi fece un passo indietro. «Ci vai tu?»

«È meglio. Aspetta qui».

Infilò la torcia nel colletto della giacca, afferrò i lati della scala e iniziò a salire.

Era più alta di quanto pensasse.

Quando raggiunse la cima, il vento le sferzava i capelli e la sbatteva contro il pavimento della casa sull'albero.

Estrasse la torcia e ne puntò il fascio intorno al rifugio di legno.

Occhi nero carbone la fissavano dall'oscurità, e lei abbassò il raggio.

«Christopher?»

«L'ha rovinato», disse l'adolescente, con voce piena di rabbia. «Ha rovinato tutto».

La scala traballò sotto il peso di Kay e lei trattenne il respiro, rifiutandosi di guardare in basso. Se quella struttura fragile fosse crollata, non avrebbe avuto modo di attutire la caduta.

«È stata un'idea di Damien rubare il filo di rame?» disse.

«Certo che sì. Io non sapevo nemmeno che fosse lì».

«Perché ci sei andato?»

«Perché me l'ha chiesto lui». La voce di Christopher assunse un tono disperato.

«E tu faresti qualsiasi cosa per tuo fratello, vero?» disse lei.

«Sì».

Era poco più di un sussurro.

«Tua madre è molto preoccupata per te».

«Non le è mai piaciuto Damien».

Kay afferrò la parte superiore della scala, colta alla sprovvista dalla sua ammissione.

«Davvero?»

Ci fu un movimento nelle ombre, e poi apparve Christopher.

«Devi stare attenta. Papà doveva riparare questa scala la scorsa estate».

«Grazie».

Lui scrollò le spalle e distolse lo sguardo; un tic timido che le spezzò il cuore.

Lei colse l'occasione per issarsi nella casa sull'albero, posò la torcia sul pavimento e poi si voltò e si concentrò sulla vista.

Oltre il bosco, il sole stava iniziando a sorgere all'orizzonte.

«Perché a tua madre non piaceva Damien, quindi?»

«Diceva che era un ingrato».

«Lo era?»

«No. Era solo incazzato perché papà continuava a incasinare le cose con l'azienda».

«È per questo che non voleva prenderne il controllo?»

«Sì. Diceva che non valeva niente. Già nessuno vuole lavorare con papà com'è ora. Nessuno di rispettabile, comunque».

«Venivi bullizzato a scuola?»

Christopher tirò le ginocchia al mento e guardò il pavimento. «Papà dimentica sempre che quando fa qualcosa, fa apparire male anche tutti noi. Bethany finisce nei guai a scuola perché la prendono sempre in giro. Le ragazze sono peggio dei ragazzi. Anche mamma ne ha risentito. Le piaceva giocare a badminton in un club con le sue amiche fino a circa due anni fa. Ha dovuto smettere perché papà doveva soldi ai mariti delle sue amiche».

«Come faceva Damien a sapere dei fili di rame?»

«Andava sempre alle riunioni di cantiere con papà».

«Come siete entrati nel posto? C'era una società di sicurezza che lo sorvegliava».

«A quanto pare papà non era l'unico a risparmiare. Quando siamo arrivati, non c'era nessuno».

«Nessuna guardia di sicurezza?»

«No. Immagino che stessero intascando anche i profitti».

Kay si girò in modo da trovarsi di fronte a Christopher nella luce fioca della torcia.

«Come siete entrati?»

«Damien aveva una chiave di riserva. Deve averla fatta fare senza che papà lo scoprisse. Gliel'ho chiesto, ma non me l'ha voluto dire. A quel punto era già arrabbiato con me».

«Perché?»

«Perché volevo sapere a chi avrebbe venduto il filo di rame. Mi ha detto di smettere di fare troppe domande.»

«Ti ha picchiato?»

Christopher abbassò lo sguardo, poi annuì.

Kay sospirò. «Cosa è successo quando avete rimosso il sottostrato per arrivare al filo di rame?

Christopher deglutì, il viso privo di colore. «Damien ha sollevato le assi. Non stavamo parlando molto a quel punto. Credo che si stesse pentendo di avermi chiesto di aiutarlo. Penso che non stesse prestando attenzione. Quando siamo entrati nell'edificio, mi aveva detto di non premere nessun interruttore della luce perché la corrente era attiva.» Rabbrividì. «Mi sono girato, solo per un secondo. Stavo cercando un'altra torcia per vedere meglio nella cavità.»

Una lacrima solitaria gli scese sulla guancia. «Pensavo di avergli ricordato della corrente, davvero.»

«Cosa è successo dopo?» disse Kay.

Christopher usò la manica della camicia per asciugarsi gli occhi. «C'è stato un suono. Come un rantolo, poi un tonfo. Tutta la corrente è andata via. Sono rimasto lì impalato. Non so per quanto tempo. Ero troppo spaventato per girarmi e guardare. E poi ho capito che dovevo muovermi. Dovevo fare qualcosa.»

«Hai coperto la morte di tuo fratello,» disse Kay.

Christopher annuì.

«Perché non l'hai denunciato?» disse lei. «Perché hai nascosto il suo corpo?»

«Perché sono andato nel panico. Non sapevo cos'altro fare. Lui-lui era morto, non c'era corrente nell'edificio, così ho trascinato Damien sul pavimento finché non è caduto dentro la cavità e l'ho richiusa.»

«Cosa pensavi di fare ad aprile quando non si sarebbe presentato?»

«Immagino che avrebbe potuto scomparire da qualche parte. La gente lo fa continuamente, no? Sparisce senza lasciare traccia.»

«Cosa hai fatto con la sua borsa?»

In risposta, un rumore di strisciamento raggiunse le sue orecchie mentre lui si girò e tirò fuori un borsone di tela dall'angolo della casa sull'albero.

«Mi aveva detto di tenergliela mentre andava a comprare delle sigarette prima di entrare nell'edificio,» disse.

«Tua sorella non si è chiesta perché fosse qui?»

«Bethany non viene più qui.»

«Perché no?»

«Le ho detto che il posto era infestato dai ragni.»

Kay deglutì. «Lo è?»

«No. Gliel'ho detto solo per tenerla lontana da qui.» Poggiò una mano sulla borsa. «Non sapevo cos'altro fare con questa.»

«Passala qui.»

Kay fermò la borsa con una mano, poi la aprì e vi puntò la torcia all'interno.

Delle tronchesi luccicavano sotto il fascio di luce e, dopo aver frugato all'interno, tirò fuori un passaporto.

«Non hai buttato nulla.»

«No.»

Kay richiuse la borsa. «Guarda, non sono molto brava con le altezze,» disse lei. «Ti dispiace se finiamo questa conversazione da qualche parte a piano terra?»

«Sono nei guai?»

«Non voglio mentirti. Farò quello che posso, ma…»

Lo guardò mentre si spostava goffamente sulle assi di legno che formavano il pavimento della casa sull'albero e poi spinse le gambe davanti a sé.

«Non volevo farlo. Avevo paura.»

«Lo so. Ora, ti dispiace mostrarmi il modo migliore per scendere da qui? Non scherzavo davvero sulla questione dell'altezza.»

Cinque minuti dopo, Kay era in piedi alla base dell'albero mentre un agente in uniforme conduceva Christopher attraverso il prato verso il vialetto dove attendeva una volante.

«Cosa gli succederà?» gridò Annabelle da dove si trovava accanto a Carys.

Kay le raggiunse. «Ho detto a Christopher che farò il possibile, signora Brancourt, ma è possibile che la Procura possa perseguire un'accusa di omicidio colposo. C'è anche la questione di aver nascosto il corpo di Damien, l'accusa che probabilmente solleveranno si chiama occultamento di cadavere. A seconda di come valuteranno le circostanze che hanno portato alla morte di Damien, potrebbero anche accusarlo di tentato furto.»

«Due figli,» sussurrò Annabelle. «Ora a chi passerà John l'attività? Saremo finiti.»

L'attenzione di Kay fu catturata da un movimento a una finestra del pianterreno della casa, una tenda che tornava al suo posto.

«Hai una figlia» disse. «Forse quando tutto questo sarà finito potresti pensare di rompere con la tradizione e passare tutto a lei.»

Annabelle si strinse il cappotto sulle spalle e diede un calcio a una pietra smossa nel sentiero. «Lei ha una figlia, detective Hunter?»

Kay si voltò in modo che l'altra donna non potesse vederle il viso, e poi iniziò ad allontanarsi.

«No» disse. «L'ho persa.»

CAPITOLO 49

Kay scese dal sedile passeggero del fuoristrada di Adam, mentre il vento le sbatteva i capelli in faccia facendole bruciare gli occhi.

La folata successiva portò il suono delle campane della piccola chiesa di Shepway, che celebrava la funzione nuziale di metà mattina che avevano superato lungo il percorso.

Un'ora prima aveva ricevuto una telefonata di aggiornamento da Barnes dalla sala operativa che la informava della decisione della Procura della Corona di incriminare Christopher Brancourt per aver nascosto la verità sulla morte di suo fratello, e del fatto che Sharp aveva mandato a casa il resto della squadra per il fine settimana per assicurarsi che si riposassero bene prima di quella che si preannunciava una settimana intensa, mentre portavano avanti un'indagine sugli affari di Mark Sutton.

«Prenditi un giorno libero, Kay» aveva detto. «Ho tutto sotto controllo. Passa un po' di tempo con Adam, vi siete a malapena visti in queste ultime settimane con questo caso e tutto il resto.»

Kay aveva provato a discutere, ma il sergente detective non voleva sentire ragioni. Sorrise al ricordo, Barnes era un buon amico, e lo rispettava anche come collega.

E, doveva ammettere, aveva proprio ragione.

Sbatté la portiera mentre Adam la raggiungeva, con un mazzo di fiori in mano.

«Tieni questi, prendo le cesoie» disse.

Lei inspirò il dolce profumo dei garofani dai colori vivaci mentre Adam frugava sotto i sedili prima di tirarsi fuori e chiudere le portiere.

«Andiamo?» Avvolse le sue dita nelle sue e ridacchiò sotto voce. «Fredde come sempre.»

«Avrei dovuto mettermi i guanti.»

Nonostante fosse metà mattinata, il suo respiro si condensava mentre si incamminava accanto a Adam, con gli stivali che scricchiolavano sulla superficie ghiaiosa del parcheggio. Una debole luce solare donava al cielo una tonalità sbiadita e Kay rabbrividì mentre si tirava la sciarpa sul colletto del cappotto per proteggersi dalla brezza gelida.

I folti capelli neri di Adam si arruffavano nel vento, e per un momento lei rimase in silenzio, soddisfatta della sua compagnia e sollevata che lui fosse lì ad accompagnarla.

Sapeva che non sarebbe stata in grado di fare questo da sola, non oggi.

Il dolore fluiva e rifluiva dentro di lei, un dolore sordo le stringeva il petto in alcuni giorni e si riduceva a un ronzio costante nel resto del tempo. Accettava che non sarebbe mai svanito completamente, e in effetti temeva l'idea di smettere di sentire quel dolore. Come se potesse percepire i suoi pensieri, Adam le strinse la mano, il calore delle sue dita la avvolse.

Non disse nulla, le parole non erano necessarie.

Quando si era ripresa, quando era tornata al lavoro per trovarsi catapultata nell'incubo della caccia per trovare un assassino prima che un'altra ragazza adolescente morisse, lui le aveva finalmente raccontato cosa era successo.

Kay aveva allontanato i ricordi meno dolorosi, e il resto era perso in una mente che rifiutava di contemplare ciò che avrebbe potuto essere.

Adam, d'altra parte, le aveva tenuto la mano nel retro dell'ambulanza, rifiutandosi di lasciare che i soccorritori la portassero via senza di lui.

Adam si era rannicchiato sul pavimento della sala d'attesa dell'ospedale, esausto e incerto se la sua compagna e il bambino sarebbero sopravvissuti.

Adam era crollato, sopraffatto da un sollievo misto a una desolazione che lo aveva tormentato per mesi, quando il chirurgo lo aveva trovato alle tre del mattino per dirgli che Kay era sopravvissuta, ma la loro bambina no. Col tempo, erano guariti insieme, la perdita della loro figlia era un fardello che avevano sopportato come tante altre famiglie prima di loro.

Kay si fermò sui suoi passi, costringendo Adam a un arresto improvviso.

Lui si voltò verso di lei. «Che c'è?»

Lei si alzò in punta di piedi e lo baciò. «Ti amo.»

La strinse in un abbraccio, nascondendo il viso nei suoi capelli. «Ti amo anch'io.»

Lei si allontanò, si asciugò gli occhi pungenti, poi cercò di nuovo la sua mano. «Andiamo.»

Il freddo aveva rallentato la crescita del prato del cimitero, e si poteva facilmente trovare un sentiero tra le lapidi di persone care perdute nel tempo.

Kay trattenne il respiro mentre si avvicinava, il peso sul petto le stringeva il cuore man mano che la semplice lapide della tomba di sua figlia entrava nel suo campo visivo.

I giardinieri del comune avevano tenuto lontane le erbacce e rimosso i gambi secchi dei bouquet precedenti, e Adam si chinò per estrarre un ciuffo ribelle di gramigna che oscurava il suo nome.

Elizabeth Hunter-Turner.

«Riempirò questo d'acqua», disse Adam, tenendo il vaso di metallo che era in cima alla tomba. «Starai bene da sola per un momento?»

«Sì.»

Gli rivolse un piccolo sorriso mentre lui si allontanava verso un rubinetto alla fine della fila di lapidi, poi si voltò di nuovo verso la tomba di sua figlia.

«Ciao, Lizzy.»

Un sospiro irregolare le sfuggì dalle labbra mentre si accovacciava accanto alla pietra e passava le mani sulla superficie liscia.

Si chiese come sarebbe stato passare la mano sulle mani di sua figlia, come sarebbe stato spazzolarle i capelli, il divertimento che avrebbero avuto come famiglia.

Invece, lei e Adam ne erano rimasti privi; senza figli.

«Dio, fa male», sussurrò.

Tirò su col naso mentre il suono di passi la

raggiungeva, e poi Adam si accovacciò accanto a lei e rimise il vaso ora pieno sulla sua base.

Le diede un leggero colpetto. «Ho visto come usi i coltelli. Vuoi che tagli io i fiori?»

Kay scoppiò in una risata soffocata. «Sì. Vai.»

Rimosse l'elastico dagli steli e glieli porse mentre lui tagliava le estremità, e poi insieme sistemarono i fiori, lavorando in silenzio.

Quando ebbero finito, Adam la aiutò ad alzarsi e la avvolse tra le sue braccia.

Kay si rannicchiò nel calore del suo petto, grata per la sua vicinanza.

«Andrà tutto bene, Kay», disse lui. «Andrà tutto bene.»

FINE

L'AUTRICE

Prima di dedicarsi alla scrittura, Rachel Amphlett, autrice di romanzi polizieschi tra i più venduti di USA Today, ha suonato la chitarra in una band, ha lavorato come comparsa in TV, al cinema e nell'editoria come assistente editoriale.

Ora impugna una penna al posto del plettro e scrive polizieschi. Ha oltre 30 romanzi e racconti all'attivo che vedono come protagonisti spie, detective, giustizieri e assassini.

Appassionata di viaggi e investigatrice privata per caso, Rachel ha la cittadinanza australiana e britannica.

www.ingramcontent.com/pod-product-compliance
Lightning Source LLC
Chambersburg PA
CBHW010432170726
48283CB00011B/3170